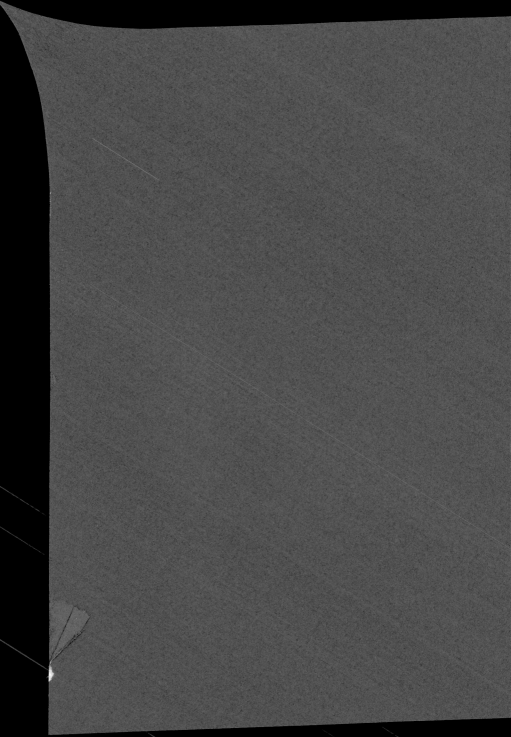

（仮）ヴィラ・アーク　設計主旨

VILLA ARC (tentative)

家原 英生

Hideo Yehara

装幀――宮島亜紀
装画――三紙シン

（仮）ヴィラ・アーク　設計主旨

VILLA ARC (tentative)

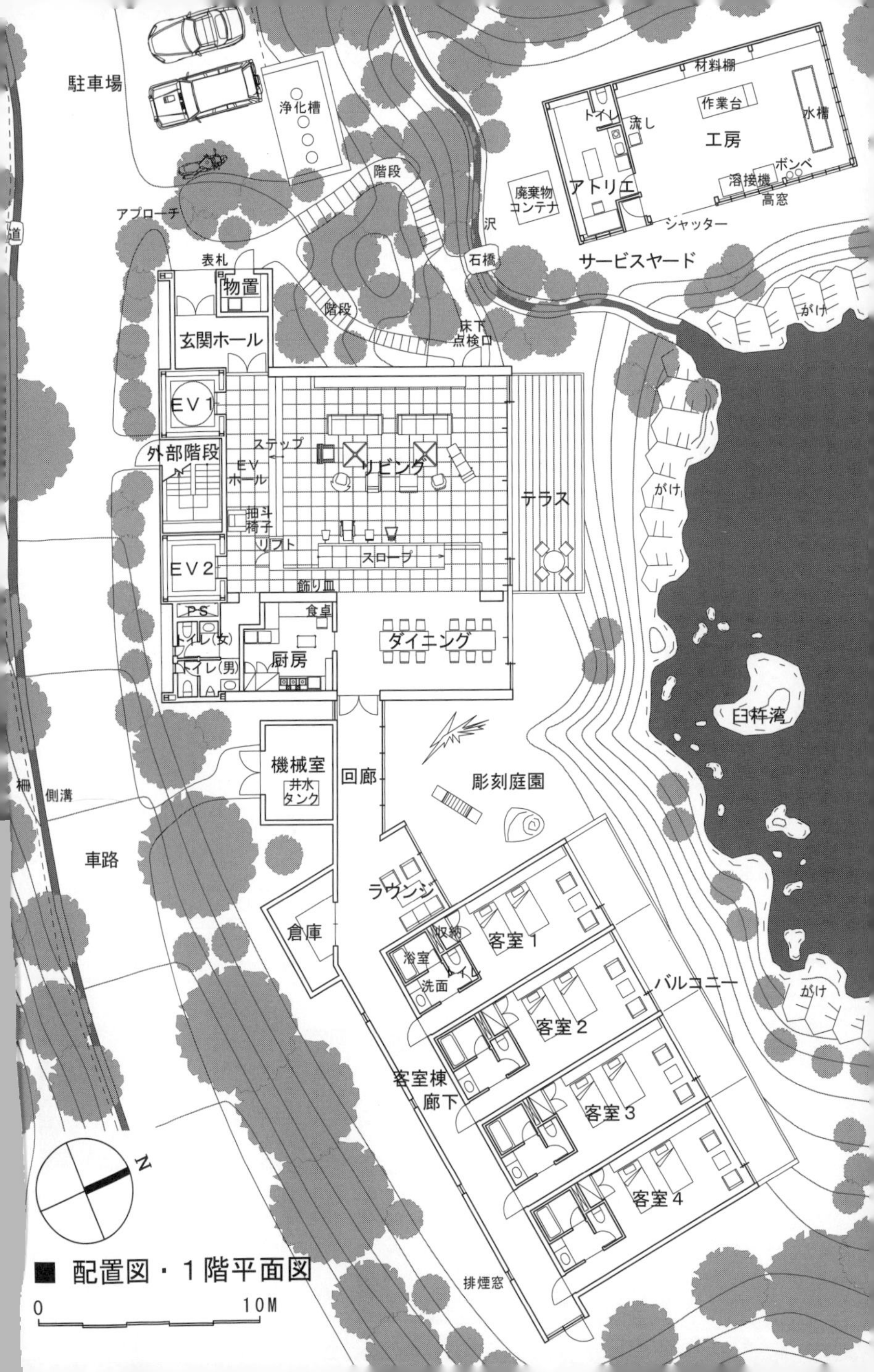
駐車場
浄化槽
材料棚
作業台
トイレ
流し
水槽
工房
ボンベ
廃棄物
コンテナ
アトリエ
溶接機
高窓
シャッター
階段
アプローチ
沢
石橋
サービスヤード
道
表札
物置
階段
床下
点検口
がけ
玄関ホール
EV1
ステップ
外部階段
EV
ホール
リビング
テラス
抽斗
椅子
リフト
スロープ
EV2
飾り皿
PS
食卓
トイレ(女)
ダイニング
厨房
トイレ(男)
臼杵湾
機械室
井水
タンク
回廊
彫刻庭園
柵
側溝
車路
ラウンジ
倉庫
収納
客室1
浴室
トイレ
洗面
バルコニー
がけ
客室2
客室棟
廊下
客室3
客室4
N
排煙窓
0
10M

■ 配置図・1階平面図

ヴィラ・アーク（滝田邸）

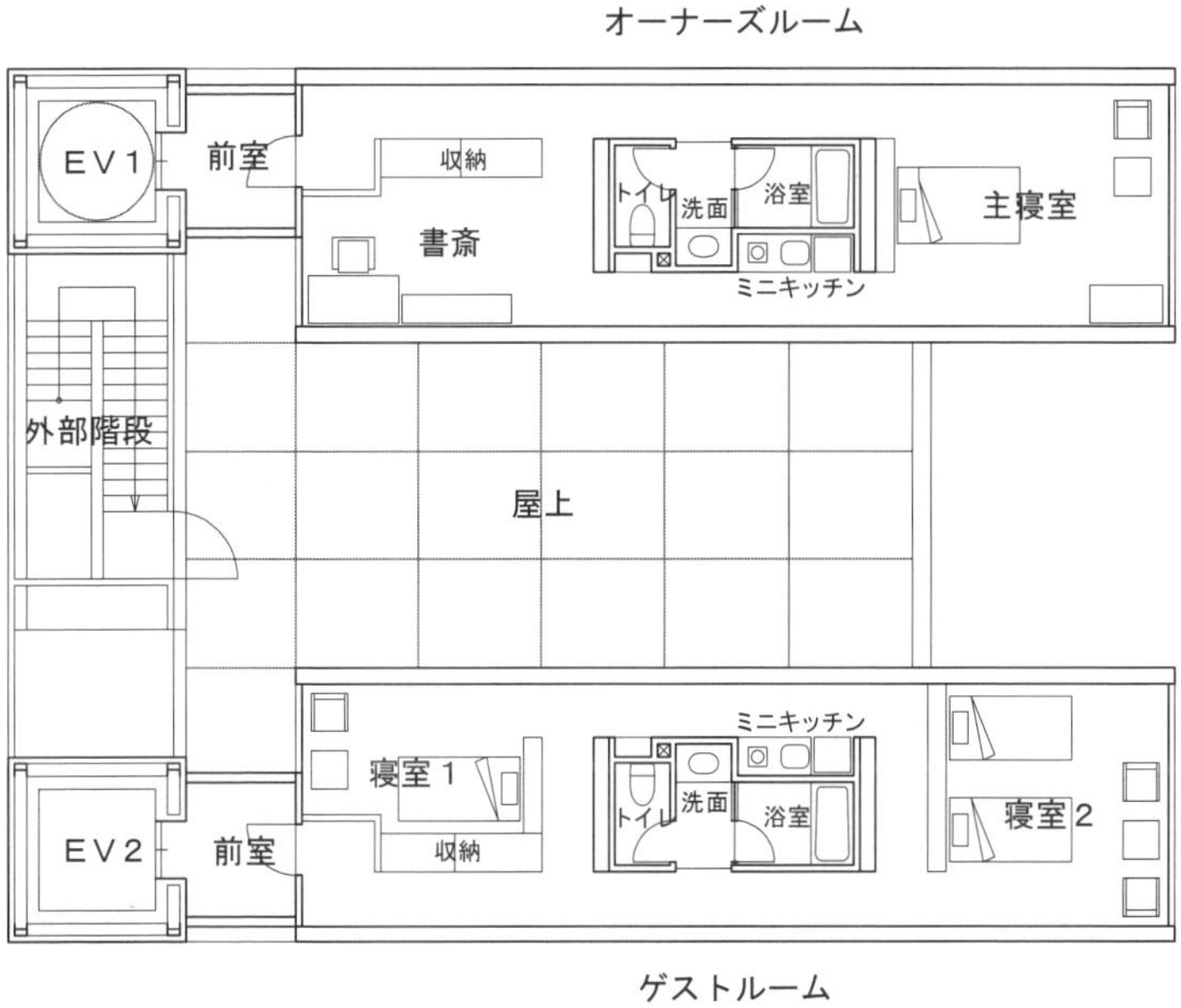

■ 2階平面図

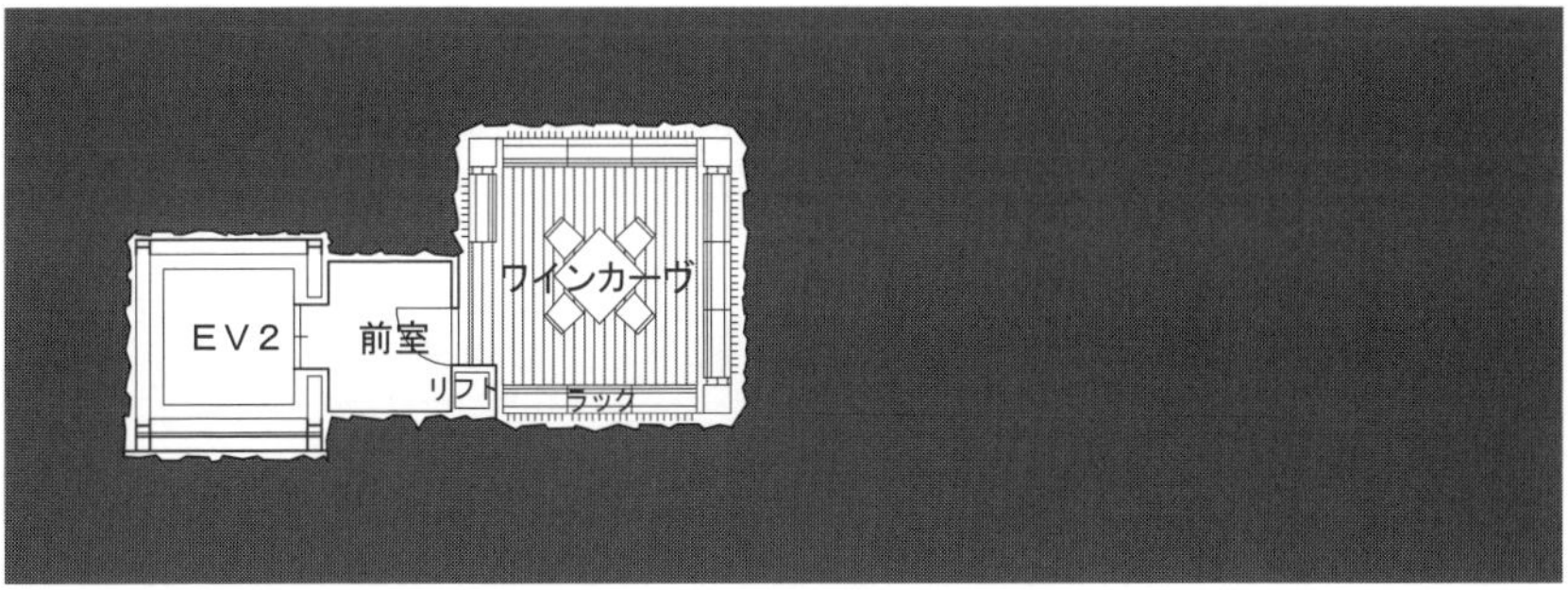

■ 地下1階平面図

目次

登場人物

川津雄二　八川建築事務所共同代表
八頭一也　八川建築事務所共同代表
菅野建作　八川建築事務所スタッフ
桃井桜子　八川建築事務所スタッフ

滝田千尋　桜子の同級生、元小学校教員
滝田直行　千尋の父、元鉄工所経営者

岡野善夫　岡野デザイン事務所　所長
沢木涼子　桜子の同級生、岡野デザイン事務所スタッフ
松岡彰人　岡野デザイン事務所スタッフ
遠藤卓　岡野デザイン事務所スタッフ

首藤ユキエ　ミカン農園経営、元看護師
首藤勇　大分県警刑事

工学技師の美学、建築、この二つは互いに連帯し相援けるものだが、前者は正に隆盛をきわめており、後者は情ない衰退に瀕している。

工学技師は、経済の法則に立脚し、計算によって導かれて、われわれを宇宙の法則と和合させてくれる。かくて調和に達する。

建築家は、形を整頓するという彼の精神の純粋な創造によって秩序を実現し、形を通じて、われわれの感覚に強く訴え、造形的な感動を起さしめる。そこに生み出された比例によって、われわれに深い共鳴を目醒ますし、世界のそれと和しているかと感じられる秩序の韻律を与え、われわれの情や心のさまざまな動きを確定する。その時、われわれは美を感じるのだ。


「建築をめざして（VERS UNE ARCHITECTURE）」

（ル・コルビュジエ 著　吉阪隆正 訳　鹿島出版会）

プロローグ

『船旅の世界へ』のエンドロールが始まった。

まもなく午前零時。「二昼《にひる》」の時刻だ。

ソファーから立ち上がり、四時間前と同じように厨房へ向かう。

『船旅の世界へ』は、同じテレビ局の人気番組『世界の車窓《しゃそう》から』の焼き直し、つまりは再加熱だな。パクリと食ったら、二番煎じのお茶でも飲むか。

滝田直行《たきたなおゆき》は、これから行う自分の調理作業を思い浮かべ、なかなかうまい言い回しを思いついた、と一人悦に入った。

厨房を十畳ほどの広さにしたのは正解だった。普通の住宅の三倍はあろうかという規模の厨房機器を入れ、調理台をそのまま延長して食卓兼用とした。

自分一人の食事はいつも厨房で済ませる。ステンレスの食卓は機能的であり、かつ美しい。ダイニングは客が来て一緒に食事をするときにしか使わない。一人の食事を配膳下膳するほど無駄なことはないからだ。

極力時間はかけない。一人で摂る食事は、定期的な栄養補給と割り切っている。

冷蔵庫と電子レンジと食卓とを結ぶ動線を瞬時に検討する。

調理済みのグラタンの皿を冷蔵庫から取り出しレンジに入れる。加熱時間は添えられたメモを見て九十秒にセット。その間に再度冷蔵庫に戻り、サラダとドレッシングを出してラップを取る。ドレッシングは少なめ、野菜本来の味をそこなわない程度。スープジャーを開けてみる。今日はコンソメスープだ。

カップに注ぎながら考える。昔はジャーではなく魔法瓶と言った。魔法の瓶とは、まるで無邪気な子どもの感想か。素晴らしいネーミングだ。

——と、ここまでで九十秒。加熱されたグラタンをレンジへ取りに行き受け皿に載せ、食卓へ向かう途中、食器棚の抽斗《ひきだし》からスプーンとフォークを取り出す。

グラタンは一人前の半分、それもマカロニは少なく牛乳は多くして緩めにつくってくれている。再加熱ではおいしくなくなると言われたが、それでもいいと言った。わずかな味の変化よりも何十分かの時間のほうが大事だ。栄養は変わらない——たぶん、たいして。

準備を最短で終えると、そこからは意識してゆっくりと食べる。

ふっと笑みがこぼれた。何もここまで厳密に食事時間にこだわる必要がないのは、自分でもわかっている。


食事を済ませた滝田は、セーターの上からダウンコートをはおり、ファスナーを首元まで引き上げ外に出た。

厚い雲に覆われ月はない。あたりは真っ暗だが、工房への道筋は、所々に置いたフットライトが導いてくれる。下から巻き上げるような風が吹いてきた。海面を舐めてくるのか潮の匂いが強い。

工房に着くと、照明と空調のスイッチを入れコートを脱ぐ。帽子をかぶり首には手ぬぐい、作業着と作業靴、皮エプロンと皮手袋で完璧な防護装備を整える。

アーク溶接は太陽の表面温度とほぼ同じ、六千度にもなる。滝田は自動遮光溶接マスクを頭からかぶり、溶接棒を手にした。さまざまな材料が複雑に絡み合った鉄の塊に向かい、新たに螺旋《らせん》形の部材を当ててみる。

図面を描かずにその場の即興で溶接していく。それが滝田のやり方だ。鉄が、ここを伸ばす、ここは丸める、と語りかけてくる。感性だけで成長し、予期せぬ姿に変化していく。まるで思いどおりに育たない子どものようだ。

一瞬、そんなことを思った自分がおかしかった。

それからは溶接作業に没頭した。何も考えず、ひたすら鉄と向きあい続ける。

三時間が経過した。もうすぐ午前四時。

滝田は作品『K』から離れ、ゆっくりと立ち上がった。

ここまで二十五日かかった。これで完成としよう。いや、そうしなければいつまでも終わらない。

工業製品には「完成」があるが、芸術作品にそれはあるのだろうか。画家や音楽家や作家たちは、これ以上足せない、これ以上減らせない、という極限点が見えるのだろうか。滝田にはそれが見えない。だから作品は常に未完であり、加除と修正を繰り返す。

今はそれをあえて断ち切り完成とする。なぜそうしようと考えたのか。わかっている、それは焦りなのだ。限られた時間に追い立てられる苛立《いらだ》ちなのだ。

滝田は自身の厳重な溶接防護態勢を解くと、手を洗いコートを着込んで工房を出た。真冬の、それも一番寒い時間だ。顔が凍える。風向きの変化とともに、潮の匂いは枯れ葉の匂いに変わった。この週末の天気は荒れ模様だという。


リビングで一息いれると、滝田はまた厨房に向かった。

「二夕《にゆう》」は鍋焼きうどん。ここに越してきて初めてのメニューだ。なぜか急に食べたくなり、珍しく自分からリクエストした。

一人用の鍋に半分くらいの量だからすぐにできあがる。卵がちょうど良い半熟状態になりコンロの火を止めたとき、突然、部屋が小刻みに揺れだした。滝田は念のため火を確認し、急いでリビングへ行きテレビをつけた。すぐに臨時ニュースを知らせる警報音が鳴り、地震速報のテロップが流れた。

『震源は大分県沖、伊予灘《いよなだ》、震源の深さは八〇キロ、規模はマグニチュード4。各地の震度——、大分県臼杵《うすき》市、諸口《もろぐち》町、震度2——』

たいしたことはない。だが最近また増えている。ついおとといも揺れた。小さくても群発している状況は、大地震の前兆のようで不気味だ。

食事を終え、滝田は自室へ向かった。書斎に入ると、ふと本棚の写真立てに目がいった。中学生だった息子、二十一年前の誠司《せいじ》が笑っている。

誠司は中学受験で関西の名門進学校に合格した。滝田は地元の公立校のほうがいいと言ったが、妻の景子が強硬に反対した。中高一貫のその進学校に受かって、それを辞退する人は一人もいない、と言い張った。

あの日、誠司は寮ではなく、たまたま神戸の友だちの家にいた。ごく普通の二階建ての木造家屋。翌日は学校行事の代休日だったので、泊まらせてもらっていたのだ。

午前五時四十六分、未曾有《みぞう》の大地震が阪神地方を襲った――

阪神・淡路大震災。

ぺしゃんこになった友人の家は、屋根が地面に伏せていた。瓦の下には、瓦礫《がれき》となって積み重なった天井、壁、床、建具。その一番下、倒れたタンスのそのまた下から見つかった誠司は、滝田にはとうてい我が子とは思えなかった。いやその瞬間、人間の体とは見えなかった。

「圧死」という言葉を聞かされるだけで済めば、どれだけ良かったことだろう。

景子は、何かに取り憑かれたように、ただわめき続け、謝り続け、泣き続けた。やせ細り、目の下に大きな隈をつくり、やがて表情が消えた。

誠司が死んだのは彼女のせいではない。それはわかっていたから責める言葉は出なかった。

ただ、景子の打ちひしがれた――まるで老婆のような――姿を見るたびに、誠司を関西に行かせたことを悔やむ思いがよみがえる。だから顔を見たくなくなった。

それからの滝田は、誠司の命を奪った地震のことばかり考え続け、仕事も手につかなくなった。家にも帰らなくなり、小さかった一人娘の千尋《ちひろ》は景子が育てた。

千尋と最後に会ったのはいつだったろう。中学生のころまでは何度か連絡してきた。母の具合が悪いからなどと、何かの理由をつけて帰宅を懇願されたが、滝田は結局応じてこなかった。そのうちに、入学祝いや卒業祝いを送っても返事は来なくなった。

もうすぐ誠司の命日か――

鉄の作品を子どものように思ったのも、このところの地震のせいかもしれない。無意識のうちに、どこかで何かがつながったのだろうか。

滝田は寝室に移りカーテンを開け、真っ暗な海を見ながらこの週末のことを考えた。

一年前にここに移り住んでから、今後のことを含めて、一度ゆっくり千尋と話をしたいと思った。久しぶりに娘に連絡したとき、家が一応完成したから見においで、と誘ってみた。それはなかば口実であったのだが、照れ隠しもあり、建物をずいぶんと自慢した。

すると千尋は、そんな家なら建築設計事務所に勤めている友だちがいるから一緒に連れていきたい、と言った。少し驚いたが、すぐにほっとした気持ちにもなった。いきなりの一対一の対面は、どこか気まずい思いもあったからだ。

なりゆきの話ではあったが、そのときふと思った。

建築設計の専門家たちは、ここを見てどう考えるだろうか。自分が素人考えでつくったものは、プロから見て幾分かの可能性を見いだせるものなのか。ぜひ意見を聞いてみたい。

滝田は、友だちだけでなく所長さんたちにも家を見てほしい、と娘に伝えた。

だが、そのあとすぐに後悔した。これはまだ完成していないのだ。今の段階で人に見せる必要はない。いやむしろ見せてはならないのだ。

人は――特に技術屋は――「可能性」だけで好意的に評価することはない。むしろその欠点を見つけ徹底的に批判する。これまでもそうだった。不完全なものを見せれば、その可能性さえも否定される。それなのに、これを見せようなんて。自分でも不完全だとわかっているのに――


これも焦りからなのだ。今は誰にも見せることなく、完成したとき初めて公開するべきなのだ。それまでは考えてきたことを文書にして残しておけばよい。それで万が一にも備えられる。

滝田は書斎に戻り、パソコンを起ちあげキーボードに向かった。

思いつくまま書き始める――


『この家について』

第一章

（仮）

1

一月十二日、午前八時五十分。川津雄二《かわづゆうじ》は地下鉄の駅から出てきたサラリーマンを横目に自転車レーンを走る。時速は二十五キロ、街なかでは少し飛ばしすぎか。

官公庁にも近いオフィス街の典型的な出勤風景だ。男で冬場にネクタイを締めていないのは十人に一人だろうか。川津はその十パーセントに含まれる。ワイシャツスーツ姿ではなく、セーターにブラックジーンズ――カジュアル――というコードで分類すれば、その数はさらに絞られる。

川津が勤める八川《やかわ》建築事務所は、福岡市の中心から地下鉄で一駅、車で五分の位置にある。地下鉄の駅やバス停、高速道路の入り口がすぐ近くにあり、コンビニ、銀行、郵便局、書店、模型材料を備えた文具店、それらがすべて徒歩数分の距離にある。

いくらインターネットがあっても、建築設計では打ち合わせやプレゼンといった人との面談が不可欠だ。加えて実際の施工現場に行き工事監理をしなければならない。事務所の立地は、どこにでも迅速に行ける利便性が一番だ。

事務所に着き、エントランスの接客スペースからＦＭラジオがかかる設計室に入った。

一歩入れば、こちらは接客スペースとは比較にならないほどの高密度のワンルーム空間だ。

壁面は窓以外ほぼすべてが棚であり、建築雑誌や専門書、過去の仕事の製本図面とボックスファイル類で埋め尽くされている。共用テーブルの上にはつくりかけの模型、その横には数種類のタイルの現物サンプルが立てかけられている。メンバー各自のブースには、パソコンとモニターは二台ずつ、壁面を脇にして前後を低いパーテーションで区切ったコの字型としているので、全員の顔がどこからでも見渡せる。

珍しくスタッフは皆そろっていた。驚いたことに、パートナーの八頭《やず》までもが川津より早い出社だ。

「おはよう。ずいぶん早いな。何かあったのか」

「十一年前に」

「えっ」事態が把握できない。

「川津君、忘れたのかな。今日は我が社の創立記念日だよ」

「はぁ？　そうだったたっけ。しかしそれで早く来て、いったい何してたんだ」

「いや、そのせいで今日は四時に目が覚めたので、五時には来ていた。ただそれだけ」

口元が笑っている。そうだろう「そのせいで」早く起きたのではない。八頭は極端なフレックスタイム制で活動する。どちらかと言えば遅い出社がほとんどだが。

そもそも祝日も覚えていない男が、創立記念日を気にするはずがない。創立といっても、単に建築士事務所登録が認可された日というだけだ。川津は忘れていたが、確かに今日だった。

三十一歳のときだったから、なるほど今年で十一年になる。

八川建築事務所は、川津と八頭とのパートナーシップで始めた建築設計事務所だ。川津が勤めていた事務所を辞めて独立しようとしたときに、大学の同級生だった八頭が、一緒にやろうと言ってきた。

学生時代、八頭の設計における独自の発想には驚くばかりだった。建築の常識からは思いもつかない「それ、建築なのか」と言いたくなるような「何か」を発想するのだ。こいつと一緒にものをつくるのなら、それは絶対に面白い。川津には確信があった。現に八頭の発想を川津が具現化することで、いくつかの設計コンペを勝ち取ってきた。

「今度の体育館の屋根、これでいこうよ」

八頭が開いて見せた本は、彼の愛読書の一つ『鉱物図鑑』だ。本棚には、ほかにも『熱帯植物図鑑』や『菌類図鑑』、『気象百科』や獣医向けの『動物の骨格』といった本もある。彼にとって、すべて建築設計の参考書なのだ。

何をどう参考にしているのかわからないが、八頭の提案による最新の設計では、外壁に特殊な布地を使った工場をつくった。過去には、ガラスの柱を構造体にした店舗や全面金網でできた家、ひょうたん型が立体的に連続する保育園なども設計した。もちろんそれぞれ快適に過ごせる建築であって、単に奇抜な建物をつくりたかったわけではない。八頭からすれば、常に合理的な解決を追求した結果、それがベストの解答なのだ。

建築設計は、文化的な意味では「発見的行為」だという考えもあるが、八頭は「発明的行為」として建築を発想する。彼のアイデアを見せられるたびに、川津は自分の頭の固さを思い知らされる。

発想の独創性においては、八頭にはとうていかなわない。川津は自覚していた。

だが、八頭が建築設計という仕事をしていくにあたり、一つ困った問題がある。それは事務所運営上のまさに「事務」、つまり事務処理能力だ。

建築設計事務所は「アトリエ」と称するところもあるが、画家や彫刻家といった芸術家のアトリエとはまったく違う。建築を構想しそれを図面化する以外に、設計契約関連から各種官公庁への届け出、工事費のチェックや工事監理関連の書類など、数えあげたら切りがない実に雑多な事務作業、マネジメント業務が発生する。はっきり言って八頭はこれがまったくできない。もちろん、その主な要因は「したくない」なのだろうが。

それらを一手に受け持っているのが川津だ。川津はそのような雑務がまったく苦にならない。むしろきちんとしていないと気持ちが悪い。だから八頭にとっての自分は、我ながらベストパートナーだろうと思っている。

開設のときも、事務所名に関して八頭は「任せるよ」の一言なので川津が提案した。共同事務所だから、最初は素直に連名にしようと考えた。弁護士事務所によくあるネーミングだ。ところが「カワヅヤズ」でも「ヤズカワヅ」でもどうにも語呂が悪い。ヅとズがうるさい、と考え「八川」とした。

八頭は「それだったら、川津君が事務所を始めて僕はあとから参加したんだから『川八《かわや》建築事務所』であるべきだ」と主張した。——が、却下した。別な意味で語呂が悪い。

「わー、八頭先生、西九新聞が取材に来たいんですってー」

突き抜けるようなかんだかい女性の声。

八川事務所の女性メンバーは、桃井桜子《ももいさくらこ》しかいない。電話を置いて振り向いた今日の桜子は、ピンクのセーターとスリムのブルージーンズ。ピンクは自分のシンボルカラーだと言って、いつもどこかにコーディネートしている。一度「髪をピンクに染めようかな」と言ったので、それだけは禁止にした。

「あの『猫ちゃんハウス』ですよ。面白そうな住宅だからって」

昨年八川事務所で設計した住宅だ。それが県の建築賞を受賞したことで、その後何件か取材の依頼が来ていた。

桜子は「これ見たんですって」と言って、受賞作品が掲載されたリーフレットを持ってきた。表紙をめくった冒頭の見開きページ、左に一般建築の部の大賞作品——県南の市立総合図書館・歴史資料館——、右ページに住宅の部、大賞『(仮) 猫ちゃんハウス1号』とある。

大規模な、お堅い公共建築と並んで、我が社が設計したふざけたネーミングの狭小住宅。目がくらむほどのコントラストだ。川津は、もう何度目になるかわからないため息をつく。

写真の下には「建築概要」として、床面積や構造などの基礎的なデータが示され、次に「設計主旨」と題された短い文章が載っている。

八頭が書いた、ふざけた、いや大変ウイットに富んだ文章。その書き出しは――

『これは、猫ちゃん十四とヒト一人が暮らす家である。名前はまだ無い。』

「名前はまだ無い」は、もちろん『吾輩《わがはい》は猫である』からの引用だ。

八頭は「この設計主旨は、漱石《そうせき》へのオマージュなのだよ」と言って、『落第』という随筆――か、談話だったか――を教えてくれた。

夏目漱石は、意外にも実は理系の建築科に進み、将来は建築家になりたいと思っていたそうだ。その志望理由というのが素晴らしい。

「自分は元来変人だから、このままでは世の中に受け入れられない。世の中でやっていくには、どうしても根底からこれを改めなければならないが、建築家であれば、強《し》いて変人を改めずにやっていくことができる。こちらが変人でも、ぜひやってもらわなければならないという仕事さえしていれば、自然と人が頭を下げて頼みに来るに違いない。そうすれば飯の食いはぐれはないから安心だ、というのが、建築科を選んだ一つの理由。それと元来自分は美術的なことが好きであるから、実用と共に建築を美術的にしてみようと思ったのが、もう一つの理由」というのだ。

八頭はこれを知ったとき、まさに「我が意を得たり」であったろう。川津も大いに納得したのは言うまでもない。

漱石は、そのころピラミッドでもつくるようなつもりだったと書いているが、友人から「今の日本のありさまでは、君の思っているような美術的な建築を設計して、後世に遺《のこ》すなどということは、とても不可能な話だ。それよりも文学をやれ。文学ならば勉強しだいで幾百年幾千年の後に伝えるべき大作もできるじゃないか」と忠告されて転身したという。

なるほど、である。それを知れば、建築家になりたかった漱石へのオマージュ、というのもわからぬではない。が、まさかそれがこんな文章だったとは……。

だいたい、県発行の準公文書とも言える冊子に「猫ちゃん」などという言葉が載っているだけで、そうとうに恥ずかしい。そのうえ、ご丁寧にも「名前はまだ無い」ので（仮）ですよ、だと。

もちろん、この住宅の設計図書や役所への申請書類などの記載は、正式名称の『竹山邸』としていた。それを建築賞に応募する際、事務所内で使っていた愛称『猫ちゃんハウス』で「そのまま出しちゃえ、第1号だ」と八頭が言い、スタッフたちも「選考委員の人たち、笑うよね」と悪ノリした結果なのだ。そのうえ（仮）までつけてウケを狙っていたとは……。川津は受賞通知が来るまで知らなかった。

建築のネーミングは、工事中は仮称のままで進められることは割合と多い。ただし竣工後は、当然ながら（仮）はなくなる。（仮）のままで発表されるとは、前代未聞と言えるだろう。

建築に限らず、タイトルやネーミングは、歴史に残るという意味でとても重要だ。特に名作とされる住宅のネーミングは、建築家の強い意志が込められたものとして長く記憶に残る。

菊竹清訓《きくたけきよのり》の『スカイハウス』、東孝光《あずまたかみつ》の『塔の家』、安藤忠雄《あんどうただお》の『住吉の長屋』。建築設計に携わる者は、誰もがその名とともに、その空間の衝撃を思い起こすはずだ。

それなのに……なんなのだ『（仮）猫ちゃんハウス1号』って。

そう思いながらも、八頭との長い付き合いから彼の考えは言われなくてもわかる。八頭は、建築の歴史に名を残そうなどとはこれっぽっちも考えていない。だから名前なんかは（仮）でいい。彼は常に「発明としての建築」を構想している。だから開発番号としての「1号」なのだろう、たぶん。

「川津君、頼むよ。僕、取材だとかそういうの苦手だから」

八頭は眉を寄せて精一杯の嫌そうな顔をする。

「そりゃだめだ。おまえが担当で設計したんだから、俺じゃ全部は説明しきれないさ」

「じゃあ、君も一緒にな」

いつものことだ。

共同事務所といっても、二人で話し合って設計をするわけではない。その時々でどちらか担当を決めて進めていく。最初、設計の発注者である施主《せしゅ》との面談には、川津と八頭が一緒に臨む。仕事の依頼内容を共通認識として把握しておこうという理由だが、実は施主との相性を見るため、という隠れた意図もある。それともう一つ、八頭のコミュニケーション不足を川津がフォローするためだ。

八頭は、相手が自分の興味のない話をしだすと、とたんにだんまりを決め込む。興味がない話とは、デザインの傾向や流行といった類《たぐい》だ。それは建築だけに限らない。ファッションや車、はやっている店など。ましてや、以前「テレビで紹介されるような最新のデザインでお願いします」という言葉が相手から出たときには、彼は完全にそっぽを向いてしまった。「僕はやらないよ」オーラを出しながら。

実は、八頭はそれらの知識は人一倍持ち合わせている。ただ、流行にはまったく興味がない。だから反応しない。そこで川津が話をつなぐことになるわけだ。

八川事務所では、現在工事予算が三億円を超える、いわゆる豪邸の設計をかかえている。少なくとも地方都市では大豪邸と言ってよい。施主は無類のカーマニアであり、初回の面談のとき、電気自動車の話をするなかで、彼が「トレンド」という言葉を口にした。川津は、八頭の顔色をうかがう前に、あ、この案件は俺の担当だ、と即断した。

新聞社の取材でも、川津が同席するほうが無難なのは、もちろんわかっている。いつものことだ。

2

月曜が祝日だったので今日が週初めだ。所内ミーティングのあと、週末からの研修旅行について の確認を行うことにした。急に決まった大分への二泊三日の社員旅行だ。

八川事務所では、年明け早々が締め切りの、とある設計コンペに応募していた。ほとんど正月休み返上の体制で取り組んだので、その打ち上げも兼ねての企画であった。今年一級建築士試験を受験予定のスタッフは休暇としたので、川津と八頭、それに菅野《すがの》と桜子が参加する。

「では企画委員長の私から説明します。お手元の資料をごらんください」

「おっ、まるで会議みたい。桃井さん、いつから企画委員長になったの」

桜子が仕切ろうとするのを菅野がちゃかす。確かに実態は雑談だ。

「菅野君に注意します。今回はあくまでも研修旅行ですからね。私の友だちが来るからって合コン気分は困ります」桜子がぴしゃり。

「おっ、言葉が違う」

菅野が小声で言う。ふだんの博多弁ではないからだ。

菅野は自ら「彼女募集中」と公言しているが、決してもてないことはないだろう。長身で色白、理知的な顔立ちだし頭の回転が速い。雑学的知識が豊富で、きっと「話が面白い」と言われるタイプだ。

桜子が釘を刺したように、今回の旅行は、彼女の友人、滝田千尋からの誘いがきっかけだった。離れて暮らす父親から連絡があり、長く工事中だった自宅がほぼ完成したので見に来ないか、という誘いがあったそうだ。彼女は「それなら、設計事務所に勤めている友だちが二人いるから一緒に行きたい」と言うと「事務所の皆さんで、ぜひどうぞ」となった。

桜子が言うには「千尋のお父さんが自分で設計してつくった、そうとう大きくてすごく変わった家」だそうで、

「千尋のお父さんの自信作なので、私たちプロに見てもらいたいそうです」

「私たちプロ？　プロの卵ではないでしょうか」

菅野が冷やかし、桜子がふくれっ面。あれでけっこう仲がいい、と川津は見ている。

「普通の家というより別荘、あっ、それよりホテルに近いらしい」などという桜子のやや強引な誘致活動により、

「で、二つの事務所で総勢八人も行くわけ？　大勢で申し訳ないが、お言葉に甘えて見学させていただこうか」となった。

ただ問題は天候だ。週末から悪くなることが予報されているが、訪問先ともう一社の都合もあり雨天決行と決まった。

川津が思い切って行く気になったのは、一言で言えば気分転換だ。

現在構想中の「カーマニアの豪邸」は、納得できる案がなかなか生まれずに、時間だけが過

ぎていた。計画敷地は海に面した小高い丘の上で、滝田邸の立地も似ているらしい。そのうえ、そうとう大規模な「豪邸」のようだから、気分転換のつもりで見ていたら、何か思いつくことがないだろうか、との淡い期待もあった。

豪邸の設計というのは、金をかけられるので、なんでも提案できて簡単そうに思えるが、決してそうではない。

建築の設計は、画家や彫刻家の創作とは比較にならないほどの条件がある。制約と言ってもいい。方位や日当たり、眺望といった敷地の特性、建築法規や構造強度、その他諸々の条件をクリアして初めて建築は成立する。豪邸の場合は、その条件がある程度緩いことでかえって難しい。

たとえば建物の配置計画だけでもそうだ。低コストの都市型住宅では、狭い敷地に対して「これしかない」と一発で決まるケースが往々にしてあるが、広大な敷地に計画する豪邸では、まずどこに配置しようか、というだけでいくつも案が生まれ、すべてを比較検討しなければならない。予算的な制約でも同じことが言える。輸入品から特注品まで含め、選択肢が広がれば広がるほど、無限の可能性を検討することになる。

そのうえ今回はもう一つ制約が緩い。締め切りだ。

「ゆっくりでいいですから、会心の作をつくってください」

これはプレッシャーだ。その言葉をもらってから「会心の案」を提示できないまますでに半年になる。

「川津さん、最近お悩みでしょ」

桜子がしゃべっているので、菅野が小声で訊いてきた。

「わかるか……」

「ええ、最近ジムに行くことが多いですし……」

気分転換のつもりだったのが、むしろ現実逃避の時間になっている。それでまた滅入る……。

「例のカーマニアの豪邸さ。……あれ時間かかってるだろ」

「ああ、柳瀬《やなせ》邸ですね。川津さん、ずいぶん考えてますもんね」

「そう、ゆっくりでいいと言われながら、その間に今の自宅を売る段取りとか、子どもさんの転校の話とかされるからプレッシャーだよ……。あれなぁ、突然、もういいです、ってことになるかもしれんぜ……」

「その前に僕がつくった検討用の模型、十七個ありますからあれ全部持って行ってくださいよ。そうとう考えていることは絶対わかってくれますって」

十七個もつくったか……。川津はそれを聞いても達成感は何もない。むしろ疲労感を覚える。

「ちょっと、川津さん、菅野君、私の話聞いてます？　あっ、八頭先生寝てないですか」

「ん？　目つむってただけよ。君の熱弁はすべて流し聞きしている」

正しくは「聞き流している」だろう。

ようだ。

八頭は、滝田邸がセルフビルドで増改築を続けている建物だと聞いて、見学に興味を持った
素人が大工や建設会社に頼らず自分でつくるセルフビルドの建築には「奇想の建築」などとよばれる風変わりなものが多い。世界中にさまざまな事例があるが、日本のような地震国で法規制も整った先進国では、なかなか実現できるものではない。

「最後に聞いてください。注意事項というか、ちょっと知っておいてほしい事前情報です」

桜子はまとめにかかったようだ。

「千尋は教育学部を出て小学校の先生をしていました。それがいろいろあって体も壊して、今は学校を辞めて実家でお母さんと一緒に暮らしています。だから今回お世話になる千尋のお父さんとは別居していて、久しぶりに会うことになったんです。何か事情があると思うんですけど、私もよくは知らないし、その辺の話は特に触れないようにしてあげてください」

「そりゃ、こっちからする話じゃないだろ」

川津が応え皆も同意する。二泊させてもらう計画も、ゆっくりと親子の時間をつくってあげたい、という桜子の配慮があるようだ。

「あと、もう一人の友だちの涼子《りょうこ》は、あっ苗字は沢木《さわき》さん、千尋の友だちということで私も仲良くなったんです。大学は一緒で学部は芸術学部。岡野《おかの》デザイン事務所っていうインテリアの設計事務所に勤めてるんですけど、川津さん、知ってます?」

「もちろん知ってるよ。名前だけでお会いしたことはないけど、たぶん九州では唯一と言っていい全国的にも有名なインテリア事務所じゃないかな。たしか以前、西中洲のバーのインテリアで、大きなデザイン賞をもらっていたよ」

「そうです、ほぼ同業者ですよね。あっ、そうだ、菅野君、涼子は美人よー。すっごく背、高いし、学生時代モデルのバイトやっとったくらいなんやから。それに大学におっきな赤いバイクで通学しとったけん、もう誰もが振り返る芸能人並みよ。……まっ、当然彼氏はおるやろね」

桜子は博多弁で親しみを込めつつ、菅野の心情をアップダウンさせた。

3

一月十五日金曜日、桃井企画委員長の計画どおり、午前八時に参加者全員が事務所に集合した。

午前中に一カ所建築見学をして、午後滝田邸に到着。建物を見学させてもらったあとは懇親会。一泊して二日目の土曜日は、景勝地や史跡めぐりなど建築以外の観光予定。戻ってもう一泊させてもらって三日目の朝出発。帰りに建築見学としても面白い温泉施設に寄り、あと二カ所ほど大分の建築を見学して福岡へ戻る、という行程だ。

学生時代から何度も建築見学旅行をしてきたが、今回の旅行はこれまでに比べて格段に緩やかな見学行程となった。

建築の見学は、神社仏閣から東京スカイツリーといった現代建築まで、海外ならシドニーオペラハウスやアントニオ・ガウディの建築など、一般の人にとっては人気の観光コースだろう。ところが建築設計に携わる者は、どこに行っても「観光旅行」にならない。休暇としての観光ではなく、仕事上の研修として建築を見てしまうからだ。今回は、なるべく頭を休めるための「観光」にしよう、という方針だ。

八川事務所のメンバー四人に加え滝田千尋も乗せて、川津のミニバン一台で行くことにした。事務所から十分ほど走ると、待ち合わせのコンビニに千尋は来ていた。

大きな瞳と薄い唇が印象的だ。桜子から家庭の事情や体を壊したことを聞いていたせいか「薄幸の美少女」という言葉が浮かんだ。小学校の教員であっただけに年上にも礼儀正しい。丁寧な挨拶のあと、申し訳なさそうに言った。

「すみません。会社の皆さんまで巻き込んだみたいになってしまって。桃井さんに一緒に行ってほしかったものですから……」

「いや、こちらこそ申し訳ないです。ちょうど社員旅行に行こうかというタイミングでもあったんですが、大勢でお邪魔することになってしまって」

川津が詫びると、千尋は「そんなことありません。よかったです」と小さく首を振った。

コンビニでおのおの昼食用の弁当を買った。桃井企画委員長の提案で「近くにお店はなさそうだし、行楽気分を出すため、お昼は外でお弁当を食べましょう」とのことだ。

まずは最初の見学地、大分県中津市に向かう。川津が運転し助手席に八頭、二列目に桜子と千尋、三列目が菅野と皆の荷物、という座席配置だ。

福岡都市高速からそのまま九州自動車道へ入る。季節的にも観光シーズンではないので道はすいている。天気は薄曇りといったところだが、気温は四月上旬並みという暖かさだ。暖房を緩める。

車内の会話の中心は、位置的にも桜子だ。千尋と学生時代の友人の近況報告をしているようだが、菅野は同年輩であるだけに時々話に介入している。八頭は無言。寝ているのかもしれない。

「えっ、八頭さんと川津さんって同級生なの?」千尋が驚いたように桜子に訊いた。

「そうは見えんやろ。川津さんはスポーツマンで若々しいけど、八頭先生は、おじさんくさいっていうか、まぁ年齢不詳やんね」

桜子は八頭に聞こえていてもこれくらいは言う。

「年齢不詳」は、よく言われる。八頭は時々髯《ひげ》を生やすし、彼が言うところの「くせ毛の調子」が日によって変わる。上縁だけが太くてこげ茶色の眼鏡を、それも首からチェーンをつけてかけているので、確かに年寄りくさいと見えるかもしれない。

「ついでに言っとくと、菅野君は私たちと一緒の歳。やけどこの人はね……謎の人やけん近づかんように」

「なんだよ、それ」と菅野。

「ミステリー小説ばっか読んどうけん謎の人やん」

好意的とは聞こえない紹介だが、菅野はさほど不満ではないのだろう、笑いながら「はいそうです」と自認する。

「サクラちゃん、も一つ訊いていい？　なんで『川津さん、八頭先生』って呼ぶの？　菅野さんは『川津さん、八頭さん』なのに」

「そう、私だけはね。ホントの先生やけん」

桜子は千尋に「八川事務所との運命的出会い」をたいそうに語った。

彼女は入社一年目。大学の文学部を卒業後、ある美術系の出版社に就職したが、彼女いわく「いい本ばっかりつくっていたせいで」二年後にあえなく倒産。その後、学生時代に建築史関連の研究をしていたこともあって、設計に興味を持ち建築の専門学校に入学した。

その学校で非常勤講師をやっていた川津の友人が急病で入院したとき、一回だけの代理講師の依頼があった。ところが川津はどうしても都合がつかず、そこで仕方なく八頭が代理講師のそのまた代理として教壇に立ち、その授業を桜子が受けた。だから彼女だけは「ホントの生徒」として「先生」と呼ぶので、八頭も嫌々ながら黙認しているというわけだ。

八頭の講義がいったいどんなものであったか、川津は想像するだけで背筋が寒くなるが、桜子はその授業を受けて、つまり八頭を知ったうえで就職を志願してきた。だから採用した、とも言える。うちでは、八頭の独特な——端的に言えば「変な」——思考回路が、ある程度理解できなければ仕事にならない。そういう意味では、八川事務所のメンバーは皆どこか変わっているのかもしれない——俺以外、いや俺も含めてか——。川津は運転しながら一人苦笑する。

4

午前十一時。最初の建築見学を終え、再び車を走らせる。

東九州自動車道の別府、大分を通過し、臼杵市へ向かい山並みの続く中を走る。九州の山は冬であっても緑が多いが、新緑ではないので黒ずんだ緑。そこに葉を落とした蔓《つる》性植物がすすけた色の網をかけたように重なる。

後ろの席の桜子たちは相変わらずあれこれしゃべっていたが、気がつくと話しているのは桜子だけで、千尋はだんだん口が重くなっている。父の家に近づくにつれ緊張してきたのだろうか。桜子の話も途絶えがちになってきた。

「今は冬だけど、この辺、夏になったら緑いっぱいだろうし、秋は紅葉がきれいだろうねぇ。僕は、ああいう山を見てたら一つ思い出すことがあるんだ……」

菅野が後ろから桜子たちに話しかけた。社交上手だから、場を取り持とうと沈黙を破ったようだ。

「僕の大学の同級生で、大分出身の金光《かねみつ》君っていう人がいてね。名前が峰雄《みねお》っていうんだ。山の峰と雄大の雄ね。親が大分の雄大な山の峰から、思いを込めて名づけたんだろうな……いい名前だなぁ、って僕は思ってたんだ」

「そうやね。けっこうありそうでないような気がするね」

桜子が千尋に同意を求めるように言った。

「それでね、忘れもしない、大学入って最初の授業が線形代数って科目、まぁ数学ね。そこで授業の始めに出欠を取ったとき、先生が彼の名前をなんて読んだと思う？」

「えっ、山の峰っていう字やったら、ミネオとしか読めんっちゃないと？」

「音読みならホウ、ユウ。まさかフォーユー君？」

桜子のほうが常識的返答。千尋は、かなり飛躍的？　発想だ。

菅野もびっくりしただろうが、一呼吸置いて続けた。

「それが……なんとハチオ君！　わかる？　山の『峰』を見間違って昆虫の『蜂』って読んだんだよ、虫偏の。そのうえ金光君だからミツバチ君みたいになっちゃうわけよ」

桜子が、「ひえーっ」と大笑い。これには運転している川津も声を出して笑った。横を見ると、八頭もにやりと口元を上げている。

「でも……それ小学校でやったら、もう大変なんてもんじゃないですよ。私、経験ある」

千尋は笑っていなかった。むしろ少しとがめるような口調だ。

「さっき私、峰雄君をフォーユー君って言ったでしょ。ホントにそういう名前あるんだから……。最近の子どもの名前って親がすごく凝るから、ちょっと読めないような名前が多くて。たとえば……流れる音で『るのん』ちゃんとか、望む愛って書いて『のあ』ちゃんとか……。『海』っていう一文字で『まりん』ちゃんっていう子もいた。名前って使っていい漢字の制限はあるけど、読みは自由なんだって」

「へえー、やったら私の名前も桜子って書いて『チェリー』でも？」

菅野がぷっと吹き出す。「よく言うよ」

「それでね、クラスの子の名前、読み間違えたら大変だから、それは慎重になるわけ。どうするかって言うと、名簿には当然ひらがなも書いてあるから、そっちのほうを読むの。それで……私『みは』ちゃんを『みほ』ちゃんって読んじゃって……」

「『みは』ちゃん？」

「そう、美しい波で美波ちゃん。ひらがなを読んでるから『は』と『ほ』を間違えて、つい『みほ』って読んじゃったわけ」

「だって『みほ』ちゃんのほうが絶対多いやん」桜子がうなずく。

「そしたら美波ちゃんのお母さんからクレームのメールが来た。校長宛てよ。美波はハワイだかグアムだかの美しい波の思い出からつけた名前なんだって。これまで『みなみ』と呼ばれたことはあったけど『みほ』なんて初めて。おたくの教師は『波』という字も読めないのですか。名前というのは本人のアイデンティティーだから、それを間違うのは個人の否定につながります、……ですって。ほとんど担任替えろって言わんばかりよ」

「噂には聞くけど、小学校の先生って、そんなことまで言われるなんて大変やねー。その人あれやね、モンスターペアレントっていうの。……頭良さそうやけど」

「そう、私驚いた。子どものためにあれだけ必死になって、普通の常識がある人なら絶対言わないようなこと言うんだもん。最後は土下座しろって……」

千尋は嫌なことを思い出したからか、訴えるように饒舌になった。

「でも私、思った。親ってこんなにも子どものことを大切にするんだ。周りのことが見えなくなって、自分の子どもだけを宝物のように思うんだなぁ……って、なんだかある意味感心した。……特に……自分の父親を思ったらね」

千尋は最後の言葉は少し間を開けて、ゆっくりと言った。

「うちの父なんか全然違う。冷たい人よ」

桜子は黙って聞いている。

「サクラちゃん、私言ってなかったよね。子どものころに兄が死んだのは、阪神の震災だったの。私は小さかったけどすごく覚えてる。そのとき父は、お母さんをものすごく責めた。兄が死んだのは、お母さんが無理やり関西の学校に行かせたからだって。責めると言っても怒鳴ったりじゃないよ、ぷつんと切れたんだと思う。すごく怖い顔をしてたのを覚えてる。それから怒って家に帰ってこなくなった」

「そうやったん……」

「私はお母さんと一緒に父に捨てられたと思ってる。父にとって兄は宝物だったのかもしれない。だったら私はどうなの？　どうでもいいの？　って。子どものころからずーっとそう思ってた」

「そんなことないと思うよ……」

「兄が死んだのは震災よ。お母さんのせいじゃないのに、父のそういう態度でお母さんは追い詰められたんだと思う。ずーっとふさぎ込んで、よく病院にも行ってた。たぶん精神科。父は、仕事じゃなくて何か別のことでけっこうなお金が入ったらしくて、それで仕事も辞めたんだって。株とか投資とかじゃないかな、たぶん。そんなのにのめり込んで、いい気なものよ」

「今日お父さんに会ったら、ゆっくり話したらいいよ。もうずいぶん時間もたって、きっと気持ちも変わってきとうよ」

「うーん、どうだろ……。私も小さいころは、父に帰ってきてお母さんと仲直りしてほしいって、何度も頼んだけどだめだったもん。私もあきらめて、そのあと入学祝いとか卒業祝いとか送られてきても返事もしていない。最近はクリスマスのイヤープレートだけが毎年送られてくるけど、開けてもいない」

しばしの沈黙。桜子が気分を変えるように言った。

「イヤープレートって？」

「サクラちゃん、見たことない？　ロイヤルコペンハーゲンのイヤープレートって。毎年クリスマスにその年のお皿が発売されて、世界中にファンがいるんだって」

「ああ、何か聞いたことある」

「ほら、うちが設計した『長崎の家』で、リビングの欄間《らんま》に飾ってあったあれだよ」

菅野が思い出したように言った。

「ブルーのお皿が二十枚くらい飾ってあった。あれは北欧の……デンマークだったか、のメーカーだけど、日本の古伊万里の影響を受けてるんだ。あの青と白がクリスマスにぴったりだよね」

菅野は場の雰囲気を変えようとしたのだろう。話したのは『長崎の家』の施主の受け売りだ。だが、話題はそれ以上進まない。千尋が続ける。

「このあいだ久しぶりに父から電話があったときも、私たぶんうんざりした態度だったと思う。自慢したくなるようなすごい家ができたっていう話から、不動産の登記がどうの相続がどうの、保険はこうなってるとか、自分が死んだあとどうするとか、なんだかまだるっこしい話をするから、私『それで、ご用件は？』って訊いたの。

そしたら『そういう話もあるから一度家に来ないか』って言われて、いいよ、って言ったんだけど一人じゃなんだか気まずくて、サクラちゃんたちを誘ったっていうわけ。

でも、私は父がお母さんにしたことは許していないよ。私がもーし父と言い争いになったら、皆さんも嫌でしょうから、サクラちゃん、うまいことよろしくね。そのキャラで」

「わかった。そのときは任せといて。やけど、よく話をしたほうがいいよ」

二人の話は前後の座席にも聞こえたが、それは千尋もわかったうえだろう。現在の自分と父親との関係を、予備知識として事前に知らせておこうとしたように聞こえた。


川津は、千尋の話を驚きとともに聞いていた。あの阪神の震災で身内が亡くなっていたとは……。それが二十年以上たった今でも、親子の亀裂となっている家族がいることを。

川津にとっては、あの震災は、もはや過去として記憶する出来事だった。彼女の、美香《みか》のご両親は今どうされているだろう。

川津は、高校時代から牧園《まきぞの》美香という同級生と付き合っていた。彼女は、名は天使ミカエルからつけられたというクリスチャン一家の一人娘であり、高校卒業後は神戸のキリスト教系の大学に進学した。

大学三年の冬、川津と美香は二人で長崎の教会をめぐる旅に出た。川津は建築史上の見学対象として、美香にとっては礼拝の旅だ。

長崎では有名な浦上《うらかみ》天主堂や大浦《おおうら》天主堂を訪ね、原爆資料館やグラバー園などの観光地にも行った。だが、どこよりも二人が感動したのは、点在する島々を船で渡りながら見て回った五島列島の天主堂群だった。

明治時代、大工棟梁であった鉄川与助《てつかわよすけ》の手によって建てられた教会建築は、西洋文化への飽くなき探究心とともに、一作ごとに創意工夫を凝らし続けた建築家としての姿が強く伝わってきた。美香は、それまで隠れて信仰の灯をともし続けていた信者たちの解放の喜びが見える、と言った。

クリスマス礼拝にも二人で出席した。それはとても一言では言い表せない感動的な体験だった。そこで二人は未来を誓った。

美香は年が明けて大学のある神戸へ帰った。

あの日、川津は胸騒ぎで目が覚めた。

テレビに映る信じられない光景。建築学科で学んだ構造設計の「仮定」が、現実としてそこで起きていた。一生見ることがないと思っていた建物の倒壊、炎上する街……美香はそこにいた。

阪神・淡路大震災。

彼女が見つかったのは地震から数日後。自宅にいなかったため行方不明者にカウントされ、川津は近くの避難所を一つ一つたどっていたときだった。

美香は焼け焦げた家の中にいた。それは隣の家だった。

足の悪い老人を助けようとして、背負っていたときに建物が焼け落ちたのだろう、折り重なった姿で見つかった。一人なら逃げる時間はあっただろうに……近隣の人々は口々に悔やんだ。

いつもロザリオを身につけていた敬虔なクリスチャンであった美香。呆然とした中で思った。神はいったいどこにいるのだろう、と……。

川津にとっては決して忘れられない記憶だった。だが、これまでもこれからも、誰にも話すことはない。八頭も知らない過去だ。


「八頭先生、千尋の話、聞いてましたよね。千尋とお父さんとのことは私に任せて、向こうで余計なこと言わないでくださいよ」

「わかってる。そもそも名前というのが本人のアイデンティティーだって言うのなら、子どもの名前なんか十五歳くらいまで仮の名前をつけといて、そのあと本人と相談して決めればいい」

「はあ?」

「昔の子どもは、みんな幼名だった。あれは仮称だ。牛若丸、犬千代、猫夜叉《やしゃ》……うん、動物が多いから蜂雄《はちお》もありだな」

「なんだ、さっきの子どもの名前の話ですか。けど先生が言ってるのは戦国時代とかじゃないですかぁ。昔は戦乱とか疫病とかで、大きくなるまで生きているかわからないから、先祖代々の名前をつけるのをためらったんでしょう。それで幼名なんですよ」

「だから、それがまさに仮称じゃないか。そもそも名前っていうのは他人から呼ばれて認められることによって存在するんだ。夏目漱石は知っていても、本名の夏目金之助《きんのすけ》は知らない人のほうが多い」

八頭は千尋の「家庭の事情」の話にはあまり興味がなかったのだろう。あえて記憶せず、子どもの名前に関しての自説を述べた。

5

車は滝田邸へ向かい、ときおり海が見え隠れする道を走る。空は雲に覆われてきた。

一本道は、複雑な等高線をなぞるようにカーブの連続。そのうえ、対向車が来たらすれ違えない道幅なので、所々に待機場所がある。幸いにも対向車はほとんど来ない。ゆっくりと来た軽トラックとすれ違い、赤いオフロードバイクがさっそうと追い抜いていったくらいだ。鬱蒼《うっそう》とした樹々《きぎ》は所々で枯れ枝が大きく垂れ下がり、車高の高い川津の車のルーフをこする。

一つ坂を上ったところで急に霧が出てきたので、フォグランプを点けた。光が届く範囲は数十メートルといったところか。スピードを落とし、慎重な運転となる。

滝田邸へは午後の到着予定としていた。桜子の「行楽気分を出すため、お昼は外で食べましょう」企画だが、とてもとても、そんなのどかな場所は見つからない。まもなく午後一時だ。

「もうすぐ着いちゃうんじゃないですかぁ……」

道が細くなるにつれ、菅野の心も細くなったようだ。カーナビの住所入力を頼りに車を走らせているが、時々道のないところや海の上を表示するから頼りない。

「川津さんのカーナビ、大丈夫なんですかぁ……」

桜子は自分の段取りが狂いそうなので、前列席に身を乗り出してふくれっ面を見せる。

「あっ、川津さん『落石注意』です」

見ると、標識の後ろの岩肌には落石防止のネットが張ってあるが、事実こぶし大の石が落ちてきている。路上には所々に湧き水も流れている。

「どうしようかね、ご飯」川津が声をかける。

「企画委員長さーん、こんなところで食べたくないですよう。なんかじめじめしてて蛇とかいそうだよ」

菅野が言うと、桜子は企画委員長の責任感からか、むっとして唇をとがらせた。

割と長いトンネルを抜けると、驚いたことに霧はまったくない。相変わらず鬱蒼とした林の中だが、どうやら太陽も出てきた。

大きなカーブを曲がると、突然両側の樹々が開けた。前方にまぶしいくらいに明るい場所が見える。

「おー、あそこ、いいんじゃないか」

近づくと海が見える。川津は車を停めた。

「ここだよ、ここしかないね。ここでご飯食べよう」

小さな展望スペースのように視界が開けた場所だった。駐車も邪魔にならない道幅だ。少し先には、腰掛けるのにちょうどいい平らな岩がいくつかあった。

「いやぁ、ここベストですね」

菅野は満足げに言いながら、弁当の入ったレジ袋を車から降ろす。

「あーっ、ねえ、あれやないとー？」

突然の、だが相変わらずのかんだかい声。

目の前は小さな入り江だ。その向こうは切り立った崖の岩肌。周囲の木立には、ほとんど人の手は加わっていない。その陰に隠れるように建物が見える。ちょうど同じ目の高さ。直線距離にして百メートルくらいだろうか。まるで「ここで一度建物を見てから来てください」と用意されたかのような景色。一枚の絵ハガキを見ているような「フォトジェニック・プレイス」とでもよびたいスポットだ。

複雑な海岸線に連続してそびえる山々。絶景を背景に、超然とした姿で海に臨む邸宅があった。——間違いない、滝田邸だ。

建物は何棟かに分かれているようだ。

手前にある建物は平屋の陸屋根。木立の間から平らな屋根面がわずかに見えるだけだ。その向こうに見える建物に驚嘆する。

こちらから見える東側の壁面は窓のない無表情なコンクリート、海に面した北側は全面ガラスのようだ。それが一階だとしたら、何よりも強烈な印象を与えるのはその上の二階部分。南北方向に細長く伸びた二本の筒のような直方体だ。やはり側面には窓がなく、それが一階のコンクリートの上に、まるで積木が置かれたようにぽんと載っている。積木が置かれたよう、と見えるのは、直方体の先端が海に向かって空中に大きくせり出しているからだ。

表面の仕上げは、金属かあるいは塗装によるものだろうか、茶褐色の光沢のある素材が太陽の光を反射してまぶしく輝いている。窓がないためスケール感がつかめず、正確には何階建てか判別できないが、少なくとも普通の二階建てのスケールではない。プライマリーな形態のオブジェは、まるで木立の中に置かれた巨大な模型のように見える。

皆、息を止めたように声もなく見つめている。臼杵湾から四国へ向かうフェリーだろうか、建物の背景に置かれた点景のように、ゆっくりと進んでいく。陳腐な表現だが、まさに絵のような景色だ。

「あれが千尋のお父さんの家？　……すごいかっこいい」と桜子。

「何かの基地とか観測所とか、研究所みたいにも見えるよね。理系ミステリーの舞台になりそうな……」菅野も視線を固定したままだ。

「理系ミステリーかどうかは知らんけど、そう見えるのは、あのキャンチのせいやね」

「おっ、知ってるな。正確に言えばキャンティレバー。片持ち梁による持ち出し式の構造形式。こんな感じで根元で支えてます」

菅野が千尋を見て「小さく前にならえ」の形で脇を閉めて腕を伸ばす。建築の専門用語をわかりやすく説明しようとしてだ。

千尋はうなずくが表情は硬い。まるでこちらを拒絶するかに見える堅固な壁面を目にして、今からの父親との対面を思い、より緊張感が高まったのかもしれない。

八頭はずっと黙って見ていたが、川津のほうを向いて感心したようにうなずいた。

「まあ確かに工事中のようだけど、あれはセルフビルドというレベルではないね」

川津もそれには驚いた。セルフビルドの建築は、一人でこつこつとつくるのだから、組石造のように小さな部材を積み重ねて建設されたものが多い。外観は過剰に埋め尽くされ、たぶんに装飾的だ。

滝田邸はまったくの逆。小さな部材の集積ではなく、大きなブロックによる幾何学的な造形だ。規模的にも構造的にも、とても一人でつくれるものではない。素人が自分の家を自分で考えて設計した、という意味で「セルフデザインの建築」と言うべきだろう。

八頭が「確かに工事中のようだ」と言ったのは、驚いたことに、建物の奥の方に建設用のタワークレーンが載っているからだ。マストとよばれる支柱は、送電線の鉄塔のような透けた四角柱。建物より五メートル以上立ち上がり、そこに回転する旋回体部分が載っている。そこからはジブとよばれる鉄骨のアームが水平に伸びる。回転半径は、二十メートルくらいはあるだろうか、ちょっとした大型工事現場並みだ。

ただその印象は大きく異なる。なぜかと考えてみたら、それは色だ。

このクレーンは、支柱もアームも工事現場でよく見かける赤白の塗り分けになっていない。白一色だ。低層なので航空法の規制に抵触しないからだろう。白く塗られた骨組みの上に白いアームが大きく伸びる姿は、純粋に機械的な機能美を感じさせる。

「双眼鏡を持ってくればよかった」

桜子が滝田邸の写真を撮りながら言った。

「あっ、そういえば。ねえ、気がついた。ほら、あの北九州の美術館に似とらん?」

桜子の問いに菅野が応える。

「ああ、似てる。磯崎《いそざき》さん設計の北九州市立美術館だ」

北九州市立美術館は、ここ大分県出身の建築家、磯崎新《あらた》の設計によるものだ。西日本における大規模な公立美術館の先駆けとして、開館してもう四十年にもなる。二本の筒のような直方体が前面に十メートル以上せり出す独特な姿は「丘の上の双眼鏡」とよばれて市民に親しまれてきた。

「あれをヒントにしたのかな。ロケーションもちょっと似てますよね。あの飛び出した二階は、なんの部屋でしょう」

　菅野が訊いてきた。川津も考える。

「北九州の美術館は、あそこが常設展示室だったから、やっぱり展示ギャラリーみたいなものか……だが住宅だからなぁ……まぁ、ぜひとも見せてもらいたいもんだな」

　八頭は少し離れた場所まで行き、眼鏡をはずし首に下げた。滝田邸を見ながら何かの発想が湧いたのだろうか。

　八頭は考えごとをするときに眼鏡をはずして歩く癖がある。彼は近視と乱視がひどいため、眼鏡をはずすと、目に見えるのは、ほとんどぼやけた輪郭だけの世界らしい。その状態で考えるとひらめくものがあると言う。眼鏡をチェーンで首から下げているのは、歩いているうちに何度となく置き忘れたからだ。

　滝田邸を見ながら皆で弁当を食べた。

　桜子は千尋に、お父さんの家について彼女なりの専門的解説をしていた。千尋は、北九州市立美術館が『図書館戦争』という映画の戦闘シーンのロケ地になっていたと教えてくれた。確かに「丘の上の双眼鏡」は巨大な大砲のようでありビジュアル的にも迫力がある。

　弁当はあっという間に食べ終え、再度、車に乗り込む。

　上り坂の一本道をさらに進むと、まもなく分かれ道が現れた。そこからが滝田邸の敷地のようだ。左へ大きくUターンして、遠回りから戻るように海沿いの坂道を今度は下る。しばらくはまた鬱蒼とした細道。すると、突如視界が開けた。

滝田邸に到着した。

第二章

ヴィラ

1

建物へは東側からアプローチしてきたが、玄関らしき入り口は見当たらない。建物の南側を壁面沿いに進む。山の斜面が車路のすぐそばまで迫り、側溝もあるので脱輪しないよう最徐行運転となる。

右手に見える壁は一面鈍い銀灰色の金属板、たぶんチタンだ。窓のない閉鎖的な壁は一部はメッシュ状になっていて、その奥には排気ダクトや空調室外機など、外部に設置すべき機器類が見える。金網で半分隠ぺいされているので目立たず、かつ機能は満たすというまい処理だ。壁面の中央付近には内側にへこんだ部分があり、ワイヤメッシュの向こうには、溶融亜鉛メッキを施された屋外階段がはめ込まれるように収まっていた。

建物を通り過ぎた車路の突きあたりが駐車場になっていた。北から波の音が聞こえるが、樹々で覆われ海面は見えない。下の方に平屋の建物がわずかに見えた。

駐車場には乗用車が三台と軽トラックが一台、大型バイクが一台停まっている。福岡ナンバーのワンボックスカーは、たぶん一緒に招かれた岡野デザイン事務所の一行だろう。あちらもたった今、着いたようだ。ドアが開き二十代と思われる男女が荷物を降ろしていた。

別の一台、黒の外車から降りてきたのが所長の岡野だろう。車はよく見ると、ルーフは閉じているがＢＭＷのカブリオレだ。彼もこだわりのカーマニアなのかもしれない。

「涼子ー、久しぶりー」

桜子は手を振りながら走っていき、すぐに友人と談笑している。川津たちは荷物を降ろしながら、どうぞよろしく、といった軽い会釈をした。挨拶を返した岡野事務所一行は、先に建物に入っていった。

あらためて建物を見上げる。遠目に見た巨大なタワークレーンが真上に見える。支柱は、底辺が縦横約二メートルの正方形、金属板の壁面から上空に伸び、鉄骨の骨組みは透明ガラスで覆われている。

「すごいですよね、あのクレーン。なんで支柱部分がガラス張りなんでしょう」

菅野も川津と同じ疑問をいだいたようだ。

「たぶん鉄骨の保護なんだろうけど、海に面してるとはいえ、確かに普通は考えられないよな。何か理由があるんだろう」

クレーンのアームの下には、さっきの「フォトジェニック・プレイス」から見た筒状の直方体が見える。コンクリートの上に載った直方体は、南北方向、つまり山から海に向かい、キャンティレバーの張り出しは四メートルくらいありそうだ。下から見上げると、離れて見たときよりも格段に迫力がある。

建物の周りは、すべて生い茂った自生の植物で覆われていた。それが途切れて、樹木のトンネルのようになったところに玄関があった。コンクリートの巨大な壁面に、南側の金属板が回り込んできた背の低い下屋《げや》のようなつくりだ。あえて本体の一部とはせず、玄関部分だけが付加されたかのようにデザインされている。

「この樹木の中に隠された玄関、なんだか謎の館《やかた》の入り口っていう雰囲気ですよね」

菅野は、期待感いっぱい、という口ぶりで八頭を見る。

そのとき「あれっ、あそこ！」桜子が大声をあげた。

「誰かいる！」

桜子は海側を指さした。少し進んでみると、その先は階段のある下り坂となっていて、コンクリートの外壁が、斜面に直接突き刺さるように基礎部分が露出している。床下部分に見える背の低いドアは、設備の点検口か基礎部分を利用した床下倉庫か何かだろう。

「今そこに誰かいて、あの茂みの中に隠れた」

「本当？　あのドアから？」千尋の問いに、桜子は目を見張ったまま答えた。

「うーん……そうやないと思う。がさがさって茂みが揺れたけん」

「風で揺れただけじゃないの？」

菅野は別なものを発見したようだ。「それより、こっち。これ見て」

玄関ドアの脇に、照明器具とともに、金属のオブジェのようなものがかかっていた。よく見ると、鉄筋や釘、ボルト、ナット、ギヤ、鎖などの既製品の部材が、溶接されて固められている。

「なんだろ、これ」

桜子が携帯で写真を撮る。「くず鉄の彫刻？」

ふと川津の記憶に、どこか遠いところからよみがえるものがあった。唐突な思いは、何か嫌な予感、嫌な記憶につながるように思えた。こういう造形彫刻をどこかで見たのだろうか、負の感情とともに……。思い出そうとして思い出せないもどかしさからか、漠然とした不快感を覚えた。

「これは表札だね。文字が見える」八頭が見つめながら言った。

「溶接された材料の一番上、表面の部材だけを読むんだ。そしたら、アルファベットが浮かぶ。V、I、L、L、A……、『ヴィラ』だ」

八頭の解釈に川津も同意する。「なるほど、うん、ヴィラだな」

「ヴィラって……家でしたっけ」

桜子の質問には、川津が千尋にもわかるように、と説明する。

「最近は貸し別荘をヴィラとよんだり、マンションの販売文句までヴィラなんて書いてあったりするが、本来はこういうところ、郊外のランドスケープの中に、ぽつんと建っている邸宅をヴィラとよぶんだ。さっきご飯を食べたところから見たこの家の姿。あれはまさにヴィラのたたずまいだった」

川津は一度言葉を切って表札をじっと見る。

「コルビュジエの『サヴォア邸』がフランス語で『ヴィラ・サヴォア』だ。で、ヴィラのあとが『滝田』と読めれば滝田邸なんだけど……文字数からしても『ＴＡＫＩＴＡ』じゃないよな」

表札は、小さな部品が重層的に溶接されていて、表面の部材だけを読む、というのがなかなか難しい。

「ヴィラ……の次は、同じＡ……最後はＣですよね。……ヴィラ、Ａ……Ｌ、Ｃ……ですかぁ？　外からは見えないけど、どこかにＡＬＣをばんばん使ってるとか」

菅野は、建築材料のＡＬＣ版から連想したのだろう。ＡＬＣ版とは軽量気泡コンクリートパネル、鉄骨造の建物で一番ポピュラーな外装材だ。当然、価格も安い。

「ＡＬＣを使っていたとしても、名前にするほどそれを胸張って誇るかね？『ヴィラ・ウッド』で『木の家』なんていうのならまだわかるが」

菅野がくすりと笑う。

「それってハウスメーカーの家にありそうな名前ですよね。そうだ、川津さん、『ヴィラ・スティール』、『鉄の家』というのもいいですよ。今考えてる柳瀬邸でどうですか。カーマニアだから、外装を一体成型の鉄板で三次元曲面にして……カッコいいんじゃないですか」

川津は、悩ましい話を思い出させてくれてうれしくはないが、菅野の気遣いなのだろうと思い直した。

「わかった。ヴィラ、A……B、C、だよ」

桜子がうんうんとうなずいている。

「どういう意味だよ、ABCって」菅野が突っ込む。

「何かこう、初めの一歩？　さあ基礎から始めよう、みたいなぁ？　ねっ、千尋」

千尋は首をかしげている。

建築工事は基礎から始める。ここの主人も、素人が建築の基礎から始めた。それなりに意味はわかるネーミングかも……と思ったが、

「A、R、Cだな」八頭が目を細めて言った。

皆が表札を見つめる。

「うーん、言われてみればそうですね。真ん中の字、Rですよ。ABCは取り下げ。八頭先生が正解！」
V、I、L、Aはすべて直線なので比較的簡単に読めるが、曲線があるRとCは、なかなか読みづらい。だが、短い直線部材の組み合わせを曲線として見れば、確かにRと読める。
「ARCってなんのことですか。RCは鉄筋コンクリート、SRCなら鉄骨鉄筋コンクリートというのはもちろん知ってますけど」

桜子が自分の知識をさりげなく？　アピールした。

「ねえ、ＡＲＣってどういう意味？」

桜子は菅野に訊いた。

「『米国赤十字、American Red Cross《アメリカン　レッド　クロス》』の略称」

「出ました、ケンサク君！」

菅野は、わからないことはすぐに携帯で検索して調べる。それがすさまじく早いので、いつも桜子から「ケンサク君」と呼ばれてからかわれる。普通なら何か言いたいところだが、彼は名前が本当に菅野建作《けんさく》なので文句も言えない。健康の「健」ではなく建築の「建」、それを「作る」なのだから、建築設計にはぴったりの名前なのに……。川津はいつもにやりとしてしまう。

「なんで千尋のお父さんの家に米国赤十字があるとよ。あったらすごいシュールなシチュエーションなんやけど」

「ＡＲＣの大文字で検索したら、これがトップで出たんだよ。Ａと小文字のｒｃだと……読みはアーク……」

菅野は画面をスクロールさせたのか、ちょっと言葉を切ってすぐに続けた。

「アークとは『弧』『円弧』を意味する単語である。語源はラテン語の『弓』を意味するアルクス（arcus）という単語。これは『アーチ（arch）弓型をした門など』や『アーチェリー（archery）弓術《きゅうじゅつ》』と同じ語源である」

桜子は、少し考えてからいつものかんだかい声。

「わかったー。この建物、こっち側からは見えんけど海側は円弧の曲線になっとっちゃない？　それでヴィラ・アークっていう名前。どう？」

ふと川津は気がついた。

「この表札、アーク溶接でつくられてるよ」

「はい、出てきました。アーク放電を利用した溶接ですね。『電弧《でんこ》』ですって。やっぱり弧なんだ。でも溶接の方法を建物の名前にしますかね」

菅野の疑問はもっともな気はする。

「Ａｒｃ単体では、それ以外ないですねぇ。あとは、さっきの赤十字みたいな略称？」

「そう、アーカイブ（archive）の略じゃないかな。何かの記録や資料を保存する目的で建てられた資料館」

「おおー、川津さん、そっちのほうが正解っぽいですよ」

八頭が一つ咳払いをした。

「アルカディア（arcadia）『理想郷』はどうだ」

「あっ、それきれい。八頭先生に一票！」「私も！」

八頭の解釈案はなかなかロマンチックだ。女性票が二票入った。

玄関前で川津たちが表札の解読作業に夢中になっていると、すぐ横の壁面が突然開き、一人の女性が、すーっと現れた。

「わっ」そろって声をあげた。お化け屋敷における定番のリアクションとでも言おうか、それだけのインパクトがあった。

歳は五十代半ばか、髪を手拭いでまとめ、化粧っ気のない大柄な女性だ。下屋の壁面と見えたところに同じ素材でできたドアがあり、その奥に物置のようなスペースがあった。何かの作業中だったのか、流しには水が流れている。川津たちをちらりと見て、

「ああ、どうぞ。そこからお入りください。鍵も開いています。土足のままで結構です」

まったくの無表情でそれだけ言うと、女性は作業に戻った。

川津は、手伝いの人かなと思ったが、桜子がおおげさに肩をすぼめて小声で言った。

「見た見た？　今の人。なんかわからんけど、流しで血のついたナイフを洗っとったよ。軍手にも血がついとった」

2

玄関ドアを開けると、そこは特に何もない小部屋だった。風除室《ふうじょしつ》としての玄関ホールだろう。玄関ドアを開けたときに室内の空調効率を低下させないためのスペースだ。

次のドアを開けたところで、全員ははっと息を呑んだ。皆いっせいに左を向く。明るい光が

大画面となって広がっていた。

「うわっ、すごー」もちろん桜子。

　画面いっぱいに広がっているのは絶景の海だ。

　東西の間口いっぱい、天井いっぱいの全面ガラス。高さ四・五メートルほど、ほぼすべてがはめ殺しガラスだ。車のショールームで使われるようなガラス方立《ほうだて》による工法でつくられているので邪魔になる金属のサッシ枠がない。とても住宅とは見えない。広さからしても、観光ホテルか大企業の保養所のラウンジ、といった規模のリビングルームだ。

「いやー、すっごいですねー、この景色……。駐車場から入り口までも、木がものすごく茂っていて全然海が見えなかったじゃないですか。ここでいきなり、どーんとこの景色を見せるためですよね、きっと」

　菅野が言うとおりだろう。暗から明、低く閉鎖的な場所から天井の高い開放的な空間への劇的な場面転換は、まさに設計者が用意したドラマチックな演出だ。玄関ホールは、風除室としての機能を持たせながら、リビングに入ってからの驚きへと誘う効果的なワンクッションとなっている。

　リビングは、海に向かって左手つまり西側、間口の三分の二のスペースだ。残りの右側三分の一はダイニングスペースだろう。リビングは、川津たちが今いるところから、間口の幅いっぱいの全面階段を三段下りたスペースとなっており、ダイニングからはスロープで下るつくりとなっている。床材は、天然の割れ肌が特徴の石英岩。微妙な凹凸が自然の滑り止めとなっている。

　リビングの向こうに外部テラスが見えた。そこには、さっき挨拶した岡野デザイン事務所の
メンバーたちがいた。

「あそこにいるのが父です」

　千尋が小さく言ったとき、ちょうどテラスにいる人たちもこちらに気づいたようだ。川津たちもリビングを通り抜け、窓の端にある片引き戸からテラスに出た。岡野事務所のメンバーは

「ではあとで」と、入れ替わりに室内に戻った。

「やあ皆さん、よくいらっしゃいました。たいしたおもてなしもできませんが、ゆっくりくつろいでください」

　滝田はにこやかに迎えてくれた。千尋は「冷たい人」と言っていたが、印象は正反対で、いかにも温厚そうな人物だ。年齢は六十歳と聞いていた。頬から顎と鼻の下には手入れされた薄い髭。年相応のしわはあるが、目鼻立ちのはっきりした顔立ちは、やはりどこか千尋に似ている。

「よく来てくれたね。元気にしてたかい」

　こくんとうなずいた千尋は、やはり緊張しているようだ。

「大学の友だちの桃井さんと、勤めている八川建築事務所の川津さん、八頭さん、菅野さん」

と簡潔に紹介してくれた。川津も招かれた礼を述べた。

「それにしても素晴らしい景色ですよねー。下を見るとちょっと怖いぐらいやけど」

桜子が滝田と千尋の二人に向かって言った。テラスの先は断崖絶壁だ。葉を落とした樹々が寒々しく群生し、波打ち際は見えない。

全員が海を見渡している。複雑な海岸線と小さな島々のつくり出す風景には、ため息が出るばかりだ。

遠目から見たときは、今自分たちがいるこの建物しかよく見えなかったが、左右を見ると、東西両側に平屋の建物があった。左手西側には、駐車場から少し見えたシンプルな箱型の建物が見える。右手東側はおそらく客室棟だ。バルコニーつきのコンドミニアムといった雰囲気だ。

両側の建物は、こちらのリビング棟と平行ではなく、海岸線に沿わせて内側に傾けた配置となっている。三棟全体で見れば入り江を囲むようなコの字型の配置だが、どう見ても円弧とは感じられない。

「アークのカーブはどこにもないですね」桜子が小声で言った。

桜子も川津と同じことを考えていたようだ。八頭説に傾いたものの、当初の円形説の根拠を探しているのだろう、室内外をあちこち見回している。

「さあ、そろそろ中へ入りましょうか」

滝田の言葉で皆室内に戻った。

そこで岡野事務所のメンバーにあらためて挨拶をした。名刺交換は、なんとなく所長どうし、スタッフどうしとなる。

「あれ？　涼子、そのケージ、もしかして猫ちゃん？」

岡野事務所の沢木涼子は、たしか桜子が「モデルのバイトをやってた」と言っていた。なるほど身長は百七十センチ以上ある。シャンプーのＣＭに出てきそうなサラサラの長い黒髪、切れ長の目。どう見ても桜子と同じ歳とは思えない大人びた女性だ。桜子はマイナス六歳、涼子がプラス四歳の十歳差くらいにも見える。

「うん、アリスちゃん。家で一人にしたらかわいそうだから連れてきたの。うちの子、すごくいい子でおとなしいから大丈夫よ」

涼子はキャリーケージの扉を開け、中から黒猫を出した。手足を突っ張っているがとてもおとなしい。桜子に「ほら」と手渡されても、小さくミャアと鳴いて、あとはじっとしている。よく見れば少し震えているようだ。

「サクラの事務所の設計だったよね、県の建築賞を受賞した『猫ちゃんハウス』って。新聞で見たよ」

「そうそう、その取材に来た記者がゼミの後輩でねー」

涼子と桜子は、黒猫の頭を撫でたりしながら二人だけの話で盛りあがっている。

川津は横にいる滝田に小声で話しかけた。

「猫は自分のテリトリーの外に出ると、すごくナーバスになってしまうんですよね、不安がいっぱいで。おとなしくしているから旅行に連れていけるんじゃなくて、怖くておとなしくなってしまうから、本当は猫にはかわいそうなんですけどね」

川津は、滝田があまりいい顔をしていないように見えて気になっていた。動物が苦手、という人は多い。猫なんか連れてきて迷惑じゃないのか、彼女はなんとも思わなかったのだろうか。千尋もさっきから滝田の顔色をうかがっていたのはわかっていた。彼女も川津と同じように感じたらしい。……が、父親に向かって冷淡な態度で強く言い放った。

「私が連れてきてもいいよ、って言ったの」

涼子と桜子が驚いたようにこちらを見た。気まずい沈黙が漂う。

「いやいや、もちろんかまわんよ。ただ、外には出さないようにね」

滝田は気を取り直したように笑顔を見せた。

「さあさあ皆さん、お掛けください」

リビングには、イタリアの建築家マリオ・ベリーニがデザインした三人掛けの『デュックソファー』が二台置かれている。以前、川津が設計したオフィスの社長室にも採用した、ゆったりとした座り心地のソファーだ。

驚いたのは、その周りを取り囲むように一脚ずつばらばらの椅子が置かれていることだ。そして、そのどれもが歴史的な名作とされているものばかりだ。ル・コルビュジエが「休養のための機械」とよんだ『LC4シェーズロング』。八十年以上たった今でも世界一有名な安楽椅子だろう。

花びらのような曲線を描く『チューリップチェア』は、エーロ・サーリネンのデザイン。一本足の椅子としては世界初だ。

ミース・ファン・デル・ローエがバルセロナ・パビリオンのためにデザインした『バルセロナチェア』。

アルヴァ・アールトの『パイミオチェア』は、フィンランド特産のバーチ材を使った曲線が美しい。

『エッグチェア』は、その名のとおり卵の形が印象的。アルネ・ヤコブセンがホテルのロビーのためにデザインしたという。

マルセル・ブロイヤーの『ワシリーチェア』は、今では見慣れたスチールパイプを世界で初めて使った椅子だ。

まるで名作チェアの展示会のようだ。皆、椅子の周りを歩きながら、なかなか座らないでいる。

桜子が「どれも有名な椅子なんよ」と言うと、千尋は「お金持ちだからね」と皮肉っぽくつぶやいた。滝田に聞こえたかどうかはわからない。

彼は「どうぞ遠慮せず座ってください」とうながし、ようやく一人ずつ名作チェアを味わうようにゆっくりと腰掛けていった。

海側のソファーには滝田、桜子、千尋が座った。桜子はたぶん親子の微妙な距離を気遣って真ん中に座ったのだろう。その向かい側に川津と八頭。菅野は窓側に置かれたコルビュジエの安楽椅子に寝そべっている。川津は招かれた側の行儀としてどうかと思ったが、名作椅子の体験研修と考えれば貴重な機会ではある。

もう一つのソファーに座った岡野善夫《よしお》は、長めの髪と赤いフレームの眼鏡から、いかにも売れっ子デザイナーといった印象を受ける。

涼子はその横の『ワシリーチェア』に腰掛け、ソファーにそっと猫を置いた。さっきまで震えていた黒猫は、まるでクッションに同化したかのようにおとなしくしている。

岡野事務所の松岡彰人《まつおかあきと》は、両事務所のスタッフでは最年長の二十九歳。りりしい眉をしたまじめそうな青年だ。

両事務所のスタッフの中で一番若い遠藤卓《えんどうすぐる》は、新入社員だろうか。どこかおどおどした印象で、所長や先輩たちの顔色をうかがいながら緊張しているように見える。

二人とも礼儀正しく、ほとんど無駄な話をしないのは、岡野事務所の社員教育によるものかもしれない。所長と所員の間には厳然たる壁をつくるべきで、絶対に馴れ馴れしくしない、という同業者は川津の知り合いにもいる。岡野もそのような方針なのか、フレンドリーすぎるうちの事務所とは大違いだ。

「お名前をうかがったら、ご両社とも大活躍の設計事務所さんなんですね。ぜひ設計されたお仕事の話など聞かせてください」

滝田は受け取った名刺をガラステーブルに並べながら笑顔で言った。丁寧に直しながら、きっちりと等間隔に直角をそろえて並べている。

ああ、こういう四角形の上に四角形を載せたとき、直角が合っていないと気持ち悪く感じるんだ。彼の名前は直行《なおゆき》といった。名は体を表す、いや態度の「態」を表すというべきか、たぶんとても几帳面な性格なのだろう、川津にはよくわかる。なぜなら自分も同じタイプだから。

「珍しいお名前ですね。やつがしらさん？　ですか」と滝田。

「あ、『やず』と申します。この字で『やつがしら』と読むのは里芋の品種です」

「失礼しました。……やず、かずや、さん……」

「そう、上から読んでも下から読んでも八頭《やず》一也《かずや》。回文です」

珍しく自分から言いだした。名刺に振り仮名を振ってないのは、この回文氏名が話題になって面倒だから、と言っていたくせに。

「あっ、名前の読み方を間違えたことは気にされないでくださいね。小学校の先生じゃないんですから」

八頭は千尋の方を見て微笑んだ。さっきの車内での話があったからだ。

「滝田さんも苗字だけは回文ですね。『た、き、た』。子どものころ『上から読んでも下から読んでも、滝田来《たきたき》た』と、からかわれたこともあったでしょう。出直して行っても『滝田また来《たきたき》た』と言われて」

「……いや、経験ありませんが……」滝田はちょっと不思議そうに眉をひそめた。

八頭が回文名を口にしたのは、滝田と共感できる話題であろうと考えた彼なりの社交辞令なのだろう。

「そもそも人間は外見的には左右対称です。それに遺伝子レベルで言えば、人間のＤＮＡ配列の一部も、上から読んでも下から読んでも同じ、という回文構造になっています。ＤＮＡ配列とは、いわば生命の設計図です。つまりわれわれは、回文構造で設計されているんですね。そこで名は体を表すのが、わたくし八頭一也です」

八頭は手振りを交えて自説を披露する。

涼子が「へぇー」と小さく驚嘆の声をあげ、目を丸くして八頭を見ている。ふと気づいたようにジーンズのポケットから携帯電話を取り出したが、まさか八頭のことをどこかに投稿するのではあるまい。

八川事務所のメンバーは、真偽不明の八頭理論に「また出たよ」という表情。こちらは慣れたものだが、滝田と岡野事務所のメンバーには、かなりのインパクトを与えたことだろう。

川津が話題を変える。

「滝田さん、こちらのお宅には正直驚きました。規模が大きいとはうかがっていましたが、もっと手作り感のある住宅かと思っていたんですよ。ところが、これはもう本格的な宿泊施設ですね。こちら、どのような経緯で……」

「じゃあ私も自己紹介と言いますか、建物の説明がてら、いたしましょう」

滝田は千尋にちらりと目をやった。

3

「私は以前、鉄工所を経営していましてね。重量鉄骨の加工だけでなく、こまごまとした金属加工物もつくっていました。そっちは好きでやっていたようなものですが。それが面倒なこともやる器用な金物屋、まあ便利屋ですね、そう思われたようで、ゼネコンさんにはけっこう重宝がられました」

建設工事では、H形鋼など構造用の重量鉄骨は鉄骨工事であり、手摺りや庇といった薄い金属による製作物は金属工事という項目に分類され、別々の会社に発注されることが多い。両方の工事ができれば、それは何かと強みだろう。

「重宝がられてはいても、私たち下請けは、値段は叩かれ納期はせかされ、いじめられてばかりでしたねぇ。でもそのゼネコンさんに指示を出しているのが設計事務所さんですからね」

「面倒なこだわりの注文ばかりして、私たち恨まれているんでしょうねえ」

岡野が川津に同意を求める。

「いえ、そういう意味ではないんです。いろいろ変わったものを発注されてつくっているうちに、私も自分で考えたものをつくってみたい、私も建築設計を仕事にすればよかったな、と思ったんですよ」

滝田は一瞬沈黙し、ふと遠いところに目を向けた。

「お世辞ではないんですよ。ただの下請けの鉄工所の私ですが、あるときから本気で設計がしたいと思いたったんです」

滝田は一度言葉を区切り、何かを思い出すように顔を上げた。

「それは、二十一年前の阪神・淡路大震災がきっかけでした。私はあの地震で当時中学生だった息子を亡くしましてね。おおげさに言えば、あれで私の人生は変わったんです。息子の……それはひどい……本当にひどい遺体を見て思ったんです。息子は地震で死んだんじゃない。建物が息子を殺したんだと。それ以来、私は息子の命を奪った建物のことしか考えられなくなりました。地震で無残にも倒壊した、あんな危険な住宅をなんとかしたい……と、それだけに没頭して、昼夜を問わない生活をしているうちに、家にも帰らなくなってしまいました。家庭人としては失格ですよ」

滝田はわずかな笑みを浮かべ、自嘲気味に話す。千尋を意識していることは確かだ。

「私は、息子を震災に遭わせてしまった責任というか、供養と言ったほうがいいかもしれませんが、自分の持っている知識と技術で、何か地震対策となるものがつくれないか、と考えました。

仕事柄、構造計算はある程度できるので、いろいろ考えては試作品を繰り返しつくりましてね。十数年前、最初につくったのは、それまでビル用だった免震装置を改良して木造住宅用に応用したものでした。ただ、つくってはみたんですが、新築の免震住宅よりも、息子が被災した、あんな古い住宅の地震対策こそが、より切迫した課題ではないか、と考えが変わっていったんです。そしてその目的で試行錯誤するうちに、ある制震装置のアイデアを思いつきました」

「セイシン装置って……」

額に手を当てた桜子は、メンタルな「精神」を考えたのかもしれない。千尋はもちろん建築構造の専門用語はわからないだろう。川津は軽く手を上げ滝田を制し、解説をはさむ。

「普通の建物は耐震構造。柱や梁を太くして、がっちり地震に耐えられるようにつくるわけだ。免震構造というのは、文字どおり地震を免れる構造だね。地盤の揺れを積層ゴムやオイルダンパーで吸収させて、上部構造に伝えないようにする。まあ簡単に言えば、建物を地面から浮かせて、その間にクッションを入れたような構造と言ったらいいかな。地震エネルギーが建物内部に入ってくること自体を阻止するわけだ。

それに対して制震構造というのは、地震エネルギーを建物はいったん受け入れるんだけど、それを内部に設置した制震装置で吸収させる。その装置が建物の揺れを抑えて構造体に大きく負担させないといった仕組み。……ですね、滝田さん」

「そうです。私が考えたのは、鉄骨とゴムを使った制震ダンパーのブレースです。それも既存住宅の補強で筋《すじ》かいを入れるように、簡単にあとづけできる製品を考えました」

「ああ、知ってます」菅野の情報収集能力は高い。

「『セイフティーハウス』のテレビCMにも出てきますよね。『SEI《セイ》-Z《ゼット》』でしたっけ、Z型の制震装置っていう意味ですよね。セイフティーにもかけてるのかな。あれは滝田さんが考えたんですか」

八頭も、あれだな、といった顔で小さくうなずいている。

「製品化を考えて大学の建築構造の先生に相談したんですが、すると画期的な発明だ、と大変高く評価されましてね、特許を取ることを勧められました。そのうえで、ハウスメーカーの『セイフティーハウス』を紹介してくれました。特許の使用許諾とすれば、自分で製品化して売り出すより、はるかに早く広くこの技術を普及させることができると。

私の願いもそうでしたし、まさにそのとおりになりました。『セイフティーハウス』が私もびっくりするくらい多くの住宅に採用してくれました。実は、今でもけっこうな特許使用料が定期的に入ってきますので、鉄工所も長くいる社員たちに譲ってしまいました。もう十年も前です」

千尋が「父は仕事じゃなくて何か別のことでけっこうなお金が入った」と言っていたのは、この特許使用料だったのか。滝田は淡々と語ったが、それは息子の死を契機にした壮絶な決意から生まれたものだったのか——家庭を犠牲にしてまで。

千尋は滝田を見ている。

少しの間沈黙が続いたので、川津は張りつめた空気を振り払うように尋ねてみた。

「で、あとは悠々自適に過ごされて……」

「そうですね。興味を持った建築の勉強を、ちょっと本気でしてみようかと、本を読んだり建物を見て回ったり、二級建築士の通信講座も少しだけ……いやぁ、まったくの独学ですから、たいした役にはたちませんが」滝田は恥ずかしそうに手を振った。

「その後は何か新しい発明はされてないんですか」岡野が訊いた。

滝田は「そうですねぇ……」言おうか言うまいか思い迷っているようだ。

「実は、少しまた考えてはいましてね。まあ、私が思っているだけかもしれませんが、これが実用化できたら画期的な発明になるのではないかと……」

「ほー、それはすごい。その『お宝』の発明で、さらに莫大な利益が得られるんじゃないですかぁ」

岡野はおどけたように顎を引く。滝田も話を合わせるように微笑んだ。

「反響は比べものにならないくらいかもしれませんよ。ただこの特許を取るのはものすごくハードルが高いんです。たぶん法律関係のネックもあると思いますし……」

「どんな発明なんですか。教えてください」

桜子が皆の気持ちを代弁して言った。

「それは、残念ながらまだだめなんです。完成してませんから」

「少しだけ！」

「では……見つけてみてください。その『お宝』は、この上にありますから」

滝田はリビングの天井を指さし、いたずらっぽく笑った。

「まあ、この発明が役立つのは、何年後か何十年後かわかりません。ただそれまでに完成できるかどうか……。言ってみれば、私自身の時間との競争なんですよ」

滝田は何かを決意したかのように一度唇を噛んだ。

「実は私は一年前に胃癌が見つかり、手術で胃を全摘したんです」

千尋が「えっ」と漏らす声が聞こえたのか、滝田はあわてて「手術は成功したんですよ。ただ……」と続けた。

「胃がなくなったものですから、食事は少しずつしか食べられないようになりましてね。それで思い切ってここに移り住んで、規則正しい生活をすることにしました。栄養管理をしてもらえる人にお願いして、四時間ごとに一日六食、食べることにしたんです。それまでは一人暮らしの不規則な生活でしたから、もう一八〇度の転換ですよ」

皆黙って聞いている。やや怪訝《けげん》そうな顔は、滝田も予想どおりの反応であったろう。

「こういうことです」と前置きし、笑みを浮かべて話を続けた。

「朝は七時半に起きます。八時に朝食、それからは書斎でデスクワーク、と言っても書き物をしたり調べ物をしたり……十二時になったら昼食を摂ります。その後は散歩が日課ですね。小さな丘の山道を一時間ほどで往復します。帰ってきてからは本を読んだりして夕方四時に夕食です。その後三時間ほど寝ます。これで一日十二時間が終わったわけです。……わかります？」滝田は皆の反応を見ているようだ。

「まあそう思ってください。それからは二日目です。夜の七時半に起きて、八時の食事は二日目の朝食です。その後は、その日の気分によっていろいろです。工房で作業をしたり本を読んだり映画を観たりして、午前零時になったら二日目の昼食。その後は工房にいることが多いですね。朝四時になったら二日目の夕食。それからまた寝ます。つまり三時間ずつ二回寝るんです」

川津もスケジュールには細かいタイプだが、この生活ぶりには正直驚いた。滝田はくすりと笑った。

「変な人だなあ、って思いますよね。もちろん食事をそこまで小分けして、食べる時刻も厳密にこだわる必要はないんですよ。ただ一日六食としてから病気前とはちょっと違った考えが浮かびましてね。四時間ごとに食事を摂って、その間一日に二回寝る。すると一日が倍の二日になり、一年が二年になる……」

滝田はちょっと言葉を切ったが、すぐに続けて話し始めた。

「そんなはずはないんですね。それは単なる思い込みです。自分でもわかっています。言ってみれば、こんな『規則正しすぎる生活』は、自分で自分に課した願掛けなんですよ。心細くなったんですかね、先々のことを考えると……。娘には自業自得と言われると思いますが……」

最後の言葉は独り言のようだったが、今の話はすべて千尋に伝えたかった話なのだろう。少しの間、皆黙っていた。

「サクラちゃん、あれがイヤープレート……」

千尋が川津の後ろを指さした。振り返ると、ダイニングの横の壁の上のほうが掘り込まれ、そこに三十枚くらいの皿が飾られていた。

「ああ、家にあるのと同じだよ。最近は家のぶんとここのぶんで、毎年二枚ずつ買っていたんだよ」

滝田は控えめにちらりと千尋を見た。

硬質な印象のリビングには抽象画がいくつか飾られている。ロイヤルコペンハーゲンの皿は、涼しげなブルーでありながらもどこか懐かしさを感じさせる。この空間の中で、唯一温かみのある装飾品とも見えた。

「お父さん、やせたね」

千尋は滝田の目を見て話しかけた。たぶん、ここに来て初めてだ。

4

滝田の話がちょうど終わったとき、玄関先で出会った——と言うより驚かされた——女性が入ってきた。

「すみません、遅くなりました」独り言のように言いながら、そのままダイニングの方へ行った。

「先ほどお話した食事をお願いしている首藤《しゅとう》さんです。このあたりの集落はみんな苗字が首藤さんなので、皆さん『ユキエさん』とよんでいますがね。あの人は実はすごいんですよ。元看護師さんで管理栄養士の資格も持っておられるんですから。

食事は六食すべてつくってもらっています。通いで来てもらっていますから『一朝《いちあさ》』と二回目の朝、昼、夕はつくり置きしてもらっているんですが、これが全部手を変え品を変え、とってもおいしいんですよ。あ、今回は皆さんが来られるので、ユキエさんはできるかぎり来てくれるそうです。彼女の献立はきっとご満足いただけると思いますよ」

ユキエさんがお茶の支度をしてきた。湯呑を皆に配る。

「そうそう、私たちの間では一回目の朝食を『一朝』、二回目の昼なら『二昼』とよんでいるんですよ。そうしないと話が混乱しますので。皆さんとは今日の『一夕』と明日の『一朝』と『一朝』、あさっての『一朝』をご一緒しますね」

今日の午後四時と明日の朝八時と夜八時、あさっての朝八時か。――かえって混乱する。

「ユキエさんは、ご主人が十年前に脱サラして、この近くでミカン農家をされているんです。ご主人は私と歳も同じで、時々来てくれて一緒に食事をします。本当にいい友だち付き合いをさせてもらっているんですよ」

ユキエさんは小さな笑みを浮かべ、黙ってお茶をいれている。外で会ったときの印象は不気味だったが――唐突な登場と、血のついたナイフを洗っていたという、桜子の真偽不明情報によるものだ――、単に無口でおとなしい人というだけだろう。

少し間をおいて、川津は手作り風の湯呑を手に取り滝田に訊いてみた。

「さっき、何か工房で作業されると言われましたが、もしかしたら陶芸をされているんですか」

「違います、違います。それは友人の陶芸作家のものです。恥ずかしいんですが、私は趣味で鉄の造形彫刻のまねごとみたいなことをしています。前の仕事柄、道具と多少の腕はありますんでね」

「じゃあ、もしかしたらあの表札は滝田さんが？」

「そうです。あれが表札だったの、わかりましたか」

岡野事務所のメンバーは、ほう、あれが？　という表情だ。あの金属彫刻を表札として解読したのは、八川事務所だけのようだ。

「わかりましたよ。『ヴィラ・アーク』ですよね。最初はアーク溶接でつくられているからかと思いました」

「ああ、確かにアーク溶接でつくりました。なるほど、そう考えられましたか」

滝田は笑みを浮かべながらも、感心したように目を見開いた。

「アーク」が間違いなかったところで、川津はそろりと訊いてみた。

「そうそう、つかぬことをおうかがいしますが、こちらには何か資料館のような施設がありますか。何かをアーカイブしているような……」

「アーカイブ？　資料館？　ですか。もちろん以前つくった試作品や実験データのファイルなどは残していますが、ロッカーや本棚に置いてますからね。……特に資料館と言えるようなものはありませんが……」

川津は横の八頭に、違ったよ、という顔で、一つ首をかしげてみせた。

「では滝田さん、お尋ねします。ここはあなたにとっての理想郷ですか」

八頭のなんとも大仰な質問に、滝田は「はあ？」と口を開いた。

「り、理想郷ですか……そう言われればそうなのですが……。ちょっとそこまでおおげさに考えたことはありませんけど、理想郷ですかねぇ」

「八頭先生のほうが優勢勝ち、かな？」

桜子が首をかしげて千尋に言った。

「さあ、ではご案内しましょう、私の理想郷を。理想郷……ああそうか、アルカディアでアークですね。なるほど、アーカイブもそういうことですか」

滝田はとんと手のひらを拳で叩き、一つうなずいた。桜子は「八頭先生、正解！」と納得したようだが、八頭は肩をすくめ軽く笑っている。

滝田は「はー、なるほど、なるほど」といたく感心した様子だ。ということは違うのだろう、アルカディアのアークも。川津は滝田に問い直そうと思ったが、いや、もう少し自分で考えて当ててみせるのも一興か、と思い直した。

川津は背を伸ばし、ほかのアークはないかと室内を見渡してみる。

海側のガラス面はリビングからダイニングまでほぼ二階分の吹き抜けだ。ダイニングの山側は厨房だろう。そこだけは囲われた壁が天井まで立ち上がり、吹き抜けにはなっていない。その大きな壁にイヤープレートが飾られている。その横から入った奥がトイレだと説明された。

海側と反対側の壁面に目を転じると、鉄製のドアが二つ、壁面に対して左右対称の位置にある。ぴたりと閉まった両引き込みのドアは、エレベーターだろうと容易に想像がつく。そこは玄関につながるエレベーターホールであり、そこから三段下りたところがこちらのリビングだ。よく見ると、その三段の全面階段には、照明と空調の吹き出し口が内蔵されている。天井が高いので床面で空調を吹き出すのは非常に効果的、理にかなったうまい設計だ。

そうか、外で玄関の下の方に見えていたのは床下に設置された空調機の点検口だろう。

滝田の案内で、一同立ち上がってダイニングの方へ向かった。スロープの手前にも一つずつ違った椅子が四脚並べられている。いずれも有名な名作椅子だ。

一番右に置かれている椅子を見て、菅野が桜子に言う。

「マッキントッシュの『ヒルハウス』。アップルのマックじゃないよ。チャールズ・レニー・マッキントッシュね」

知識の押し売りを桜子はさらりと無視。滝田に「写真撮ってもいいですか」と訊き「どうぞどうぞ」と快諾された。

川津はあらためて名作椅子を丹念に見た。やはり実物を見ると、写真では気づかない細かな工夫が見て取れる。

『ヒルハウス』は高い背板が梯子のように組まれていることから、別名『ラダーバックチェア』とよばれる。

その隣、リートフェルトの『レッドアンドブルー』は、赤と青の板材と角材だけでつくられた抽象的なオブジジェのような椅子だ。

『ジグザグ』もリートフェルトのデザイン。横から見ると、文字どおりジグザグに組み合わせられた四枚の板材でできている。構造強度的には、かなり挑戦的なデザインと言えるだろう。たしか体重六十キロ以上の人が座るのは要注意と聞いたことがある。

「これは北九州の美術館にも置いてあったから磯崎さんのデザインですか」

桜子が指さしたのは『ラダーバックチェア』と同様の背板の高い椅子。

「そう、磯崎さんの『モンローチェア』。この側面の曲線はマリリン・モンローのボディラインからとってあるんだ」川津が教えた。

「えー、本当?」桜子は『モンローチェア』の側面のカーブに合わせて体を曲げて千尋と涼子を笑わせる。

「こちらに置いてある四つの椅子の特徴、わかりますか」

滝田はいたずらっぽい笑みを浮かべている。

「どれも素晴らしいデザインで買い集めたんですが……」

滝田の言葉を八頭が引き継いだ。

「どれも座り心地が悪い、でしょう」

「はい正解です、……と言ったら作家に失礼ですね。『あちらに置いた椅子に比べて、私個人の感覚では』ということです」

滝田の言葉を聞いて、菅野と桜子が「そうなんですかぁ」とさっそく座る。

それにしても事務所カラーの違いだ。岡野事務所のスタッフは、所長に断りなしにこういう行動は決してとらないのだろう。まさに、先生の弟子か付き人といった立ち位置で、行儀よく話を聞いている。

「滝田さん、この椅子のコレクションにはある傾向というか方針、ありますよね？」

八頭が口元に意味ありげな笑みを浮かべて言った。

「川津君、わかるかい？」

「えっ何かな。すべて有名どころの名作椅子ばかりだよな。まぁ、これ以外にも有名なのはいろいろあるけど……。ハンス・ウェグナーの『ワイチェア』とか……それが何か……」

八頭は自信に満ちた顔をしている。

「僕が気づいたのはね、そう、そのハンス・ウェグナーさんなんかとの違いですよ。日本人で言えば剣持勇《けんもちいさむ》、それから……ああ、あの喜多俊之《きたとしゆき》さん」

喜多俊之デザインの椅子は、最近クリニックの設計で入れたばかりだ。川津はそれでわかった。

「そうか、ここにあるのは全部建築家のデザインした椅子だ。家具デザイナーの名作椅子がない」

はっと、さっきの疑問につながった。

「ああ、なるほど、わかった。Architecture《アーキテクチャー》（建築）、Architect《アーキテクト》（建築家）をアークと省略することがあるから、ヴィラ・アークというのは、建築家の家、という意味だ！」思わず大声になってしまった。

「たまたま好きな椅子が建築家のデザインだったんです。確かに建築家になりたかったと思っていましたから、建築家の家、と言っていただくのは、とてもうれしいです」滝田が照れたように言った。

「そっかー、川津さん、ついにヴィラ・アークの正解にたどりつきましたね」

菅野が音を立てずに小さく手を叩く。

岡野が笑いながらエレベーターホールの方を指さした。

「はは、なるほど、そうですよ。あれは倉俣《くらまた》さんの椅子ですよね。彼はインテリアデザイナーだから、あちらに仲間はずれなんですよ。ちょっと距離を置かれているんですかねえ。こりゃ面白い、よく考えてる」

倉俣史朗《しろう》は家具もデザインしたが、日本でもっとも著名といえるインテリアデザイナーだ。彼のデザインした『ドロワーチェア』だけは、エレベーターホールにぽつんと一脚置かれている。確かに建築設計とインテリア設計では微妙な距離がある。岡野の発言は、そんな皮肉にも聞こえた。

滝田は驚いた様子で、あわてて否定した。

「いえいえ、そんなことは考えてもいません。あの椅子は収納家具としてあそこに置いておくと便利だからですよ」

『ドロワーチェア』はその名のとおり「抽斗の椅子《ひきだし》」。アームと座の下の部分が全部で八本の抽斗になっていて、その上に低い背を持つクッションが置かれている。底にはキャスターがついているので、目いっぱい収納しても容易に動かすことができる。

「収納って、何が入っているんですか」桜子が尋ねた。

「ああいう真四角の抽斗がいっぱいある家具っていったら、私はアクセサリーケースを想像するんですけど、もしそうなら普通の十倍くらいありますよね。もしかして、すっごい宝石箱だったりして」

「はは、それはね……あとでゆっくりごらんにいれましょう」

滝田は思わせぶりに笑顔で言った。

5

スロープを上がると、ダイニングの床材はリビングとは変えてあった。磨かれたブルー系の御影石《みかげいし》だ。テーブルは六人掛けが二台。こちらの椅子はすべて同じ、ジオ・ポンティの『スーパーレジェーラ』だ。

ジオ・ポンティは、イタリアモダンデザインの父、とよばれる建築家、やはりアーキテクトだ。『スーパーレジェーラ』は「女性が小指一本で持ちあげられる」という世界一軽い椅子。

「究極の椅子」ともよばれる名作だ。川津がここにあるなかで――いや知っているかぎりの名作椅子のなかで――一番惚れ込んでいる傑作だ。その話を桜子にしながら腰掛けてみる。皆も座った。床レベルが四十五センチほど上っただけだが、海の景色はリビングとはまた違って見える。

「海沿いに家を建てようと思いたってから、あちこち見て回りました。一年以上探しまわって三年前、ここを見つけたんです」

滝田は海を見ながら話し始める。

「これがちょっと変わった経緯がありましてね。実はここは工事がストップして放置されていた建物なんです。不動産屋から聞いた話では、建設会社が自分のところの保養所をつくっていたそうですが、どうも実態は社長の別荘ですね。このご時世にそんなものをつくることからしても、たぶん放漫経営だったのでしょう、会社の調子がだんだん悪くなってきて倒産したとかで、ここが売りに出ていたというわけです。更地《さらち》にしたら解体費用がかなりかかるという話で、格安だったので買うことにしました」

「工事中というと、どこまでできていたんですか」

川津の問いに、滝田はリビングとは反対側を指さした。

「あちらの客室棟はほとんどできあがっていましたが、こちらのリビング棟はコンクリートの躯体のみ、といった状態でした。大きな門型の、言ってみればトンネルのような構造で、最初は解体して新築しようと思っていたんですが、見るからに頑丈そうで、確かに解体費用もそうとうかかりそうでした。

どうしようかと何日も考えているうちに、ふと、これはそのまま使える、と思いついたんです。構造設計事務所の人に計算してもらったら、強度的には十分すぎるほどで、上に鉄骨で増築することも可能だということでした。それで、簡単に言えばその門型の躯体を、海側はガラス、山側は金属板でふさいで部屋にしたようなものです。大雑把なつくりですが、それでいいかな、と思いまして」

「いや建物の構成としては、大雑把というよりざっくりと大胆だとは思いますが、建築としては決して大雑把なつくりじゃありませんよ。空調や照明にしても、大ガラスの納め方にしても、細かな工夫をされているのはよくわかります。勉強になるよな」

川津は、最後は桜子に向かって言った。

「はい！」と答える桜子に「ホント？」と菅野。千尋がくすりと笑う。

「確かにこちらのリビング棟はいろいろ手を入れましたが、客室棟は言ってみれば付録なんです。ですが壊す必要もありませんしね。今回、皆さんに使っていただけてよかったです。それじゃご案内しますから、荷物をお持ちください」

ダイニングの東側の壁に、縦長のガラスがはまった両開きのドアがあった。型板ガラスなので、その先は見えない。滝田が開けると、客室棟への渡り廊下だった。渡り廊下といっても吹きさらしではなく、山側は壁、海側は全面はめ殺しガラスの回廊だ。十メートルほど続く床はブルーのタイルカーペット。一枚ずつ毛足の方向を縦横変えているので、淡いチェッカー模様が浮きでている。

滝田を先頭に、所長三人のあとに八川事務所のメンバーと千尋が続き、そのあとから岡野事務所のスタッフが黙ってついてきた。

客室棟に着いたところで廊下は斜めに折れ、そのコーナー部分にソファーが置かれていた。ラウンジとして使われるスペースだ。

客室棟は、同じ広さのツインルームが四部屋あるそうだ。一番手前の部屋に川津と菅野、次の部屋に八頭、奥の二部屋に岡野事務所の男性が泊まることにした。

「女性の皆さんは上のゲストルームに泊まってもらいますね。のちほどご案内します」

滝田が桜子たちに向かって言うと、菅野が「僕たちにも見せてもらえますよね」とあわてて言った。

今回女性三名が宿泊するとはいえ、建物見学なのだからぜひとも見せてもらいたい。なんといっても、二階はあの空中に飛び出した筒のような部屋だ。たぶんこの建物の一番の見どころだろう。

滝田は少し考えて「はい」とだけ答えた。

客室は家具や建具がナチュラルなオーク材で、壁は白を基調にした明るいインテリアだった。高級な、それでいて趣味のいいリゾートホテルのようだ。ゆっくりとした広めのツインベッド、テーブルと椅子が置かれている。ここからの景色もまた素晴らしい。

皆がそれぞれの感想を話す中、滝田は壁に飾られた小さな額――シルクスクリーンによる版画だ――が曲がっているのを直した。そういえばたしか数日前、このあたりで小さな地震があったと聞いた。

川津は、滝田さんは本当に几帳面な性格なんだなあ、と感心しながら、過度とも思える「直角へのこだわり」を微笑ましく思った。


それぞれの部屋に荷物を置き、回廊からダイニングに戻ってきた。滝田が思い出したように立ち止まり、左側の引き戸に手をかける。

「ここは厨房兼私の単身ダイニングです。一人の食事はいつもここなんです」

滝田が戸を開けると、皆唖然《あぜん》とした。それは厨房そのものにではない。部屋の中央に立つユキエさんの姿だ。両手を斜め下に広げ少し膝を曲げて微笑んでいる。「ごらんあれ」のポーズだ。普通こんなことをする人はめったにいないだろう。

「上をご案内しましょう」

自閉式の引き戸が閉まると、滝田は何事もなかったように進んでいく。ユキエさんのポーズはまったく気にならなかったようだ。

川津は唖然とした頭を切り替え、待ってましたとばかりに話しかけた。

「こちらに着く前、少し離れたところで車を降りて、建物の外観を見てきました」

「ああ、あそこですね。カーブの手前の」

なんだかうれしそうだ。やはりあの場所は、滝田が仕掛けた「フォトジェニック・プレイス」だったのかもしれない。

「二階はコンクリートに載った二本の筒のようなところですよね」

「あぁ、そうです。あれを増築したんです」

滝田は少し気恥ずかしそうに言った。

厨房横のイヤープレートの前を通りエレベーターホールへ向かう。

エレベーターのドアは壁と同色に仕上げられ、住宅用エレベーターによくあるガラス窓はついていない。機能上も特に必要はないだろうし、デザイン的にもないほうが良い。

ドアの横には、乗り場ボタンが一つと鍵穴のあるプレート――おそらくメンテナンス用の操作盤だ――があるだけで、階数表示や上下移動中を示す三角形のサインはない。外からは上昇下降はわからないが、特に支障もないのだろう。すべてがミニマルなデザインで、エレベーターの存在を極力目立たせないようにしているわけだ。

滝田は二つのドアのうち玄関側を指さし、

「あちらは私の部屋です。皆さんにはこちらのゲストルームをご案内しますね」

と、手前のエレベーターの乗り場ボタンを押した。

「これが部屋の鍵で、小さいのはエレベーターの操作キーです」

滝田は女性それぞれに小さなアクリル棒のついたキーホルダーを渡した。エレベーターの操作キーというのは、セキュリティーとしての停止階制御のためだろうか。

エレベーターのドアが静かに開いた。滝田がボタンを押したまま、一人ずつゆっくりと乗り込む。

白一色の鉄板でできたシンプルなカゴ室内。天井は全面がアクリルの照明だ。メーカー名や注意事項などのサインは一切ない。明らかに特注仕様だ。行き先階ボタンは上下に二つ並んでいるが、②、①の表示はなく、タッチパネルの輪郭だけが壁面に丸く表示されている。現在停止階の表示――「1」という数字――すらない。広さは一辺が二メートル弱の正方形。十分な、いや十分すぎる広さだ。

「これは特注ですね。既製品なら二十人乗りぐらいでしょう」と訊いてみた。

「たしかそれくらいになりますね。積載荷重は一・五トンみています」

「けれど二十人乗りって、二階には何部屋かあるんですか」

先に乗った桜子が奥から尋ねる。

「いいえ、寝室は二つあるけど、全体で一部屋になっています。エレベーターが広いのは何かと便利ですよ。車椅子になっても使えますし」

車椅子なら十一人乗りくらいで使えるから無駄に広いようにも思えたが、特に訊くことはしなかった。

乗り心地は上々だ。ほとんど動いていると感じられない。かなりスピードが遅いのだろう、中層建物用のエレベーターなら、七、八階に到着するほどの時間かと思う。そのぶん期待感が高まる。

ドアが開くと、そこは前室とよぶのがふさわしい小さなエレベーターホールだった。広さはエレベーターのカゴ室内とほぼ同じ、二メートル四方といったところか。床は鈍く光るステンレス板。窓はなく、壁はセメント系のスレートボードがグレーの素地のままビス留めされている。天井高は二・二メートルくらい。スレートボードの中央には、器具を見せず直接ねじ込まれた電球が一つのみ。かなり素っ気ない印象の小部屋だ。

滝田が正面の赤茶色のドアを手前に引き、どうぞ、と次の部屋へ皆を誘導した。

6

「ほうー」驚きの声をあげたのは岡野だ。

室内は外から見たとおりの非常に細長い筒状の空間だった。そうとわかるのは、全体がひとつながりのワンルームだからだ。中心部に水回りと思われる「箱」が置かれ、その手前と奥が寝室になっている。水平に伸びる天井面の十数メートル先、筒の先端から海が見える。

奥へ進む。手前はシングルのベッドルームだ。大きなはめ殺しの窓が不透明なのは、こちら側からは、樹木に覆われた山肌しか見えないからだろう。

細長いワンルーム空間の両側面には一切窓がない。中央部分の水回りの「箱」には、バス・トイレとミニキッチンがコンパクトに収まっていた。

「箱」は前後の中心であるとともに左右の中心でもあり、つまり両側の外壁との間が二本の廊下となっている。もっとも片方の廊下はキッチンの作業スペースを兼ねているので無駄ではない。

水回りを「箱」と見せているのは、壁が天井まで伸びずに、家具のようにポンと置かれているからだ。それによって、前後の空間を緩やかに仕切りながら一体感を持たせている。

うまいのは、その上部を全面トップライトとしていることだ。水回りの箱の上面でバウンドした光が、前後の寝室と両側の廊下を柔らかく照らしている。中央部に間接光があることで、側面に窓がなくても暗くない。

「このトップライトが効いてますね」

川津は滝田に話しかけた。

「工事中に思いついてやり直しました。そのぶんだけソーラーパネルが減るので迷いましたけど」

「ああ、じゃあ屋根はトップライト以外、全面ソーラーパネルですか」

「ええ、電気が切れても大丈夫なように。……ここ田舎ですから」

奥の寝室まで来た。こちらはツインのベッドルーム。正面突き当たりは、全面はめ殺しの大ガラスだ。

見えるのは紺碧《こんぺき》の海、そして島々。窓から少し離れると足元の陸地は見えない。まるで断崖絶壁からの眺め。いや、海に突き出した空中からの眺めだ。

「すごい……。息を呑む、ってこういうのを言うんですねー」

桜子の相変わらずの無邪気な感想。川津も尋ねた。

「この景色を見たら、下に客室棟があってもここにも寝室をつくろうと思われたのはよくわかります。それに二階をこれだけ大きく張り出したのがとにかくすごい……。しかし、これを増築されたのは、設計も施工も、ものすごく大変だったでしょう」

「ええ、まあ」川津の問いかけに、滝田は気恥ずかしそうに下を向いて答えた。

皆が海側の絶景を眺めている中で、川津はふと妙なことに気づいた。

岡野が顔は前方に向けたまま、目だけで天井や壁を見ている。それからゆっくりと首を回し、水回りの壁を見て小さく首をかしげた。そこには客室棟にも飾られていたシルクスクリーンの版画があった。ふと違和感を覚えたのは、額は壁掛けではなく、壁に掘り込みをつくり、そこにぴったりと同面《どうづら》ではめ込まれているからだ。普通なら四周にもう少し余裕を持たせるだろう。

川津は、滝田が客室の額の傾きを直していたことを思い出した。

そうか、二階は一階から大きく張り出した、いわば頭でっかちな形なので、地震のときは一階よりもさらに激しく揺れるだろう。額がずれないようにそんな工夫までしているのだろうか。少し几帳面すぎとも言えるが、それもまた彼らしいと思い訊いてみた。

「滝田さん、この絵がずれないように、はめ込みにしているんですか」

滝田は意外な答えを返した。

「ああそれは水回りの点検口のふた兼用なんです。作者には失礼かもしれませんが」

それもすごい発想だ。八頭も「ほう」と言って口をとがらせた。

「さあ、行きましょう。今からとっておきの部屋をお見せしますから」


滝田にせかされるようにして一階のエレベーターホールに戻った。

ホールはリビングとは四十五センチほどの段差があるので、ダイニング側には転落防止用の手摺りがある。下りてきたエレベーターの正面も手摺りだが、そこだけは六十センチほどの奥行があり、一見すると靴箱のような両開きの収納家具になっていた。滝田が右側の扉を開けると、家具の中の照明が点灯した。見ると横倒しになったガラス瓶がきれいに並んでいる。

「冷蔵庫……じゃなくて、これワインセラーですね」

一番前にいた涼子が言った。

「そうです。それでこの『ドロワーチェア』は、実はワイン用の食器棚なんです」

さっき話題になった一脚だけエレベーターホールに置かれた「抽斗《ひきだし》の椅子」。滝田が抽斗を引いてみせると、ラックに掛けたワイングラスが整然と収納されていた。

「なるほど、うまい使い方ですね。それでここに置いているわけだ」

インテリアデザイナーだから仲間はずれか、と皮肉めいたことを言っていた岡野も素直に感心している。

「このセラーの左側の扉はなんだと思います？　これちょっとした仕掛けがあるんです。あ、今は開けないでね。あとで種明かししますから」

滝田は見学者たちが一つ一つ感心してくれるのがとてもうれしそうだ。口元にいたずらっぽい笑みを浮かべ、芝居がかった言葉を口にした。

「では、皆さんを秘密の部屋にご案内しましょう。申し訳ありませんが、もう一度エレベーターに乗ってください」

皆のあと、滝田が最後に乗り込み行き先階ボタンを押した。そのとき片手で何かを隠すような仕草をしたので、すぐ後ろにいた川津は小柄な滝田をなにげなく上からのぞき込んだ。すると、ボタンの下にある鍵穴に鍵を差し込んでいた。

今度もほとんど動きを感じない。ドアが開くと、着いたところは二メートル四方、ステンレスの床。窓なしのスレートボード素地の壁、低い天井には裸電球が素っ気なくついている。真正面には赤茶色のドア。さっき降りたゲストルームの前室――かと思った。

「あれ、またさっきのゲストルームでしょ」

一番前の桜子が周りを見て言う。

「そこを開けてみて。錠はいりませんから」

「あれっ、何? 重ーい。さっきのドアと違う!」

桜子は十五センチほど手前に開け手を離した。ドアは鉄製で、非常に分厚いものだった。ハンドルは、内部を密閉するための頑丈なグレモン錠だ。

「ドアが変わるはずないよ。さっきと場所が違うんだ。たぶんわざとそっくりにつくられたんですよね」

菅野の問いに、滝田は笑みを浮かべているだけだ。

「わかりました。エレベーターに乗っている時間がさっきよりずいぶん短かった。ということは……ここは地下ですね!」

菅野が妙におおげさに言って、うんうんとうなずいている。

「えっ、けど一階の乗り場ボタンは一つしかなかったけん、あれは『上へ』のボタンやろ? それにエレベーターの中の行き先ボタンも二つしかなかったやん。たしか②、①と数字は書いとらんやったけど。地下に行くならもう一つ『B1』のボタンがあるはずやろ。あったかいな？　なかったやん」桜子は千尋に確認してから滝田に訊いた。

「じゃあ私たち、どうやって地下に来られたんですか」

滝田は黙ったまま微笑んでいる。

「滝田さん、見てましたよ。手で隠して鍵を使っていましたね」

川津が「ネタばらし」だ。

「いやいや、ちょっと内緒にしてみただけで。種明かしをしますとね、あれは上下二つのボタンを同時に押しながら鍵を回したんです。そうすると地下に着きます。普通に見ただけではわからない秘密の場所にしよう、というちょっとした遊び心です。皆さんには教えてしまいましたけど」

そう聞くと、当然ながら皆ドアの奥に何があるのか、気になっているはずだ。

「ここ、税務署にも秘密ですかぁ」

聞きようによってはきわどい質問をしたのは岡野だ。確かに金庫室のドアのような厚みがあった。

滝田は小さく笑い、桜子に代わってドアを全開した。手を伸ばし照明を点けると、「おおっ」と声があがった。

そこは本格的なワインカーヴだった。

皆が周りを見回す。ひんやりとした室内は、ほぼ四メートル四方。驚いたことに目に入る壁も天井もすべて黒光りした岩肌だ。床も掘った岩の上に、すのこを敷いただけ。そこにステンレスのラックが置かれ、さまざまなワインが並んでいる。背後には放射式の冷房機がありワインを直接冷やしている。不快な冷風もなく、中央部の室温も寒すぎず快適だ。テーブルと椅子も置かれ、ここでゆっくりとワインを吟味したりテイスティングしたりすることもできるわけだ。

「すごいな。これ、もちろん貼りつけた石じゃないぞ。岩盤を掘り込んだまさに本物の洞窟だよ」川津が菅野に言った。

「掘るのは大変でしたが、このワインカーヴだけは、どうしてもつくりたかったものですから」

「あっ、そうか。ここは一階のコンクリートの躯体がある状態で、あとから地下を掘ったんですよね。それって、すごいことですよ」

川津は言葉を口にして自分でうなずく。天井が腰をかがめたくなるほど低いのも、あとから掘削《くっさく》する大変さのせいだろう。だが洞窟の雰囲気としてはかえってそれがいい。

岡野のワインに関する興味深い薀蓄《うんちく》を聞き、その後、八頭が岩盤の中の鉱物に関する薀蓄を語り出したタイミングでカーヴを出た。誰も興味を持てなかったこともある。

「ワインを選んだらここで上に運びます」

運ぶ?　まぁ、それはそうでしょう、と思ったとき、滝田は振り返りワインカーヴのドアの右側の壁を押した。

するとスレートボードの壁が開き、その奥に縦横高さともに五十センチくらいの箱が現れた。箱の中はすべてステンレス製だ。

「おおっ」

さっきの声も岡野事務所の松岡か。彼らは後ろの方にいたので、謎の箱のすぐ近くだ。

「隠し金庫……？」

小声で言ったのは遠藤だ。岡野所長の税務署発言からの連想だろうか。

「それ、もしかしたらリフトですね」

菅野が後ろからのぞき込んで言った。リフトだとしたらこれも特注だろう。壁に埋め込まれたまさに「隠しリフト」だ。

「そう、上にあったでしょ。さっき、まだ開けないで、と言ったワインセラーの左側の扉。あそこがこの真上なんですよ。あそこに直接運べるというわけです」

皆の「ほうー」「すごーい」という声に、滝田はまたしてもうれしそうに微笑んだ。「一本上げてみましょう」

この小さな箱が動くのであればいかにも不安定そうだが、滝田は余裕の表情だ。千尋も桜子もそろって大きく目を見開いている。

「もしかして、手で持ってあがったらワインの温度が変わるからですか。それってすごいこだわり！」と桜子。

「さすがにそこまで考えたわけじゃないよ。まぁ、私はワインが唯一の趣味なので、お察しのようにこのカーヴをつくるのにはずいぶんこだわったし費用もかけました。ただそんなに苦労してつくったワインカーヴなのに、体を壊してほとんど飲めなくなってしまったのだから、宝の持ち腐れですよ。本当はこれでも狭いかなと思っていたんですが、恥ずかしいくらいにがら空きです。皆さんが来られるので、これというワインは一階のセラーに移していますから、どうぞご自由にたくさん飲んでいってください」

滝田が「では、戻りますか」と言ったとき、川津の携帯電話が連続的に振動した。

「あっ、電話……」発信者の名前が表示された。

「先に戻っていて」川津は、ふう、とため息をついた。

滝田は「いや、お待ちしましょう。もう少し説明もあります」と言って、皆ともう一度ワインカーヴの中へ入っていった。

電話は一言二言話しただけですぐに切れた——いや切られた、か。

川津も皆のいるカーヴに入ると、ドアの近くに八頭がいた。

「川津君、そのしぶい顔……何か困ったことでもあったのかな」

八頭から珍しくお気遣いいただいた——と皮肉も言いたくなる。

「ああ、まずかった……例の柳瀬さん、あの豪邸の施主、たまたま近くに寄ったとかで今事務所に来たんだとさ。そしたら誰もいないわけだ……」柳瀬氏は、川津に計画の進行状況を聞きたかったのだ。

「しょうがないから言ったよ。研修旅行に来てるって」

「そしたら？」

「そうですか、わかりました……で切られた。……あの仕事、断られるかもしれん」

だいたい進行状況を訊かれても、その進行がないのだから、電話を切られなくても話は続かなかったろう。川津は今の心境はまさにここ、洞窟の中だな、と自嘲した。押しつぶされそうな圧迫感と出口の見えない閉塞感……。

「地下の岩盤の中なのに携帯つながるんですねー」

桜子は、思わず怒りたくなるほど呑気だ。

「そう、この建物のどこでもつながるようにしています。基本、私一人住まいだからね。病院のナースコールみたいなものですよ。電波が入るように、屋内アンテナを何カ所かつけています」

「あれですね」

桜子が指さした壁に、アンテナのついた小さな箱があった。

滝田がふと思い出したように川津のほうを向いた。

「あ、そうそう川津さん、電話をお待ちしていたのは、ここから一階へ戻るエレベーターの操作方法をお教えしないと心配されると思って」

「ああ、確かにそうですよ。よかった、取り残されないで。ぜひここからの脱出方法を教えてください」

脱出という言葉は、八頭以外は皆オーバーなジョークと思ったことだろう。

滝田は地下階からのエレベーター操作を説明した。乗り場横のボタンを押しエレベーターのドアを開け、カゴ内では下のボタンは無効で、上のボタンを押したら一階へ、という操作だった。つまり乗り場ボタンはカゴを呼ぶボタン、カゴ内のボタンは②、①の階数表示ではなく「上へ」「下へ」なのだ。鍵による操作もなく感覚的にもわかりやすいが、説明を聞かず一人取り残されていたら、青ざめていたかもしれない。

一階に戻り、正面のワインセラーの左の扉を開けると、確かにリフトだった。開けた瞬間、地下で載せたワインが現れると、わかっていてもやはり皆で「おおー」の声。

滝田邸にはもう何回驚かされ、感心させられたことだろう。川津がそう言うと、

「素人ながらいろいろ考えてつくったので、プロの方からみればおかしなことばかりしていると思われるでしょう」と、謙遜した。

「いや決して素人というレベルではないですよ。本当に驚きました」

滝田は照れたように首の後ろに手を当てた。

「滝田さん、工房も見せていただけませんか」

滝田の第一夕食「一夕《いちゆう》」に合わせて、午後四時に皆でバーベキューをしましょう、と聞いていたのであまり時間はない。川津は遠慮がちに訊いてみた。

「工房とは言っても、金属溶接ですから木彫や陶芸のような趣《おもむき》も何もないですよ。まぁ、工場《こうば》ですね」

滝田は「見てもたいしたことはありませんよ」と、しきりに謙遜する。

結局、岡野事務所のメンバーは「バーベキューの準備をしておきましょう」と、残ることになり、工房は八川事務所のメンバーと千尋だけで見せてもらうことになった。

7

玄関から外に出ると、来たときには感じなかった潮の匂いが強い。風向きが変わったからだ。

川津たちは、どうしても上を見てしまう。空中に飛び出した迫力の直方体。滝田に訊いてみる。

「二階のキャンティは、あれだけ持ち出しているからには鉄骨造ですよね。あれ、外装も鉄板ですか」

「ええ、上は全部鉄です。仕事柄、鉄なら扱い慣れていますからね。私が、こういう曲げ加工ならできるはず、角は何ミリで丸めて、などと口出しするから、施工会社さんは大変だったと思いますよ。まずやってくれる会社を探すのに一苦労しました。いや苦労は一つや二つじゃありません。いくつしたかな」

滝田は、そのころを懐かしく思い出すように、笑みを浮かべて見上げている。

「それに驚きましたよ、あのタワークレーン。本格的な工事現場ですね」

「あれは上の増築とあちらの工房の建設で使ったんですが、なかなか工事が終わらなくてですね。それに工房で細工する材料を運ぶのに便利なのでそのまま残すことにしたんです」

なるほど、この位置ならば、駐車場に到着した資材を建物の屋上にも工房にも吊りあげて運ぶことができる。

「そうか。じゃあ、あのクレーンは仮設じゃなくて常設なんですね。それで支柱に外装がしてあるんですか」

「実際はあんまり使いませんね。ちょっとおおげさな機材でした」

「いや、それもこの建物には合っていますよ。裏側の鉄骨階段や露出配管なんかと合わせて、機械的な面白さをつくっています」

決してお世辞ではなく、川津はそう思った。

工房への小道は、舗装もない階段状の下り坂だった。千尋は歩きにくい靴なので、時々桜子が手をつなぎながら下りていく。

一帯は高い樹木が生い茂っている。途中には小さな沢があり石橋がかかっていた。沢といっても、幅一メートル弱の溝にわずかな湧き水が流れているだけだ。

建物脇に縦横二メートル、高さ一メートルの金属製のコンテナがあった。コンテナといっても上が開いていて、建設現場では廃材を入れて、いっぱいになったら焼却場に運搬していくのに使われるものだ。雨水が入るのを防ぐためか、ビニールのシートがかけられていたが、よく見かけるブルーシートではない。白いシートをピンと張ってかけているのも、滝田の美意識から来るこだわりなのだろう。

工房は、高さ四・五メートルほどの、ほぼ箱型の建物だった。構造は鉄骨造。外壁は地上から一・二メートルくらいまでがコンクリートで、それから上はスレートボード、高い位置に横長の窓がつらなり、その上に浮いたように屋根が載っている。

「採光と排煙を考えて全部高窓なんですね。それがデザインにもなってます」菅野が言う。

「作業で煙が出るからね。だけどそれとは別の理由もあるんだよ」

「溶接をするとき、下の方は火花が飛ぶから壁があったほうがいいんでしょう」

「ああ、それも正解。でも今の二つの理由は、溶接をするなら、まあ、どこの工房でも一緒でしょう。だけど、ここだけの理由がもう一つあります」

「景色が良すぎて気が散らないように」

桜子の答えには、滝田は「ほー、なるほど」と感心しながら「それは思いつかなかった」正解ではないようだ。川津が考えを言ってみる。

「もしかしたら防犯対策ですか」

「そう、それなんです。このあたりは泥棒が多くて、みんな困っているんです」

「そうか。たしか全国的に金属窃盗団が工事現場なんかを荒らしてるって話、聞きますね」

「あーっ」桜子の大声に、皆が驚いて振り向いた。

「私、言ったやん。ほら、来るとき玄関の下の方で、誰かが茂みに隠れたって。あれ、もしかしたら泥棒？」

桜子は問いかけるように皆を見た。

「それは……」滝田はわずかに首をかしげた。

「まぁ、詳しいことはあとでユキエさんに訊いてみてください。あの人も被害者ですから」

「ええっ、そうなんですか！」

川津は、桜子の声にも驚いた。


案内された工房は、なるほど工場のようだ。しかし油にまみれた町工場といった雰囲気ではない。整理整頓が行き届いた最新鋭の工場。絵画や彫刻などの芸術作品をつくる現場は、なんとなく物があふれた雑然とした作業場を想像してしまうが、ここはまったく違う。たぶんに滝田の几帳面な性格によるものだろう。

壁の長手の一面には、彫刻材料だろう、さまざまな金属が分類されて立てかけてある。収納棚も鉄製、溶接機械や加工道具の類《たぐい》ももちろんすべて金属製だ。

「すごいですねー。鉄に囲まれた機械室の中みたいやん」桜子が周囲を見回して言った。

「アーク溶接は高温の火花が飛び散りますからね、燃えるものは極力置かないようにしているんです」

入り口脇に粉末消火器が二基置かれていた。この規模の工房なら消防法の規定を上回る重装備だ。だがそれ以上に驚いたのは、工房の奥に置かれた巨大なステンレスの水槽だ。幅九十センチ、長さは三・五メートルくらい、たっぷりの水で満たされている。

「これ、まさか消火水槽ですか」

消火水槽とは、消防法に規定はあるものの簡易消火用具という位置づけであり、このように万全の備えで置いてあるものは見たことがない。川津は訊いてはみたが、そうだという自信はない。

「そういう用途でも使えますすね」

「別な用途だとすれば……溶接で熱くなった鉄を急激に冷やすことに使うんですか。ほら刀鍛《かたなか》冶《じ》みたいな……なっ」

これも自信がないので、最後は小声で横の八頭に振ってみた。

「片や火事と刀鍛冶?」

放っておく。八川事務所のメンバーにとっては日常だ。

「材料をハンマーで叩くことはけっこうやります。ですが硬くするわけではないですから、刀鍛冶みたいなことはやっていなかったです。鍛造《たんぞう》ですか……面白いかもしれませんね。今度試してみよう」

滝田はうんうんとうなずいている。お世辞で言ったわけでもないようだ。

それからしばらく滝田の作品について話を聞き、その後、隣のアトリエも見せてもらった。ここも芸術家のアトリエというより、機械工学の研究室か川津たちの建築設計事務所にも似た部屋だった。図面も描くのだろうか、パソコンやプリンターもあった。

これで滝田邸の見学はすべて終わった。

四時を回ったので急いで戻る。帰りはけっこうな上り坂だ。滝田は毎日通っているから慣れたもののようで「少し先に行きます」と、軽快な足取りで去っていった。

滝田邸の玄関近くに戻り、桜子が一言「メチャメチャ、きついやん」。川津が「これくらいで弱音を吐いてたら……」

――とそのとき、川津の目の前、桜子の頭の後ろを一瞬何かが横切った。驚いて目で追うと海側へ続く下り斜面の下草が不自然に揺れている。

何かが飛んできた？　投げつけられた？

急いで山側を見上げるが、生い茂った樹木があるだけで人影はない。来るとき、桜子が「誰かが茂みの中に隠れた」と言っていたのは、やはり本当だったのか。われわれ訪問客を快く思っていない何者かがいるのだろうか。

8

バーベキューは、リビング先のテラスでするのかと思っていたら、場所は屋上だと言われ、川津は少し驚いた。天気が悪くなりそうなので急遽変更したそうだ。屋上は、滝田の寝室とゲストルームとの間、二本の筒の「双眼鏡」で言えば鼻に載せる部分だろう。そこなら、雨が降ってきても両側の壁からビニールシートを張って、屋根がかけられるということだ。

屋上へは、いったん玄関から外に出て、建物の山側にある屋外階段で上る。上がってみると、両側が高さ五メートルほどの鉄板の壁にはさまれた、幅五メートルの大きな溝のような場所だった。普通はあまり体験しない不思議なスケールのスペースだ。海側の先端には手摺りがないが、近づかなければ恐怖感はない。

両側の輝く壁面がフレームとして視界を制御し、前方には海面と遠くの島々、手前には海と複雑に絡み合う岬の木立しか見えない。上空はスリット状に切り取られた空に、雲の動きが強調されて見える。自然と人工のつくりだす、こんなユニークなバーベキュー会場はどこにもないだろう。

岡野事務所のメンバーによって、あらかたの準備は終わっていた。アウトドア用の折り畳み式のベンチとテーブルが二セット置かれている。網が載ったバーベキューグリルのそばで、遠藤が炭の準備をしていた。涼子は横で携帯をいじっている。

「岡野さん、すみません。なんだか全部準備してもらって。せめてかたづけはうちの事務所でやりますから」

川津は紙皿の梱包を開けながら言った。

「いや、うちは運んだだけですから。大変だったのはあちらじゃないですか」

岡野が顔を向けると、ユキエさんが食材の包みを持って上がってきたところだった。別の食材が載った大皿を持って、松岡が続いてきた。

菅野と桜子も準備を手伝いながら、やはり関心は建築に向かう。無理もない。海側の空中に飛び出した二本の筒という造形は、真近で見ると、遠目に見たときよりも見上げたときよりも、さらに圧倒的な存在感で迫ってくる。

「すごいですよねー、この持ち出し構造……えーと、キャンティレバー。これって、そうとうがっちり固定してますよね、もちろん」

桜子が確認するように言ったのは、鉄板の直方体とコンクリートの床との間に、五センチほどの隙間が空いているからだ。見ようによっては宙に浮いたように見える。川津が答える。

「そりゃそうだ。鉄骨造だからコンクリートよりずいぶん軽いとはいえ、これだけ持ち出しているからには、根元側でそうとうしっかり固定しているよ。たぶん部屋の真ん中にあった水回り部分。あそこが構造的なコアになっていて前後の寝室を腕のように伸ばして持たせている。つまり大きな一本柱で支えている構造じゃないかな」

「安心したでしょ」

桜子の心理を読んだようにニヤリとする菅野に、桜子は、ふん、と口をとがらせた。川津が続ける。

「それに、この隙間の部分でうまい処理をしているよ。壁を伝った水滴が、床に流れずに内側に集まるようになってる」

「どういうことですか」と桜子。

「あっちを見るとわかりやすい」川津は海側の空中に張り出した部分を指さした。

「あそこの軒天、つまり飛び出した筒の底の面は、手前から先端へ傾斜がついてるだろ。あれは持ち出しの根元を太くして先を細くすることで、まず力学的に理にかなっている。そのうえで、軒天に回った雨水を建物側に引いてくるようにしているんだと思う」

「それって、普通は良くない設計じゃないんですか」

「そう、桃井、よく知ってるじゃないか。軒先は先端を少し下に伸ばすか、裏側に水切り目地を取ってそこで伝ってきた水を落とす。つまり天井側に雨が回ってこないようにするのが設計の常識だ。ところが、ここではあえて内側に伝わってくるようにしている。なぜか」

菅野も桜子も答えない。

「外装が鉄板だから、いくら錆止め塗装をしていてもやっぱり錆は出る。普通に先端で水を切ったら、錆汁が下のテラスにポタポタ落ちるだろ。それを避けたんだと思うね。普通は軒天に雨水を回すのは美観的にもタブーだけど、ここでは下から見上げてもかなりの高さがあるし、塗装は最初から赤茶の錆色にしているから気にならない。建築の常識からははずれるけど、滝田さんの考えた合理的解決なんだろうね」

あとで滝田に訊いてみよう、と思ったら、ちょうど千尋と一緒に上がってきた。

「いやぁ、なんとか天気はもちそうですね」

滝田が空を見上げた。天候が下り坂に向かう前触れなのか、複雑な空の色だ。一月だというのに異様なほどに生暖かい。

メンバーもそろい、バーベキューの準備が整った。

「私の食事はたいがい一人ですから、今日は皆さんとご一緒できるのを楽しみにしていました。せっかく来ていただいたので、ユキエさんに『ここならでは、この季節ならでは』の食材を用意してもらいましたので、ぜひ味わってみてください。ワインも今日の特別な食材に合わせて選んだつもりです。お口に合うかどうか、これは岡野先生にお聞きしたいところですが……どうぞ試してみてください」

滝田の一言のあと、川津がお礼の挨拶。岡野が乾杯の音頭をとる。滝田の用意してくれたワインは、かなり希少な――つまり高価な――ものだそうだ。

食材は本当に「ここならでは、この季節ならでは」だった。イノシシの肉と牡蠣《かき》だ。

バーベキューの炭火は二台用意されていたので、焼肉組と海鮮焼き組に分かれた。イノシシ肉は、脂身が多い部分、赤身の部分、スペアリブと分けられている。それぞれ味が違うが、よく言われるような肉の臭みはまったくない。特にスペアリブは脂の乗ったこの時期が最高とのことだ。濃厚な赤身と脂身のバランスが格別だ。

女性たちは、三人ともイノシシ肉を食べるのは初めてとのことで、千尋と涼子はおそるおそる口に運んでいたが、即座に「おいしいー」と絶賛。桜子に至っては「うれしいー」だ。

海鮮焼きのほうでは、牡蠣と栄螺《さざえ》が主力だ。ユキエさんから軍手と専用のナイフを渡され牡蠣焼きの要領を教わる。薬味はレモンでもいいが、ここは大分県特産のカボスだ。ポン酢と、もみじおろしに万能ねぎ、バジルやバルサミコ酢、バターにチーズも用意されていた。

「さすが調理師さんですねー。和風からイタリアンまで、全部本当においしいです」

菅野がユキエさんを称賛すると、桜子が「栄養士さん」と訂正。ユキエさんは小さく笑みを浮かべた。

「私、看護師なので、もし中毒症状が現れても適切な処置はとれますから、どうぞ安心して召し上がってください」

論旨はわかるが、今そういう話をしなくても……と思う。

「と言っても、ウイルスの潜伏期間は二十四時間から四十八時間ですから、お帰りの車の中くらいに発症されるかもしれませんね」

ブラックユーモア……と思いたい。

まぁ、心配しても仕方がない。しかし独特な雰囲気の人であることは十分にわかった。

牡蠣は時々パーンと音をたててはじけ、そのたびに、キャーと歓声があがる。

じゅうじゅうと溢れ出た汁のこげる匂いが食欲をそそる。栄螺に注いだ醤油もぐつぐつと沸き、海の香りが広がる。

滝田には特別メニューが一皿にセットされていた。ユキエさんが用意したものだが、千尋が調理担当となって滝田に持っていっていた。二人はいい雰囲気で話をしているように見える。友だちと一緒に来たからこそ、あんな雰囲気で話せているのかもしれない。桜子も時々皿に盛った食材を千尋に持っていきながら、滝田親子の様子を気にしているようだ。

「川津さん、本当に来てよかったですよ。千尋、お父さんから手製のイヤリングもらったんですって。お母さんにも、って。おしゃれな金属彫刻でしたよ」

桜子には、滝田親子の関係修復がこの旅行の一つの目的であっただろうから、自分のことのようにうれしそうだ。

桜子と菅野は、一段落した様子のユキエさんにねぎらいの言葉をかけ、それから話を切り出した。

「あのう……私たちが来たとき、玄関の横の部屋で何かされていましたよね……」

桜子はおそるおそる、といった口調で訊いた。

「家からお肉を持ってきたのですが、少し大きいかなと思って切り分けていました」

「あぁ、それでナイフに血がついていたんですか」

「いいえ、もう血はほとんど出ていませんよ。漬けこんでいたタレでしょう」

ユキエさんは顔を上げずに、肉の焼き加減を見ることに集中している。あっけない答えに桜子は納得がいかない顔だが、それ以上は続かない。なんとなく気づまりと感じたのか、菅野が話題を変える。

「そうだ、滝田さんから、このあたり泥棒が多くてユキエさんも被害者だって聞いたんですけど」

菅野の問いは川津も訊いてみたかった。ユキエさんはゆっくりと顔を上げた。

「そうです。だから殺してもいいんです」

「えーっ」

菅野も同時に声を出したが、桜子のかんだかい声にかき消される。

「これ……」ユキエさんがイノシシの肉を持ちあげながらかすかに笑う。

「このあたり、イノシシが畑を荒らすんです。私たち農家はせっかくつくったお芋とかカボチャとか全部食べられてしまって、大損害なんですよ」

骨つきのスペアリブは、漬けこんだタレがしたたり落ち、なんだか生々しい。

「電気を通した柵で守ると聞いたことありますけど……」川津は訊いてみた。

「甘いですね。それではイノシシとイタチごっこ」

意図したジョークなのか？　どう応えていいかわからない微妙な間が空く。

「じゃあ、イノシシ対策は何がいいんですか」菅野が訊いた。

「罠や落とし穴もやりましたけど、被害はくいとめられませんでした。それで私、警察で試験を受けて猟銃免許を取りました」

ユキエさんが銃を構えるポーズをして微笑む。はっきり言って不気味な笑顔だ。

「免許を取るのは本当に大変だったんです。なんだかんだ言って、警察はなるべくなら免許を出したくないんですよ。おかしいのはね、夫婦仲までやんわり訊かれたんですよ」

ユキエさんはそのときのことを思い出したのだろう、片方の頬をゆがめ、くくくと笑った。

「警察の人に言ったんです。私、看護師ですから、主人を殺すなら銃など使いません。注射一本です、って」笑い顔が一瞬消えた。

「それか薬を使います、長い間少しずつ……。知り合いの薬剤師に頼めば、たいがいの薬は手に入りますし……。それに今は農家ですから、殺虫剤や農薬は使い放題ですよ、って」

「す、すごいですねぇ……」

菅野も桜子も、どう反応していいのか戸惑っている。

川津はもう一つの疑問を切り出した。

「あのう、さっき工房から戻ってきたとき、何かがものすごい速さで目の前を横切った気がしたんですが、あれは……」

言い終わる前に、桜子が体ごと割り込んできた。

「あー、私も来るとき見たんです。泥棒が茂みの中に隠れるのを」

「ああ、それはサルです」ユキエさんはあっさり断言した。

「気をつけてくださいね、イノシシもサルも。畑を荒らすだけでなく人間を襲うこともありますからね」

川津はなるほどと思った。

「そうか、滝田さんが工房を高窓にしてるのも、腰壁をコンクリートにしてるのも、きっとサルとイノシシ対策だな。溶接作業中に猪突猛進されたら、そりゃーおおごとだ。スレートの壁なんて簡単にぶち破るだろうよ」

「千尋のお父さんが涼子の猫ちゃんを気にしてたのも、きっとそれですね。猫が嫌いなんじゃなくて、サルに襲われないように気をつけて、って言ってたんだ」

桜子は納得したようにうなずいて、涼子のほうへ行った。

菅野は「サルが犯人だったとは……」と、妙に真剣な様子で眉を寄せている。

ユキエさんが、すっと離れ、滝田に目配せをしてうなずいた。

「すみません、私はもう寝る時間ですので」

まだ一時間も経っていなかったが、滝田は退席するとのことだ。ユキエさんも一緒に下りていった。

9

バーベキュー特有のスタートダッシュが終了し、炭火の周りは少し落ちついてきた。あわただしかった調理と配膳――と言っても焼きあがった食材を載せた紙皿の持ち回りだが――も一段落した。

岡野はベンチに座って、松岡と遠藤にどうやら仕事上の話をしているようだ。涼子はそれには加わらず、同級生二人と一緒に、川津と八頭が座るテーブルのほうに来た。菅野が牡蠣の盛り皿と新しい紙コップを並べる。

桜子と涼子はけっこうな量を飲んでいるようだ。桜子は「私は飲んでも桜色になるだけ」と自分でも言うとおり、酒は強いから心配ないが、涼子のほうは少し肩が揺れている。

冬の日は短い。もう夕暮れだ。少し風が強くなってきた。

多色刷りの版画のような空の色。それを映した海を溶かすように、フェリーがゆっくりと進む。波紋がきらめきながら広がっていく。

「見ろよ、あの海の色。絵になるなあ」

川津が軽く指さすと、桜子が思い出したように千尋に話しかけた。

「ほら、小学生の子どもの名前の話。けど、海っていう字で『まりん』ちゃんって、ホントすごいよね。もしかしたら、こういう景色観て思いつくとかいな？　あのフェリーの波見てよ。これこそキラキラネームーって」

桜子はピアノの速弾きのようにして指をキラキラと動かす。千尋がにっこりと微笑む。

「フェリーっていえば、浮く舟って書く名前の子もいた。フネは易しいほうの字ね。何て読むと思う？」

千尋は指でテーブルに文字を書いてみせる。左利きの千尋の文字がわかりにくかったのか、桜子は少し考えて「ああ」と応えた。

「『ふしゅう』……あ、『うきふね』ちゃんか。たしか源氏物語の姫様だっけ、いまどき古風な名前やね」

「それが全然違うの。男の子で『ふろうと』君だもん。『まりん』ちゃんみたいな英語読み？　絶対読めないよ」

「それ、浮浪の人って聞こえるけん、子どもが大きくなったらものすごく嫌がるっちゃない？　ホームレスみたいで。それか浮気性の人っぽいよ。あっちふらふら、こっちふらふらって」

桜子は自分で言って自分で笑う。話に加わらない涼子に気づいたのか「ねえねえ、涼子」と話を振った。

「千尋に聞いたんやけど、最近の子どもの名前ってすごいよー。どんな読み方でもいいんだって。涼子ならそうね、『すずし』ちゃんとか、いっそ『くーる』……」

「やめてよねっ！　ぜーんぜん面白くない、そんな話！」

涼子はびっくりするくらいの大声で言った。苛立つように立ち上がると、八頭のほうへ近寄り、いきなり腕をつかんだ。

「それより八頭先生のお名前よー」

八頭はかくんと首をかしげた。絵に描いたような「はて？」の表情。

「それにしても八頭一也先生って、失礼ですが、親御《おやご》さんがよく命名されましたよね。もちろん回文になっているって、わかってのことですよね」

「回文なのは付加的なものだよ。命名のコンセプトは『八つの頭で一つ也《なり》』ってこと」

本当か？　八頭のことだ、たった今思いついただけかもしれない。

「人間の大脳は、前頭葉、頭頂葉、側頭葉、後頭葉と四つに分けられ、それが右脳、左脳で計八つの部分がある。おのおのの部分はそれぞれの役割があって、それらが連携して働くと言われているわけ。ところが僕の場合は、それがばらばらに働くんだな。つまり八つの独立した脳があって、それぞれが一つなり」

「うわ、なんかホントっぽい。ねっ、サクラ、そうなの？」涼子が桜子に訊く。

「確かにうちの先生はね、多重人格じゃないかと感じることはけっこうあるよ」

桜子は、涼子に答えたあと八頭に笑いかけ「もっちろん、いい意味ですよっ」

「多重人格ではない。強いて言えば多重思考、複数同時思考と言ったほうがいいかな」

八頭は桜子を横目でちらりと見て続けた。

「まじめな話をするとだね、一般的に言語を使った論理をつかさどるのは左脳だけど、これは考える時間がかかる。ところが右脳は直観的に全体を判断する。だから右脳を使えば、たとえば回文なんかは瞬時につくれるのだよ。つまり『ＡＢＣＢＡ』の画像として見ればいい。たくさんの人間の顔から知っている顔がすぐわかるのは右脳の画像処理だ」

「それはわかりますけど、回文の画像処理なんて普通は無理ですよー」

八頭の話は、どこまでが「まじめな話」でどこからが想像――もしくは創造――なのか判別がつかないときがある。特に初対面の涼子は目を丸くして聞いている。

「千尋さんは左利きだね。君は生まれつき右脳が発達しているから左利きになったのだよ。右脳が発達している人は、直観的に空間認識できるから天才が多い。モーツァルト、ピカソ、アインシュタイン……ね」

千尋も「そうなんです。知っていました」と少しうれしそうだ。

「……と、そういう話を左脳でしながら、同時に右脳で言葉の画像を見る。つまり僕たちはね『脳《のう》が違《ちが》うの』」

八頭が「の、う、が、ち」と手を右に動かし「が、う、の」と左に戻す。

千尋は「は?」と口に手を当て、涼子は「すごい、すごーい」の連呼。菅野と桜子は「またですかぁ」のうんざり顔だ。八頭もけっこう飲んでいる。

「ところで桃井君、君の名前こそ桃井で桜子なんて、まるで春の寄せ植えのような命名だ。君のご両親の深謀遠慮を聞いてみたい」

「深謀遠慮かなぁ……。私が産まれたとき、病院の満開の桜に親が感激して衝動的に決めたんですって。苗字が桃井なので少しは躊躇したらしいけど、結婚したら姓が変わるからいいかぁ……って、ちょっと無責任ですよね、うちの親」

「なるほど、それは一理ある。だが、くれぐれも秋乃《あきの》さんと結婚して苗字を変えないように。秋乃桜子、狂い咲きだ」

八頭は笑いながら立ち上がった。桜子が「せんせー!」と八頭を叩くそぶりを見せる。

その声を聞いて、携帯をいじっていた涼子が顔を上げた。空いた紙コップを置いて、ふらりと揺れるように菅野の耳元に顔を寄せる。

「サクラと八頭先生って、まるでお笑いコンビだねー。けんかしてるみたいで、ホントはすごーい仲良しなんでしょー」

「まぁ、いつもの調子だけど……」

菅野は涼子のコップにワインを注ぎながら、

「八頭さん、桃井さん、言われてますよー、仲良すぎて怪しいって。どうなんですかー」

バラエティ番組の司会者のように話を振る。

八頭は急に不愉快そうな顔になり眉を寄せた。

「弟子との恋？　この歳で？」

菅野と涼子は八頭の意外な反応に戸惑ったようだ。

「いや、そう真剣に考えないでください。そういう意味で言ったわけじゃないですから、ね、沢木さん」

八頭は桜子から離れ、少し黙ってからにやりと口元を上げた。

「わかってるよ。回文をご披露しただけ」

皆沈黙。数秒後、涼子の大歓声。

「うわー、八頭先生すごーい、ホント回文？　書かないとわかんない。紙と鉛筆貸して！」

菅野がすばやく携帯を操作し、「はー」と感心して――あきれて、か――涼子に見せる。たぶん、ひらがなで書いて見せたのだろう。

「で、し、と、の、こ、い、こ、の、と、し、で。キャハハハー」

あまりの大笑いに岡野たちも振り返る。

その後も八頭の回文会話で大盛り上がりだ。「弟子との恋」からの流れで、涼子がちょっときわどい恋愛話を問いかけると、八頭の返事は、

「家庭ある相手か……」「親近感、禁止?」「悪い子いるわ」「偽る愛あるわ、つい」「会話卑猥《かいわひわい》か?」「なんかいかんな」……すべて回文。そのうえ会話の中でまったく違和感なく筋が通っているからあきれる。

涼子は大笑いしながら、次から次にワインを飲みほしている。明らかに飲みすぎだ。菅野に肩が触れていたのが、今は完全にもたれかかっている。それが目に余ったのだろう、桜子がコップを取り上げて「もうおしまいにしよ」と涼子の両肩を支えた。

涼子はふらりと立ち上がり、煙草《たばこ》を取り出した。

岡野事務所のメンバーも涼子の様子を見て心配そうだ。

「沢木君、君、いつから煙草吸うようになったんだ」

岡野がとがめるように言ったが、涼子は素知らぬ顔で横を向いた。

松岡が近づいてきて「沢木さん、ちょっと話がある」と涼子の肩に手を掛けた。

涼子は松岡の手を振り払い、煙草に火をつけた。が、それはフィルター側だった。

舌打ちをした涼子は、怒ったように炭火の中に煙草を投げ込んだ。

「やめてよ!」桜子が大声を出し、すぐに火ばさみで煙草をつまみ出した。

「サックラー、まだお肉焼くのぉー」

涼子はろれつが怪しい。目も半開きだ。

「焼かんくたって嫌に決まっとうやろ!」桜子がむっとして言う。

涼子はゆらゆらと揺れながらワインのボトルをつかんだ。

「そっかー、じゃあ終わっていいよねー、終わりー、全部終了ー」

涼子はボトルをつかむと左右に振り、残ったワインを炭火に振りかけた。高価なアルコールは、ジュジューという派手な音とともに、盛大に灰を巻き上げた。ボトルはそのまま涼子の手から滑り落ち、コンクリートの床で砕け散る。

「うわー、涼子ー、もう、なんてことするとよー」

桜子は頭や体に着いた灰を払いながら、涼子の悪酔いにあきれ果てている。

「涼子、もう戻ろう。アリスちゃんも心配でしょ」

千尋が涼子の背に手を回した。

「アリスなんて、もうどうだっていいのよー。あなたにあげよっかー」

涼子は立ち上がって松岡にしなだれかかったかと思うと、ふらふらと海側へ歩きだした。

「危ない。そっち手摺りないよっ」

松岡が涼子をかかえるようにして連れてくる。涼子は身をよじって振りほどいた。

「あなた、しつこいのよ。もうメールしないで！」

松岡と涼子はここでメールを送りあっていたのか。何か事情があるのだろう、涼子は今にも泣きだしそうに目に涙を浮かべ、唇を震わせている。

川津は、しゃがんでワインボトルの破片を集めている遠藤に訊いてみた。

「涼子さん、いつもあんなに飲むの？」

「いいえ、あんなに酔っぱらうの初めて見ました。沢木さんはどっちか言うと姉御《あねご》タイプで、いつもはしっかりしていて楽しく飲む人なんですよ。びっくりしました」

年下の遠藤には、なすすべもないといったところだろう。

六時を過ぎた。日没後の残照もそろそろ細くなり、太陽は今にも没しかけている。さすがに冷えてきた。黙りこくってしまった涼子は、松岡と遠藤に支えられて階段を下りていった。

八川事務所のメンバーは、かたづけを済ませてからリビングに戻った。涼子がソファーで眠っていたので、両事務所の交流はダイニングで続いた。

午後八時前には滝田が起きてきた。千尋は涼子が酔ったことを話したが「大丈夫かな。まぁ、楽しんでくれたならよかったけど」と微笑んでいた。滝田は、ユキエさんが用意していた食事を摂ると工房へ向かった。

皆疲れたのか、十時前には客室へ移動することにした。涼子を起こして女性三人は二階のゲストルームへ。川津は菅野とともに一番手前の客室へ入った。

川津が部屋のカーテンを開けると、真っ暗な中に工房の明かりが見えた。時々鋭いきらめきが樹木を照らす。滝田の使うアーク溶接の光だ。

樹々が激しく揺れている。天気予報のとおりなら、明日は大荒れ模様だという。

第三章

●《てん》

1

目が覚めて時計を見ると、午前七時を過ぎていた。

強弱を繰り返しながら連続する不気味な風の音が、ペアガラス越しでも聞こえてくる。川津はカーテンをわずかに開けてみるが、ほとんど何も見えない。一瞬霧の中かと思ったが、煙のような濃淡は横殴りの雨だった。樹々が引き抜かれんばかりに激しく揺れている。猛烈な暴風雨だ。

昨日から急速な低気圧の発達が予報されていた。台風並みだという。気温も大幅に低下している。前日の異様な暖かさは、天気急変の前触れだったのだろう。

川津と菅野がダイニングに行くと、女性たちはすでに起きてきていた。桜子と千尋はテーブルでお茶を飲みながら海を見ている。涼子はリビングで黒猫の世話をしていた。

「よく眠れた？」川津が桜子に尋ねた。桜子は照れ笑いを浮かべて「それが……」

聞けば、二階のゲストルームからの景色は、足元に陸地が見えないぶん漠然とした不安感があるらしい。一応専門知識のある桜子が建物の構造を説明して安心させようとしても、涼子と千尋は、やっぱり「地に足をつけたくなった」そうだ。桜子が「バンジージャンプの挑戦者の心境がわかるね」などと笑わせようとしたと言うが、完全に逆効果だろう。

驚いたことに、朝からユキエさんが来ていて食事をつくってくれていた。川津が「この天気でよく来られましたね。大変だったでしょう」と言うと、

「あら、蛇《じゃ》の道は蛇《へび》ですから……」

謎めいた微笑みを浮かべている。その慣用句は用例としていかがなものか、と思ったが、もちろん突っ込んでは訊かない。明らかに「神出鬼没」の用例にふさわしい人だ。

八時になり、少しは明るくなってきた。皆がそろい、ユキエさんが厨房から食事をワゴンに載せて配膳する。病院などで使う業務用のワゴンなので大勢の配膳にも便利だ。

座席は自然と年齢構成で分かれた。滝田と岡野、八頭、川津が一卓。双方の事務所スタッフ合わせて五名と千尋とで一卓に座る。涼子は昨日の泥酔を覚えているのだろうか。一番端に座り、ほとんどしゃべらず神妙な顔つきだ。

最近忘れていた「旅館の朝食の香り」がする。ご飯とみそ汁、焼き魚と卵と海苔と漬物、という定番の和風朝食に加えて、六種類のサラダが山盛りだった。ここで取り放題のサラダバーがいただけるとは思わなかった。三種類のドレッシングは、ユキエさんの自家製とのこと。ご飯が柔らかめなのは滝田に合わせてだろう。

食事中もその後も、話題はもっぱら天候と、さしあたっての今日の行程だ。外を見れば、今にも折れそうに揺らぐ樹々。豪雨とともに岸壁に打ちつける波は、間欠泉《かんけつせん》のように吹き上がっている。

川津が間欠泉のよう、と連想したのは、この天気ではせめて室内で過ごせる温泉宿に行くくらいしかないか、と思ったからだ。だが、テレビでは不要な外出は極力控えるよう繰り返し注意をうながしている。来たときの道路事情を思えば、確かにどこで木が倒れていてもおかしくない。

急激な天候変化であったため、回復も早いのではないかとの予報がされている。とりあえず午前中いっぱいは様子を見よう、ということになった。滝田は、千尋と二言三言《ふたことみこと》話すと自室に上がっていった。

「まあ、嵐の山荘に閉じ込められる、というのもなかなかできない体験ですから、皆さんでそれを楽しみましょう」

菅野はコルビュジエの安楽椅子に寝そべって、ソファーに集まった両事務所のメンバーを見回して言った。

「その『嵐の山荘』っていうのが、またミステリーの話でしょ」

桜子は、菅野のわざとらしい言い回しで気づいたのか、千尋と涼子に、菅野の「得意分野」について注釈を加えた。まぁ、聞くだけ聞いてやって、という態度だ。

「ミステリーと言っても、さらに本格ミステリーという分野です。クローズド・サークル、館もの。電話線は切れて通じなくなって、ここに来る道は崖崩れがあって警察も来られなくなるんですよ。吊り橋が落ちたりもします。この豪雨で犯人の足跡も消えてしまう」

「なんよ犯人って。それにここはどこでも携帯通じるし一、メールもできるし一。海沿いだから山荘じゃないし一」

「いや『嵐の孤島』というケースもあってだね……あっ、違うけど……」

菅野は桜子の目を見て、「ここ島じゃないし一」と桜子のまねをして言った。

十二時になった。

予定では外出先で食事をするはずだったが、ユキエさんが手際よく用意してくれたサンドイッチの昼食となった。ハム、チーズ、卵、ツナ、ポテトサラダ、野菜、とほとんどフルコースと言っていい品ぞろえだが、皆、動いていないためか、あまり食欲はない。

午後になっても猛烈な悪天候は変わらない。テレビでは気象情報を繰り返し流している。映しだされた天気図は、巨大な低気圧により日本列島に蜘蛛の巣がかかったように見える。まさに台風並みだ。気象予報士の女性が深刻そうに注意を呼びかけたあとは、大雨による道路陥没で孤立した集落や土砂崩れで埋まった住宅、行方不明になった釣り舟のニュースを流している。

滝田の散歩はもちろん中止。皆、暇を持て余しはじめた。八頭は「本でも読むわ」と客室棟へ行った。

ダイニングに残った滝田親子は、すっかりうちとけて談笑している。菅野と遠藤は駅伝のテレビ中継を漫然と観ている。松岡は客室にいるのか今は見当たらない。涼子は黒猫を抱いて退屈そうにあくびをしていた。横で桜子は雑誌を開いたまま、うたた寝をしている。

何もやることがないのは川津も同じで、漠然と外を眺めながら、またしても柳瀬邸のことを考えてしまう。

ガラス面から見える横殴りの雨は、巨大なスクリーンに映ったホワイトノイズのようだ。ああ、あれは雨ではなく「砂嵐」か——そんなたわいもないことを考えつつも、頭の画面に柳瀬邸は見えてこない。代わって別の建築が脳裏に浮かぶ。

昨日見学したあの建築だ。


「あ、見えたー。あれですねー」

桜子の声は車内では明らかにボリュームオーバーだ。

事務所を出発してから二時間弱、遠くに見える低い丘の頂に、目的の建物を見つけた。

「おー、写真では見ていたけど、まさに斜め屋敷の八角館だ」

萱野は何か意味ありげなよび方をしたが、推理小説に出てくるような、おかしな建物を見学するわけではない。だが、一般の人からすればそうとう変わった建築見学だろう。なんといっても、そこは「火葬場」なのだから。

研修旅行の最初の見学先『風の丘葬斎場』に到着した。

大分に行くのなら、途中、中津市にあるこの建築を見学しよう、川津と八頭は学生時代に来て以来だし、菅野と桜子は初めてだと言うので「それならば、ぜひ行かねばならぬ」となった。建築設計に携わる人々が全国から見学に来るのだから、隣の県に住んでいて未体験とは恥ずかしいくらいだ。

　ここは現在は民間の管理だが、もともとは中津市の公営火葬場であり、葬儀が行われる斎場も併設されている。

　設計は槇文彦《まきふみひこ》。建築界のノーベル賞と称されるプリツカー賞も受賞している日本を代表する建築家だ。設計作品では『代官山ヒルサイドテラス』や青山通りの『スパイラル』、千葉の『幕張メッセ』などが有名だ。川津は、その中でもこの『風の丘葬斎場』が、槇文彦の最高傑作ではないかと思っている。

　千尋は、思ったとおり「えー、火葬場を見学するんですか」と驚いていたが、建物の外観を見ると「美術館みたい」と興味を持ったようで、一緒に見学することになった。

　駐車場から、斜めに傾いた八角柱と水平に伸びるレンガ積みの壁面を見ながら車寄せまで歩く。

　川津は一度見学に来ただけだが、平面図は完全に頭に入っている。車寄せから右手後方に行けば、葬儀が行われる斎場棟。そこが傾いた八角柱の建物だ。左手からまっすぐ正面方向が火葬棟。それらをつなぐ右手前方が、三角形の平面をもつ待合棟だ。建物全体は南側に広がる『風の丘』の公園に面している。

まずはその公園を見ながら回廊を歩き斎場棟に向かう。午前中ということもあり、告別式や通夜が行われていないので内部を見学することができた。

斎場に入ると、八角形の空間は、外から見た斜めの傾きも不安定感はなく、むしろ包み込まれるような心地よさを感じさせる。それは、心憎いほどに計算しつくされた光の加減によるものだ。

天井には四つのトップライト、壁にも細いスリット窓があるが、何よりも目を引くのは床から上に開けられた絶妙な高さの地窓《じまど》だ。横長の窓の外には水盤が設けられていて、ゆらゆらとした反射光が室内に映り込んでいる。

菅野がポケットから素早くコンベックスを取り出し、窓の高さを計ってメモしている。八頭は地窓から水盤を見つめ、なぜか右手を水平方向に何度も往復させている。桜子と千尋は互いに感想を話しあっているようだ。この場所の厳粛な雰囲気のせいか、桜子もふだんと違ってひそひそとした小声になっている。

斎場から出ると、いったん入り口の車寄せに戻って、今度は向かって左側の回廊から火葬棟のエントランスポーチに向かう。

右手に見える緑に覆われた前庭は、小学校のプールくらいの大きさだろうか。二十五メートルほどある回廊は、下りのスロープになっている。

「ここがスロープになっているのはなぜだと思う?」

川津は菅野に訊いてみた。

「下り坂でご遺体を楽に運ぶためですか」

「おいおい、なんだその物理的、って言うか効率優先的みたいな答えは。じゃあ、桃井はどう思う?」

「下ることで、彼岸へ渡っていく死者への別れの儀式、そこへ向かう心構えができるような……悲しみに沈む気持ちの整理とか……」

「そう、槇さんの設計意図はたぶんそういうことだと思うな」

「サクラちゃん、さすがぁ」千尋が笑みを浮かべて大きくうなずく。

「理系の人にはこの感受性がないとやろうねぇ、文系にはわかるっちゃけど」桜子が得意そうに菅野を見る。

　エントランスポーチから火葬参列者のたどる経路を歩き、前室から告別室、炉前ホールへと進み、各室を見学したあと待合棟に入った。葬儀の前の待合いや収骨前の待合いに利用されるスペースだ。

　ここで少し休憩することにして、菅野と桜子はトイレに行った。見学先では、行きたくなくても必ずトイレに行く。「見学」という用を足すためだ。

　皆が戻ってきたところで、建物を外から見ようと『風の丘』の公園を歩くことにした。川津と桜子と菅野が前を行き、少し離れて八頭と千尋が続く。

公園から建物を離れて見ると、斜めに傾いたレンガ積みの斎場棟、茶褐色の鉄板が地面に突き刺さる待合棟、コンクリートが低く水平に伸びる火葬棟の三棟の構成がよくわかる。

「建物全体が、まるで公園の中に置かれた彫刻って感じですよね。やっぱり建築は現地で見て感じて、空間を体験しなきゃ語れませんねー。写真でもいいなあと思ってたけど、もっと断然いいですよ」

菅野はぐるりと頭を回し、ふう、と感嘆のため息だ。

「いつかあんな建築を設計したいなぁ」

桜子の素直な感想だが、思ってもなかなか言えるものではない。特に今の川津の心境では……。

昨日およそ二十年ぶりに見た『風の丘葬斎場』は、古びてきたことで逆に良くなっていると感じた。どうしたらこんな建築を構想できるのだろう。川津は考え込んでしまう。

圧倒的な存在感、厳選された素材、その繊細なディテール、何もかもが完璧に考え抜かれた建築に接し、あらためて案が浮かばない自分が情けなくなる。打ちのめされたような虚脱感、劣等感……ああ、今はもう考えることはやめよう。

「川津さんは、今はどんなお仕事をされているんですか」

ぼーっとしていたら岡野が話しかけてきた。最悪のタイミングだ。とても話したくない。が、一つ話のとっかかりを思いついた。

「実は今は、ある住宅を計画していましてね。そうだ、車を拝見しましたけど、岡野さんも車がお好きなんでしょ？　私の施主もカーマニアなんですが、何か特別なこだわりとかありませんかね。設計のコンセプトになるような……」

岡野は、ふっと鼻で笑った。

「あの車？　近々手放しますよ。車は好きで、けっこう凝っていたんですけどね」

岡野が投げやりな口調で言ったので、川津は余計なことを訊いたか、と思い「岡野さんのお仕事のほうはどうですか」と社交辞令で尋ねてみた。

岡野はむしろ自分の話をしたかったようだ。インテリアデザイン事務所として名は売れているが経営的には苦しいらしい。「聞いてくださいよ」と言って話しだした。

インテリアの仕事は建築設計以上に若いデザイナーが多く、五十近くになると若手に仕事が流れるらしい。一発当てようとして請けた中国の仕事で騙されて、発注していた家具や内装材などでそうとうな負債をかかえこんだと言う。

スタッフも十二人いたのが今は三人。その給料を払うのもつらい。銀行借り入れもなかなか難しい……。

「そうだ、私をデザイナーとして滝田さんが雇ってくれないもんですかねぇ……。いや、事務所はそのままで、出資者になってもらうのが一番いいか……」

岡野は自嘲気味に低く笑った。

疲れきった表情を見ると川津も話が続かない。岡野の愚痴話を聞いているうちに、俺も柳瀬邸が断られたら……と自分のことのように気分が落ち込んでしまった。

話すだけ話すと、岡野は「昨日あまり寝ていないので」と客室棟へ向かった。川津はどっと疲れた。

2

午後四時を過ぎ、滝田は一人の食事を終え、自室に上がっていった。彼の定時の睡眠時間だ。

しばらく見かけなかった涼子が客室棟の方からダイニングに現れると、松岡が追いかけてきた。

「サクラ、どっかドライブ行こっ。もう退屈すぎるよ！」

涼子は松岡にあてつけたような言い方だ。二人はラウンジで話をしていたようだが、もちろん何があったかはわからない。

「えー、今からー？　雨はだいぶ弱くなったみたいやけど、やめとこうよ。すぐ暗くなるし……」

「だって、やることないじゃない！」

涼子は「煙草吸ってくる」と言って玄関先に出ていった。

桜子と千尋は、ユキエさんに勧められてリビングで昼の残ったサンドイッチを食べ始めた。桜子は「この時間から飲むなんて、海外旅行気分やね」と言ってワインまでいただいている。川津たちも軽く食べてワインを味わう。外から戻ってきた涼子も加わった。機嫌は直ったようだ。萱野に呼びに行かせた八頭が出てくると「八頭センセ、八頭センセ」と、すっかりお気に入りのようだ。


七時過ぎには滝田も岡野も起きてきた。やや暗く感じるのは天気のせいではなく、ディナータイムに合わせて自動的に照明が落とされているようだ。

ユキエさんはダイニングに食事のセッティングだけして、いつの間にか姿が見えなくなっていた。まだ厨房にいるのか、あるいは帰ったのかもしれないが、リビングにいた川津は気づかなかった。

ユキエさんの料理は本当に行き届いていた。滝田のメニューはもちろんだが、旅行者のためにも栄養管理がなされているのだろう、夕方からだらだらと食べていた川津たちには、温かなホワイトシチューがありがたかった。

川津がユキエさんの料理の話を滝田としていたときだ。

「涼子、もう飲むのやめときいよ！」

もう一つのテーブルのほうで、桜子が涼子の肩を支えていた。ひどく顔色が悪い。目は半開きで明らかにゆらゆらと揺れている。この様子では、世界一軽い『スーパーレジェーラ』はいかにも頼りない。あっ、と思った瞬間、ばたんと音をたてて椅子から滑り落ちた。

「涼子ー、大丈夫?」

桜子と千尋が涼子をかかえる。涼子は顔から落ちたのか鼻血を出していた。四つん這いの姿勢で点々と床に血が落ちる。桜子が卓上のおしぼりを渡すと、鼻を押さえて立ち上がり、一度ひくっと体をこわばらせるとトイレの方に走っていく。千尋が小走りで追いかけた。

しばらくして、二人は一緒に戻ってきた。涼子は鼻と口を押さえ、下を向いたまま相変わらず足元はおぼつかない。

「お父さん、新聞紙とか雑巾とかあるかな……」

涼子は吐いたらしい。どうやら目的の場所まで間に合わなかったようだ。

立ち上がってトイレに向かう滝田に「食事中にごめんなさい」と言って千尋もついていった。

「沢木さん、いい加減にしろよ!」

松岡がたまりかねたように声をあげ、涼子の両肩を激しく揺すった。涼子は一、二歩よろけて後ずさりする。

運の悪いことに足元に黒猫がいた。勢いよくしっぽを踏まれて、フギャーと悲鳴をあげたと同時に猛烈な速さで駆けだす。

ほとんど一瞬の出来事だった。

黒猫はいったんリビングに逃げだすと、そこには隠れ場所がないと思ったのか、反転して『ジグザグ』チェアを蹴倒し『レッドアンドブルー』をかきむしって登る。そこから隣に飛び移り、背の高い『ラダーバックチェア』を文字どおり梯子のように駆け上がったかと思うと、ワインセラーの家具に飛び降り、それを踏み台にしてジャンプ。厨房の壁のへこみに逃げ込んだ。その瞬間、ガシャーンという派手な音が響き渡る。ロイヤルコペンハーゲンのイヤープレートが三枚、石貼りの床に落ちて割れた。

音を聞いた滝田と千尋が、すぐに厨房裏のトイレの方から出てきた。黒猫は、皿が飾ってあった壁のへこみで固まったようにじっとしている。黒猫にとっての緊急避難場所だ。

桜子は完全に怒り心頭だ。

「涼子、ちょっとあんまりよ。あなた、そんなに酔っぱらうなんて、なんかあったと？　あのお皿は千尋とお父さんにとって大切なお皿なんよ！」

涼子は黙っている。涙を浮かべているようだ。

「お父さん、ごめんなさい」千尋がつぶやくように言った。

「わたしが猫を連れてきてもいいって言ったから……」

「気にしなくていいよ。あの端のほうのプレートは最近のものだから、すぐに手に入るし」

滝田は「そんなに高いものじゃないから」と言って笑みを浮かべた。

八頭はリビングに下り、倒れた『ジグザグ』を元に戻すと、猫が駆け上がった『ラダーバックチェア』を指で撫でた。黒の塗装が傷つき白木の肌が見える。そうだ、実は割れた皿より、爪を立てられた名作椅子の補修費用のほうが格段にかかるはずだ。

「それより、沢木さんは大丈夫かい」滝田が涼子を見た。

涼子は水を二杯飲んだ。吐いたせいか少しは楽になったようだ。桜子がつき添って涼子を寝室へ連れていく。

一番背の高い菅野が、黒猫を捕まえようとして椅子に乗ると「あー、やっちゃってるよー」と不愉快そうに顔をしかめた。恐怖感からくる排泄行動だろう。じっと硬直している猫を捕まえると、ゆっくりと下ろした。松岡がティッシュの箱を菅野に渡し、汚物をふき取ったティッシュを遠藤が新聞紙で受け取る。

その様子を見ながら、千尋は、はぁーと深いため息を漏らした。うんざりした顔で黒猫をかかえ、ケージを片手に一度どんと足を踏みならすと、桜子たちのあとに続いた。

岡野が滝田に涼子の不始末を詫びた。滝田は「どうぞ気にされないでください」と明るく応え、その後工房へ向かった。

3

九時半を回ったころ、涼子がリビングへ下りてきた。

「さっきはごめんなさい……」こくんと頭を下げた。さすがにばつが悪そうだ。手には猫のキャリーケージを下げている。

「あのう……」切り出しにくそうに皆を見回した。

「起きたらアリスがいないの。ベッドの下とかお風呂場とか全部捜したけど……二階にはいないみたい」

「一階に下りたってこと？　けど、どうやって部屋から出たとかいな」桜子が首をかしげる。

「私、涼子を二回見に行ったけど、アリスちゃんのケージは見らんやったなぁ……。涼子、アリスちゃんをケージから出した？　エサかおしっこか？」

「覚えてない……」

「もし出しとったなら、私が部屋に入ったときに、入れ違いでドアから出てエレベーターに走りこんだ……とかいな？　うーん、暗くしとったしねぇ……。それくらいしか考えられんよね」

「一階に下りてきたとしても、こんな天気だから、たぶん窓はどこも閉まってるよ。外には出ていけないと思う」

松岡の言うとおりだろう。皆で室内を捜すことになった。厨房やトイレ、まさかとは思うが客室棟の方にも捜しにいってみる。桜子は涼子と一緒にもう一度二階へ上がった。

それぞれが部屋の隅々まで捜したが、黒猫は見つからない。皆が戻ってきたところで菅野が言った。

「ねえ思ったんだけど、もしかしてサルがこの家の中に入り込んでないだろうか。滝田さんかユキエさんが出入りしたときに、すばしっこいサルが駆け込んでくることは、ありえるんじゃないかな」

「それでサルがどこかにアリスちゃんを隠したって言うと？」

桜子の疑問に菅野は「そう」とうなずく。

「襲ってしまってから、悪いことをしたと思って隠したんだ。サルは賢いからそういうことぐらいは考えるはず。そんな話聞いたことあるよ」

「もう、まじめに考えてよね。サル説は却下。やけどこれだけ捜してもいないってことは、アリスちゃんは外に出たとしか考えられんよ」

桜子が涼子に尋ねる。

「ねえ、アリスちゃんはドアを開けきる？　開き戸でも引き戸でも開ける猫はおるけんね」

桜子の言うとおり。うちで設計したあの『猫ちゃんハウス』での経験だ。

「うん、網戸くらいは開けるけど……。あ、一度空気抜きの小窓から外に出たことがあった」

「もしアリスちゃんが外に出たとしたら、それこそサルに襲われる危険性がある！」菅野はサルにこだわる。

「猫の習性として遠くへは行かないよね。まして雨の中。建物の回りをうろついて、入りたがっていると思う」

松岡が出ていこうと立ち上がる。

川津は「いや、それは……」と言いかけてやめた。

松岡の言う猫の習性は、自宅から逃げた場合だ。「犬は人につき猫は家につく」と言われる。外出先ではむしろ自宅をめざしてここから去っていくのではないか。もちろん、とうてい帰り着く距離ではないが……。

涼子は薄く涙を浮かべ、すがるような目をしている。松岡と遠藤が玄関に向かおうとしたとき、千尋がそれをとめた。

「みんな待って。私、連れてくるから。ごめん、ちょっと待っていて」

千尋はゲストルームのエレベーターへ向かった。川津は二階の部屋の水回りの点検口を思い出した。滝田が言っていた額縁をふたにしていたあそこか？　猫が隠れた――あるいは隠した？――のは。

川津は黙って海側の窓まで行き外を見た。降り続く雨の中、工房からはアーク溶接のスパークが断続的に輝いている。

しばらくして千尋が戻ってきた。表情がひきつっている。

「涼子ごめん。あなたの猫、アリスちゃん、私がいたずらして隠した……」

「どこ？」呆然とした顔だ。

「地下のワインカーヴ……」

涼子は頬をふくらませて千尋を見ると、黙ってエレベーターの鍵を取り出した。

「待って！　それが今連れて帰ろうとしたら、アリスちゃん、いなくなってた……」

「えっ？」

涼子は立ち上がった拍子に、ガラステーブルに膝を強く当てた。そのはずみで、載せてあった空のコーヒーカップが大きな音をたてて床に落ちた。涼子は素早く拾ったが、縁の部分が欠けたのか「痛っ」と指を口に含んだ。凍ったような表情だ。肩が震えている。

「とにかくもう一度ワインカーヴに行ってみよ」

桜子が落ち込んだ表情の千尋に言った。

菅野と松岡も行こうとしたが、桜子は無言で首を振った。ここは同級生どうしがいい、という判断だろう。

「二つのボタンを押しながら鍵を回すんよね」

千尋は黙ってうなずき、涼子も無言のままケージを持った。

三十分くらい経って桜子だけが戻ってきた。「とりあえずの報告」だと言う。

「やっぱりアリスちゃん、いないんよぅ……」

桜子によると、涼子は泣きながら千尋を問い詰めたそうだ。

「千尋は間違いなくワインカーヴに入れたって言うんよね。中は真っ暗で見とらんけど、あの鍵の操作で行ったけん間違いないって」

「あそこから外へ通じるところがどこかにあるのかな」

菅野の問いに桜子が首を振る。

「もちろん、よーく見たよ。棚の下とかワインボトルの後ろとかも。やけどカーヴのエアコンは機械式で吹き出し口はなかったし、換気扇も見たけど、あそこからアリスちゃんが出ていくのは絶対無理」

桜子がもう一度ワインカーヴに行こうとしたとき、千尋が戻ってきた。顔はまっさおだ。すっかり落ち込んでいる。涼子はカーヴの前室に座り込んで動かないと言う。

「涼子に言われた……。私がアリスちゃんをカーヴに入れてドアを閉めたつもりだったけど、閉まる間際にドアの隙間からパッと前室の方に戻ったんだろうって。アリスちゃんはそういうことよくするから。それで前室のリフトから上に登って一階に出たんだって」

「あのワインのリフト？　それはありえんやろー」たぶん皆、桜子に同感だ。

「でも、もうそれしか考えられないって。涼子は、リフトは私のお父さんがつくったんだから見てもらえ、って。それを言いに行くのに戻ってきた……」

「まあ、彼女の気が済むのなら滝田さんに訊いてみてもいいだろうけど。でもこの雨の中だし、あの坂道は危ないよ。俺が行こう」

川津が玄関のドアを開けると、工房の光は見えなかったがカンカンという打撃音が聞こえた。傘をさして行こうとしたところで、菅野が追いかけてきた。

「千尋さんがお父さんに電話するから、川津さん、行くのは待ってくださいって」

川津が戻ると、滝田への電話はつながらないと言う。あの音は鋼材を叩いている作業中なのだろう。電話に気づかないのも当然だ。千尋は何度もリダイヤルしている。

そのとき、桜子がメールの着信に気づいた。「涼子から」と皆に告げると、桜子はすぐに電話をかけた。

桜子の大きな声で内容は皆にも伝わる。工房まで歩いていくのは危ないから電話しているが、滝田が出ないと話す。涼子が不満を言ったのか「帰ってきてもらうけん、無理言わんで！」と、強い口調になった。最後は「じゃあ私がそこに行くけん話を聞いて」とさとすように言うと、何か大きな声で言いかえされたのか、桜子は電話を耳から離し、そのまま切った。

「『来ないで！』だって。しばらくは誰の顔も見たくないって感じ」

千尋は下を向いたままだ。誰もがかける言葉が見つからない。

「とにかく沢木さんを連れてこよう。僕が行く」

松岡は何かを決意したように顔を上げた。

「いや待て、俺が行く」岡野が低い声で遮った。「松岡、おまえと沢木、最近変だぞ。隠れてメールのやりとりなんかして。何かあったんだろう？」

「プライベートですから所長に話すことは何もありませんよ！」

松岡は声を荒げて言いかえすと、ふっと息を吸い次の言葉を飲み込んだ。何か言いたそうだったが、抑えるように長い息を吐き出すと「僕はちょっと休みます」と客室棟へ向かった。

「とにかく沢木を連れてきます。鍵を貸して」

千尋はキーホルダーからエレベーターの鍵をはずし、岡野に渡した。

「二つのボタンを押しながら鍵、だね」岡野が念を押した。

時刻は十時半を回っていた。雨は降ったりやんだりのようだが、さっきから雷鳴が響いている。窓にはときおり閃光が映るが、それは雷ではなくアーク溶接の光だ。

遠藤が「また降るんでしょうか」と言った瞬間、ドドーンという炸裂音。地響きと閃光とが同時だった。

「うわ！」桜子が腰を浮かせた。

近くの木に落ちたのだろうか。停電はしなかったが照明が一瞬ちらついた。瞬時電圧降下が起きたのだろう。

数分後、滝田がリビングへ現れた。

「えっ」菅野が頰に手を当てて目を見開いている。

「滝田さん、いつ工房から部屋に……？」

不思議そうにつぶやくのが聞こえた。川津は見ていなかったが、滝田は玄関からではなく自室のドアから出てきたと言う。そうだとすれば、いつの間に上がったのだろうか。

「千尋、何か電話をもらったね」

千尋は今にも泣き出しそうな顔をあげた。

滝田がソファーのところまで来て腰を下ろそうとしたとき、うっ、と不自然に足を踏ん張った。

すぐに気がついた。建物が揺れている。カタカタと小さな音があちこちから聞こえる。——地震だ。

壁のロイヤルコペンハーゲンの皿を見ると、裏で固定されているので滑るように動いている。

——かなり長い。三十秒以上揺れ続けた。

桜子がテレビの音量を上げると、すぐに速報が流れた。

「ここどこだっけ。臼杵市の……あっ出た、諸口《もろぐち》町だ。今の震度3だって。ちょっと大きかったね」

滝田は急いでエレベーターホールへ戻っていった。地震による異常がないかのチェックだろう、エレベーターのドア脇にあるプレートを開け、点検操作をしているようだ。

「さっき電圧降下で一瞬切れましたね。ちょっと上のパソコンを見てきます」

滝田は自室のほうのプレートも確認し、あわてた様子で部屋へ上がっていった。黒猫がいなくなった話をする間もなかった。

4

岡野がエレベーターから出てきた。千尋に鍵を返しながら言う。

「沢木君、地下にいないよ。戻ってきてないか」

「えっ、戻っていません。じゃあ二階に上がったんだ。私が行ってきます」

桜子が鍵を取り出した。千尋も行こうとするが、桜子が「私だけのほうがいい」と、止めた。

桜子はすぐに戻ってきた。頬が震えている。

「涼子、二階におらんやった。それからもう一度ワインカーヴにも行ったけどおらんやった。戻ってきとらんと？　なんで、なんで……」

桜子はそれだけ言って口を開いたままだ。

「あっ、サクラちゃん、電話して」

千尋に言われ「そうだ」と携帯を取り出す。

「つながらない……。『電波の届かない場所か、電源が入っていないため、かかりません』って……いったいどういうこと？」

桜子は「メールしてみる」と言って携帯を操作し、その後も何度か電話をかけるが応答はない。

「あのう、沢木さんはだいぶ携帯を使っていたので、バッテリーが切れたんじゃないでしょうか」

遠藤は、涼子と松岡が頻繁にメールのやりとりをしていたのを知っているはずだ。

「私たちと話したくなくて電源を切っているのかも……」

千尋が消え入りそうな声で言った。

「でもどこに行ったんだろう」

菅野のつぶやきに、皆、黙り込んだ。桜子が思い出したように言った。

「あっ、涼子はアリスちゃんのケージを持って下りたよね。ケージもなかった。ということはアリスちゃんを捜しに行ったんだ」

確かに……ケージを持っているということは、そう考える一つの手がかりかもしれない。

滝田が自室から下りてきた。零時前だから食事を摂りにきたのだろう。

「いやぁ、まいりました。やっぱりパソコンがおかしくなっていましてね。復旧作業に時間がかかりました……」滝田は、そこで言葉を切った。

「どうかしましたか」

千尋が「お父さん……」と話しかけたが、桜子は「千尋、いいからちょっと待って」と止めた。滝田は少し不思議そうな顔をしたが「すぐまた来ます」と厨房へ入った。

「ねえ、千尋。涼子が外に出ていったとしたら、またわがままな話っちゃけん、お父さんに言うのはちょっと待っとこうよ。お父さんのご飯が終わってから涼子を捜そ」

「客室に懐中電灯がありました。あれを借りましょう」

菅野が遠藤を連れて客室棟に向かった。

八頭が、何か思いついたように玄関の方に歩いていき、すぐに戻ってきた。

「川津君、玄関の鍵がかかっているが……」

「えっ、……そうか。涼子さんが外に出たなら、鍵は開いたままになっているはずか？」

「そう。……ただ、滝田さんが工房から帰ってきて閉めたのならわかるけど」

戻ってきた菅野たちにもそのことを話す。

「ユキエさんかもしれませんよ。だっていつ帰ったかわからないでしょ？　それともまだどこかにいたりして？」と桜子が言う。

ユキエさんがどういう行動をとったか、と考えると、謎の因子がさらに増える。

「やっぱり滝田さんに訊いてみるしかないな」

川津が言ったとき、ちょうど滝田が厨房から出てきた。八頭と二人で立って、川津が話しかける。

「滝田さん、涼子さんがどうも外に出ていったようなので、ちょっと呼んできます」

「えっ、外にですか。でもなぜ、こんな夜中に？」

滝田がひどく驚くので、川津は努めてたいしたことではないという口調で「ちょっと頭を冷やそう、ってことでしょう」と言って、一連の経緯をかいつまんで説明した。

不自然に思われないよう「もしかしたら、猫を捜しに出たのかもしれません」とは言ったが、千尋の関与は話さなかった。

「地下にいたのに、知らぬ間にエレベーターから出ていったんですか……」

滝田は黙って何か考えている様子だ。川津が訊く。

「あの、ところで玄関の鍵はいつ閉められました？」

「えっ、鍵？　……ああ、今日は皆さんが来られているので昼間は開けていましたが、食事のあと、私が工房に行くときには閉めましたよ」

「それで、工房から戻ってこられたときは、開いていたのをまた閉められたんですよね」

川津は、なるべく妙な不信感を持たれないよう、さりげなく尋ねた。

「戻ったとき……あっ、いえ、たぶん」

滝田は思い出せないのか、それにしてもあわてたそぶりだ。それを断言してくれなければ、涼子が出ていったことと矛盾するのだが。それとも、何かわれわれが知らない特別な出口でもあるのだろうか。

「滝田さん、涼子さんが外に出ていったことに、何か心当たりはありませんか。あっ、もちろんその理由じゃないですよ。たとえば、この建物の構造上のことなどで……」

さすがに「秘密の出口」などという言葉は口にできなかった。

「えっ、構造ですか」

滝田は口に手を当てて、しばらく考え込んだ。

ゆっくりと手をおろし、長い息を吐くと「外に出るには玄関からしかありません」落ち着きを取り戻したように言った。

「私は工房の方向を捜してみます」

滝田は玄関に向かった。

川津たちはソファーに戻った。

「もし玄関の鍵が閉まっていたなら、涼子はどうやって外に出たんやろう。まさかテラスから？」

「そうか、床に避難ハッチがあってもおかしくはないよ」

桜子の言葉を受けて菅野が立ち上がった。

「いや、それはない」川津は言った。

「涼子さんが外に出たのなら、当然そこのエレベーターから出てきて、玄関かテラスの方へ行ったわけだろ？　しかし、このリビングに誰もいなくなったときはなかったと思う。涼子さんが出てきて歩いていたら、絶対に気づくはずだ」

少なくとも川津と八頭と菅野と遠藤の四人はずっとリビングにいた。トイレに行ったり外を見たりはしたかもしれないが、四人とも気づかないとは考えられない。皆、無言でエレベーターのドアを見続ける。

菅野がとんと手のひらに拳をぶつけた。

「そうだ、もし沢木さんがエレベーターから出てきてしゃがんでいたら、あのワインセラーの家具の陰になって見えないよ。しゃがんだままトイレに行ったらわからない。トイレには、外に出られるドアがあるんじゃない？」

「うーん。それやったらエレベーターのドアが一度開いて閉まっただけに見えるわけか……。それくらいならみんなが見過ごす可能性はあるかも……」

桜子は、意見を求めるように皆を見回した。

「僕、見ました！」発言したのは遠藤だ。彼の大きな声を初めて聞いた。

「さっき、ちょうど雷のあと、滝田さんがここに帰ってきたときです。確かにあのエレベーターのドアが開いて、すぐに閉まるのを見ました。乗っている人は見えませんでしたけど……」

「滝田さんがここに来て、千尋さんに、電話もらったけど、って話したときくらいですかね」

菅野が言うそのときは、川津はエレベーターの方を見ていない。たぶん八頭も桜子も、滝田と千尋に注目していたはずだ。

「私、トイレを見に行ってきます」

千尋が小走りでトイレに向かうと、桜子も続いた。二人はすぐに戻ってきた。

「ありました！　トイレには、幅がこれくらいの窓が床からすぐ上にあって内側に開きました。あれなら外に出られます」

千尋は両手を肩幅より少し狭く離した。四十センチほどか。横向きでなら十分通り抜けられる。ずっと落ち込んでいたが、ほんの少しはほっとした、という安堵感がうかがえた。

「でも、なんでそんな隠れてまで外に出ていったっちゃろ？」

桜子の言うとおり、至極当然な疑問だ。

「みんなと顔を会わせたくなかったか、心配させようとしてか……」

菅野は遠藤に同意を求めたが、遠藤は「わかりません」と首を振った。

「とにかく外を捜してみようよ。あっ、もしかしたら車の中にいるかも」

遠藤が、客室棟の松岡に涼子がいなくなったことを伝えに行き、彼もリビングに出てきた。

皆で手分けして捜すことになった。海側は崖が危険なので室内からのぞいてみることにした。

リビングのテラスからは八頭が捜し、松岡と遠藤が客室のバルコニーを一つずつ移動してみる。

岡野は「もう一度地下を見に行く」と言うので千尋がエレベーターの鍵を渡した。

川津と菅野が外を捜した。と言っても工房方向以外には、駐車場と山側の車路くらいしか捜せない。駐車場に行ってみると、岡野事務所の車は二台ともそのままあった。念のため懐中電灯で中をのぞいてみたが誰もいない。菅野は車の下も照らしていた。車路の方へ回ってみると、屋上への階段は施錠してあったし、車路沿いにはイノシシ対策の柵がめぐらせてあるので、まさか林の中に入ることはないだろう。

客室棟の端まで行って、川津たちは室内に戻った。松岡は何か憤慨しているように息が荒い。千尋は泣きはらしたあとのような目をしている。顔は依然蒼白《そうはく》だ。地下から戻ってきた岡野は何か考えごとをしているようだ。八頭も黙って窓の外を見ている。

川津が捜査会議を再開した。

「外に出てみてあらためて思ったんだが、どう考えても、涼子さんが外でじっとしているとは考えられない。猫が出ていったとしても捜しようがないと思う。寒いし何より真っ暗だよ」

「どこかに行ったとしたら……」桜子が考えながら口を開く。

「部屋に荷物はあったけど、お金かカードを持ってればタクシーを呼ぶことはできるよね」

桜子の発言に皆軽くうなずいた。今はそう考えるしかないのかもしれない。

「でも、それなら携帯のバッテリーは残っているわけだよ……」

菅野の言葉が終わらぬうちに、桜子は携帯を操作して耳に当て、十秒ほどして首を振った。

「やっぱりつながらない……」

　時刻は一時を回っていた。

「とにかく今この時間に、ここでできることは何もないさ。朝まで待ってみよう」

　川津の言葉に皆、仕方がないと同意した。

　それぞれが寝室に向かったが、岡野はもう少し起きていると言い、ワインを注いできた。川津に向かって、何か話したそうな顔にも見えたが、昼間の続き――仕事の愚痴話――になってはたまらない。川津は「今日は疲れました」と独り言のように言って席を立った。

　リビングの窓にはアーク溶接の閃光が映る。カツカツと金属を叩く音がかすかに聞こえる。滝田は、涼子が戻ってきていると思っているのだろうか。


　川津は寝ている菅野を横目にベッドに倒れ込んだ。岡野に「疲れた」と言ったのは嘘ではない。涼子のことはひとまず頭から振り払って眠ってしまおう。

　目をつむると、ペアガラス越しに風と波の音が聞こえる。天気はまだ荒れているのだろう。滝田邸の二階からの素晴らしい眺望が目に浮かんだ。海に面したヴィラ、豪邸だ。構想中の柳瀬邸の敷地が重なる……。

　ここへ来たのは気分転換のためだ。柳瀬邸のことは何も考えないつもりだった。ただ頭の中を空っぽにしていると、ぽんとアイデアが浮かぶことがある。それが事務所の日常で生まれないなら、旅行という非日常に身を置いてみたら、もしかしたら……という淡い期待もあった。だが、予定の行動がとれぬうえに予期せぬことも起こり、頭を悩ますばかりだ。この旅行は設計時間のロスになっただけではないのか。おまけに施主の気分まで害してしまった……。

ふと考えた。八頭ならどんな発想をするだろう。

恵まれた立地と存分の予算。無類のカーマニアという特殊な個性。きっと誰もが思いつかない驚くべき提案をするのだろう。

この仕事は八頭に代わってもらいたい……。

ついそう考えて、川津は自分が情けなくなった。長くパートナーシップでやってきて、八頭の才能を誰よりも知っている川津だったが、代わってほしい、などと思ったことは一度もなかった。自分には自分なりの八頭とは違う発想があり、それは多くの施主に受け入れられてきた。今回は豪邸だから、普通の家ではできなかったさまざまな提案が可能なはずだ。「ありきたり」ではいけない。

カーマニアだから、リビングからいつも自分の車が眺められる家はどうだろう。

車庫とリビングの間を中庭にして、ガラス越しに四台の車を眺める。照明は当然リビングから調光スイッチで操作する。美しく見せるために、車は斜め四十五度に停めるようにしよう。すると車庫の入り口をそうとう広くしなければならない。一枚のシャッターでは難しいだろう。シャッターを分割したら間に柱がいる。すると車が停めにくい。どうする?

……まったくだめだ。そんなことばかり気にしていては。

そもそも、リビングから車が見えればカーマニアの家なのか。

まったくつまらない。なんという「ありきたりな豪邸」だ。俺はだめだ。情けないほど発想が貧弱だ。

川津は思い立ってベッドから起き上がった。眠れない……。

備えつけの冷蔵庫を開けてみると、缶ビールやウイスキーのミニボトルがあった。至れり尽くせりだ。

最近使うようになった睡眠薬をウイスキーで流し込んだ。酒と一緒に服用することは禁じられているが、もうどうにでもなれ、という気分だ。

5

気がつくと、そこは見知らぬ部屋だった。

そうか、研修旅行で滝田邸に泊まっているのだ、と川津は思い出した。睡眠薬を飲んだせいだろう、なかなか覚醒しない。

ふと横を見ると、ツインルームに一緒に泊まったはずの菅野がいない。起きたからではない。菅野のベッドがないのだ。

すぐに気がついた。ここは別の部屋だ。一度起きて外に出て、戻る部屋を間違えてしまったようだ。そんな記憶はないが、睡眠薬を酒と一緒に飲んだことで記憶を失ったのかもしれない。以前にも一度そんな経験があった。まいった……。

昨日寝入った部屋はリゾートホテルのような明るいインテリアだったが、ここは重々しいダークな色彩が主体で、ずいぶんと装飾的だ。ゴージャスなホテルの、クラシック趣味を漂わせたスイートルームといった雰囲気だ。壁にはルーブル美術館にでもありそうな古い宗教画までかかっている。

そうだなぁ、これが一般的な豪邸のイメージなんだよなぁ、と川津は思う。正直好みではない。

……だが、滝田邸の客室にこんな部屋があっただろうか。客室は四部屋で、それ以外の空室はなかったはずだ。

ここはどこだ?

入り口のドアへ向かう。驚いた。城郭にでもありそうな重厚な木製ドアだ。そこには、玄関で見た表札に似た、鉄くずを溶接したオブジェがかかっていた。

川津は、なぜか急に体が熱くなり吐き気が込みあげてきた。「ヴィラ・アーク」の表札を見たときと同じ不快感だ。これは何かの記憶だ。不吉な記憶に間違いない。だが、思い出しそうで思い出せない。

そのとき、部屋の外から苦しそうなうめき声が聞こえた。

聞き覚えのある女性の声、「た、す、け、て……」と聞こえた。美香？　えっ、そんな？

そうだ、涼子さんがいなくなったのだ。あれは彼女の声だ。滝田さんの家には案内されなかった隠し部屋があって、涼子さんも俺も、たぶんそこに来てしまったのだ。

川津はゆっくりとドアを開けた。が、誰もいない。ただ、そこは昨日案内された客室の廊下に間違いない。

ふと足元を見ると、カーペットに点々と血痕のようなシミがある。

涼子さんの鼻血？　彼女は指にもけがをしていた。

血痕は右方向、ダイニングの方へ続いている。回廊を進むと、突き当たりには確かに見覚えのあるドアがあった。

ドアを開けると、滝田邸のダイニング……だが、これはどうしたことだ。

真正面のリビングには、四台のキャンピングカーがほとんど間隔を空けずに置かれている。

ダイニングにも二台。まるで車のショールームのようだ。いや、もっと詰まっている。フェリーの積載車や新車の格納庫がこんな様子だろうか。

どういうことだ……。川津は事態が把握できず途方に暮れた。ドアを閉め、もと来た廊下を戻る。

左側にドアがある。さっき目覚めた部屋は、たしかここだ……。

ドアを開けると、そこは、えっ、岩の中？　地下のワインカーヴだ。昨日見たときと同じワインが並んでいる。

そのとき、突然ワインの瓶がゴロゴロと左右に動き出した。体感としてはわずかだが、小さな地震のようだ。そうか、地下だからそれほど揺れを感じないのか……。

えっ、地下？　そんなはずはない！……とにかくここを出よう。

川津が振り返ると、入ってきたときの木製のドアが頑丈な鉄製に変わっている。エレベーターの前室へ通じるドアだ。開けようとすると、なんとドアハンドルがない。

おーい、開けてくれー、叫ぼうとしたが、なぜか声が出ない。

そのとき、ミャアという鳴き声がした。

振り返ると、ワインカーヴの棚の上に黒猫がいる。涼子さんの猫だ。やっぱりここにいたのか……。

川津が手を伸ばした瞬間、黒猫が川津の顔面めがけて飛びかかってきた。

「うわっ」

自分のあげた声で、川津は目が覚めた。

まいった……。悪夢の黒猫を振り払うように、思わず顔を撫でまわした。

菅野が横で寝ていた。時計を見ると五時十五分。川津は部屋着の上に着てきたジャンパーをはおり、音をたてないようにゆっくりとガラス戸を開け、素早くバルコニーに出た。

ジャンパーの内ポケットから煙草を取り出す。四年間やめていたのに一カ月前からまた吸い始めた。理由は自分でもわかっている。煙草を吸っていたころのほうが、設計のアイデアが豊富に浮かんでいた——そう思ったのは大きな間違いだと知ったが。

朝の一服は頭がくらりとし、心臓の鼓動が早まるのがよくわかる。体に悪いはずだ。一日に二、三本だが、それがやめられない。

夜明け前の真っ暗な海は、少しは落ちついただろうか。風はあるが雨は降っていない。工房のアーク溶接の光は見えなかった。今は滝田さんも寝ている時間だ。

ふと横を見ると、リビングのガラス面からわずかな明かりが見えた。常夜灯だろうか。

室内に戻った川津は、そのまま静かに部屋から出て、ラウンジのソファーに座った。

回廊の先に、ダイニングへ通じるドアが見えた。ぼーっとしていると……一瞬、型板ガラスに映る光が揺らいだ。常夜灯ではないのか？　あるいは何かが動いて明かりを遮った？　であれば、誰かがいるのだろうか。

涼子さん？　まさかこれも夢の続き？　思わず頰を一つ叩きそれを否定した。

川津は回廊を突き当たりまで進むと、ダイニングへのドアハンドルをゆっくりと握った。鍵がかかっていた。このドアは、いつも夜間は鍵をかけているのだろうか。ドアのガラスに耳を当ててみると、ごろごろとワゴンを動かす音がした。食器がぶつかるような音もする。

なんだ、ユキエさんが食事の準備をしているのか。

あまりにも早いと思うが、彼女の行動パターンは――たぶん普通の人以上に――よくわからない。

川津は、今にもドアが開いて「どうぞ」と笑いかけられる自分を想像し、思わず肩をすくめた。

睡眠薬のせいか眠気がふだんと違う。あくびが途切れなく出るかと思えば、さっと覚醒したりする。いいことではないだろう。頭を振って気分を変え、客室に戻った。

ベッドに横になり目をつむる。

それにしても、涼子はこんな夜中に外に出て、いったいどこに行ったのだろう……。それも歩きかタクシーで？　川津は正直どちらも考えられないと思う。しかし車は駐車場に停まったままだった……車は。……あっ、バイクは？　来たときには駐車場にバイクがあった。それが、さっき見に行ったときにはなかった。あれば視界に入ったはずだ。

桜子が、涼子は大学時代バイクで通学していたと言っていた。そうだ、ここに来る途中、赤いバイクに追い抜かれた。あれは涼子だったのではないか。彼女は一人でバイクで来て、バイクで出ていったのか。そうか、それなら考えられる。

明日朝、皆に涼子のバイクがなかったことを言おう。

川津は納得したことで、今度こそ安眠できそうな気がした。

目をつむると、一瞬、黒猫の姿が脳裏をよぎった。悪夢の続きはごめんだ。

6

二度寝したせいで、川津は八時の朝食に遅刻した。

ダイニングには滝田だけが残っていた。川津の挨拶に無言の会釈を返したが、ほとんど食事に手をつけていない。病気の話は聞いていたし、昨日の接客で疲れたのか、体調が悪いのかもしれない。ユキエさんもかたづけをしながら気にしている様子だ。

急いで食事を済ませ、滝田を残しリビングのソファーにいる皆のところへ行った。川津は、こんなときによくゆっくり眠れましたね、という無言の非難を感じた。桜子によれば、千尋は一睡もしていないと言う。視線を下に落としたまま固まってしまったかのようだ。岡野事務所の二人も沈んだ表情。岡野は腕を組んで目を閉じている。

「ちょっと聞いてくれ」川津は、皆の顔色をうかがいながら言った。

「涼子さんは、バイクで出ていったんじゃないかな。昨日駐車場を捜しに行ったとき、涼子さんのバイクがなくなってた。菅野、覚えてるか」

「えっ？　涼子さんのバイクって……」菅野は驚いて松岡に顔を向ける。

「どういうことですか。ここには三人で車で来ましたけど」不思議そうに言う松岡の横で遠藤がうなずいている。

なんだって？　あれは涼子のバイクではなかったのか……。川津は驚きと落胆が入り混じって思わず、んんーとうなり声が出た。確かに考えてみれば、涼子がバイクで来ているのなら、昨日、岡野事務所のメンバーが真っ先にそれを言うはずだ。

「川津さん、報告があります」桜子は深く息を吐いた。

「七時前だったかなぁ、外が少し明るくなってきたからって千尋に起こされて、私たち外を捜しに行ったんです。玄関から山側の道を客室棟の方に向かっていったら、ちょうど回廊の裏くらいに外から入れる部屋がありました」

「えっ、来るとき見たかな」と川津。

「それが木がかなり覆いかぶさっていて、ちょっと気づかなかったと思います。そこ鍵がかかっていたんで、ドアに耳を当ててみたら、中から何か音がするんですよ」

まさかそこにいたのか。それなのに、この良くない雰囲気はなぜだ。川津は一言「それで？」

「千尋のお父さんに鍵を開けてもらおうと思って、急いで玄関の方に戻ろうとしたら……菅野君が女子トイレの窓をのぞいてたんです」

「お、おい、なんてこと言うんだよ！」菅野があわてて説明する。

「僕、朝起きてトイレに行こうと思ったんですけど、川津さん寝てたから起こさないようにって、着替えてこっちのトイレに入ったんです」早口で言いながら厨房の奥を指さす。

「ちょっと待て」川津は話を遮った。「そこの鍵は開いてた?」

ダイニングから回廊へのドアを指さす。菅野は不思議そうに「鍵?　あったんですか」と答える。朝になったら開けるのか……と考えて口を閉ざした。川津を見て菅野が続ける。

「男子トイレにも窓があったから、女子トイレと同じかなって思って内開きのサッシを開けてみたんですよ。そしたら外側にワイヤメッシュがあったんです。あれっ、これじゃ出られない、と思ったけど、さすがに女子トイレには入れないから、外に回って確認してたんですよ。……そう言っただろ」菅野は桜子を肘でつつく。

「女子トイレもおんなじでした。だから昨日は、涼子はトイレから外に出たんだって思ったけど、あれたぶん無理です」桜子ががっかりした顔つきで言う。

「桃井さんたちが見つけた外から入る部屋っていうのは機械室だそうです。聞こえたのは井戸ポンプの音だろうって」菅野は滝田のほうをちらりと見た。

「ワイヤメッシュはサル対策ですね。外からの固定を確認しました。もちろんはずした跡もありません」

菅野は現場定例会議の報告のように淡々と言った。が、それが千尋を責めるように聞こえると思ったのか、すぐに補足した。

「ごめん、千尋さんは建築の専門じゃないから、メッシュが網戸みたいに開くと思ったんだよね。もちろんはずれるんだけどね」

　外からなら、ということだ。つまり内部から外へは出られない。

　黒猫は、どこかの小さな隙間から外に出たかもしれないが、もはやそちらは問題ではない。涼子は、やはりこの建物の中にいるのだろうか。遠藤がエレベーターのドアが一度開くのを見たというのは、どういうことなのか。単に見間違いなのか、まさか嘘をつくはずはない。

「これって警察に連絡したほうが……」

　遠藤が言いかけたとき、岡野が怒気を込めた口調で言葉をかぶせた。

「何言ってるんだ。沢木がどこかで行方不明になったというのなら、自宅や実家、とにかく心当たりに連絡を取るさ。だが今は、ここからいつどうやって出ていったのかがまったくわからないんだろうが。警察になんと言って捜してもらうんだ！」

「すみません……」と小声で謝り頭を下げた遠藤に、岡野がたたみかける。

「だいたい捜索願っていうのは家族が出すものだろうが。社長が、社員がいなくなったからって警察に届けるか！　ハローワークに求人出せって言われるだけだ。それにな、失踪人というだけで警察が実際に捜すもんか。届け出を受けつけるだけなんだよ。それに理由は？　猫がいなくなったのが原因です、とでも言うのか。警察っていうのはなっ、別れた女を捜してくれったって、借金を踏み倒された相手を捜してくれったって絶対に捜すもんか！　バカか、おまえ！」

ほとんど八つ当たりだ……。岡野も所長として、この事態にそうとう苛立っているのだ。なにもそこまで言わなくてもいいだろうにと思ったが、口をはさむことはできなかった。

「沢木は外には出ていない。必ずこの家の中のどこかにいるんだ」

そこまで言うと、岡野は体の向きを変えた。

「あなたが沢木をどこかに連れていったんじゃないんですか！　千尋さん！」

岡野の矛先が変わった。千尋はさっと顔を上げた。一睡もしていないというのは、川津にもはっきりとわかった。

「あなたは沢木の醜態に怒っていましたよね。猫は自分が隠したと言いましたよね。猫も沢木も、あなたがどこかに連れていってからいなくなったんですよ。きっと同じ場所だ。いったいワインカーヴからどこに連れていったんです。あなたしかいないでしょう！」

岡野は「あなた」という言葉のたびに、何度も千尋を指さした。

千尋はすーっと立ち上がり「わたし……」と小さくつぶやくと、ふらりと傾いた。ソファーに倒れ込んだところに、素早くユキエさんが駆け寄ってきた。

「精神的ショックによる神経調節性失神、急に立ち上がったことによる起立性低血圧、それか……」

滝田があわててスロープを下りてきた。

「貧血でしょう。大丈夫、心配ありません。何か掛けるものを取ってきます」

滝田を落ちつかせるように言うと、ユキエさんは千尋をソファーに寝かせた。毛布と血圧計と数種類の薬、ポットとコップが手際よく用意された。

岡野が自嘲するように誰にともなく軽く頭を下げた。

「すみませんね、私が言いすぎました。沢木は、うちの所員、いわば私が預かっている立場です。それでちょっと感情的になってしまいました」

しばしの沈黙のあと、岡野が「滝田さん、少し相談があります」と深刻そうな顔で言った。

昨日、滝田さんに出資してもらいたいようなことを言っていたが、まさかこんなときにそんな話はないだろう。ただ、さっきの八つ当たりのような興奮状態を見ると、彼はそうとうにせっぱつまった状況なのかもしれない。なりふりかまってはいられないのかも……川津は思った。

滝田はゆっくりと横を向き、回廊の方を指さした。「では、あちらで」

ラウンジで話そう、ということだろう。滝田は二、三歩進んで振り返った。

「ユキエさん、娘をよろしくお願いします。それと今日の私の食事はもういいです。あまり食欲もないし、食べたくなったらレトルトか何かを自分で食べますから」

川津は念のために言い添えた。

「あのぅ、私たちの食事も、もちろん結構ですよ。今日帰る予定ですし……」

その予定が狂っているのだが……。

「でしたら今日焼いたパンがありますので、お持ち帰りください」

やはり夜明け前に聞いたのはそのときの音だったのか。それなら神出鬼没ではない。本職のパン屋のような時間帯なのだから。川津は妙に納得した。

松岡が思い出したように遠藤の肩を叩いた。

「僕たちはもう一度外を捜してきます。夜中はどこかに隠れていて、朝になってから出ていったのかもしれないですから」

どこかに隠れて？　そんな場所は考えられないのだから、その可能性はほとんどない。本音のところは、二人で外に出たいということだろう。

「何かあったら電話ください。行こう」

遠藤はうながされて、叩きのめされたボクサーのように、ふらふらと起き上がった。

7

九時半になっていた。残っているのは八川事務所のメンバーだけだ。

「八頭さん、これは『人間消失の謎』と考えられますね」

菅野が小声で切り出した。千尋が横のソファーで眠っているので、皆小さく寄り集まって座っている。

「菅野君、変な言い方せんでよ。謎は謎やけど……」

人間が消えたのだから、普通なら「人間消失」はそれほどおかしな言い方でもないが、桜子の忌避感情は、来る途中見学した葬斎場で、そんな会話があったからだ。

建物の一番の見どころと言える炉前ホールに入ったときだった。ちょうど一基の白い棺が運ばれてきた。千尋が立ち止まり、頭を下げ手を合わせる。桜子もならって手を合わせる。

菅野は別な方向を向いていたが、小さく首をかしげるとメモ帳を取り出した。「あの人、何してるんでしょ」小声で訊いてきた。

見ると喪服の男が、炉前の名札を一つ一つ見て何かこっそりとメモを取っている。それを見て菅野も何かメモしている。

「おまえも何してるんだ」川津が訊く。

「いや、ちょっと気になるんでメモしました」

「なんで？」

「ほら、何か事件があると警察が目撃者を探すでしょ。たとえば、あの人がこのあと行方不明になったら、そういうときに名のり出て役立つわけですよ。『午前十時三十分、斎場にて不審な喪服男目撃』と」

「はぁ？」川津はあきれて菅野を見た。

「これ、逆に今度は自分が事件に巻き込まれたときにも役に立つはずなんですよ。警察からその時間何をしていたかって訊かれたら、どこそこにいて、そこにはこういう人がいて、そのときのことはメモしています、とかですね。つまり自分のアリバイを証明できるんです」

「はぁー、それ絶対おまえのほうが怪しいやつって思われるぞ。わざわざそんな準備してるなんて、……間違いないぜ」

聞いていた一同、あきれ顔だ。それでも菅野はめげない。

「でも、あの人どう見ても怪しいですよ。遺族だったら自分の家のお葬式以外は関係ないでしょ。ほかの家までチェックするなんて……あっ、あれか、受付に成りすます香典泥棒？　どの葬式が甘そうか物色中なのかも」

菅野の想像力もたいしたものだ。

「それならここじゃなくて、あっちの斎場のほうだろうが。あれはなぁ、名簿屋だよ」

川津の答えは経験上の知識だから確信がある。

「葬式のあとはな、香典返しだけでなく仏壇やら墓石やらの営業のための名簿ができるんだ。その調査員さ。葬儀社は自分のところの提携業者がいるから他社に情報を流すことはない。それに最近は個人情報の流出にうるさいから、そういう調査を請け負う人がいて各斎場を見て回って調べてるのさ」

「なるほど、そういう仕事があるんですねー。死んだ人だから、まさに『故人情報』ですか。そして、それを調べる『死の商人』。うーん、川津さん、今の話、なかなか面白い『日常の

謎、というぐらいの意味か。

「日常の謎」と類型的に言うのは、それが推理小説用語なのだろう。日常生活における小さな謎、というぐらいの意味か。


それを聞いた八頭が菅野に向き直った。

「菅野君、これは日常の謎ではない。火葬場という『人間消失が日常であるところの究極の非日常空間における謎』だ」

「八頭さん、た、確かにそうですけど、火葬場で人間消失って言うのはちょっと……」

「ちょっと思いつかないだろ、このオチ」

かなり不謹慎な会話だと思ったが、もう放っておいた。


八頭は眼鏡をはずし専用の眼鏡ふきクロスを取り出した。

「あくまでも一般論だけど、人間消失というのはもっとも厄介な謎だよね。それは『現場』がないから。たとえば人が倒れている現場があれば、事件か事故か、と判断できる。ところが『消失』は、事件か事故か、あるいは本人の意思による失踪なのか。失踪ならば警察がなかなか捜さないのは確かだよ。だから犯罪者は現場を隠そうとする。つまり何かが起きたとするなら、まずはその事態が起きた『現場』を見つけることが先決だと思う」

八頭は眼鏡のレンズをふきながら続ける。

「沢木さんがこの家から出ていってないとすれば、ワインカーヴからどこか別の部屋に移ったとしか考えられないよね。ところがワインカーヴへ下りるエレベーターは、カゴが各階を移動するけど、二階の窓は海側も屋上側もはめ殺し、もちろん割れてないだろう、トップライトもね。そうすると、一階のエレベーターのドアが唯一の外部への出口だ。全体としてみれば、地下も二階もエレベーターシャフトでつながった一つの密室と考えられるわけだよ」

「密室……」

菅野がつぶやく。なんだかわざとらしいおうむ返しだ。親指と人差し指で顎をはさんでいるポーズは、推理小説の探偵のつもりか。

桜子が何か思いついたのか、「はい！」と目を見開いて手を挙げた。

「私、映画で見たことあります。エレベーターのカゴの天井が開いて、そこから脱出できるんじゃないでしょうか」

菅野が桜子を見て一つうなずく。

「そうか、そこから出たら、カゴの外のエレベーターシャフトに外部への出口があるんだよ。あの山側の金属パネルのどこかが扉になっている。ほら、あの玄関先でユキエさんが出てきた隠し扉みたいな。うん桃井さん、それあるかも」

川津の知識からは、否定的見解を述べざるをえない。

「それはな、昔のエレベーターには確かにあった。天井の照明パネルが開くようになってたな。

しかしあれは脱出口じゃなくて救出口だから中からは開かないんだ。それに最近のエレベーターは、そもそもついてないよ」

そう言ってから、このエレベーターは滝田の特注仕様だと思い出した。

「まあ見てみる価値はあるかもな」

「川津さん、トランクつきエレベーターだったらトランクの部分に隠れられますよね」

菅野の第二案に今度は桜子が続けた。

「あ、知ってます。奥の壁の下のほうが開いて……あれ棺桶を運ぶため……」

桜子はあわてて口に手を当てた。自分で不吉な発言と思ったようだ。

「今はほとんど急病人のストレッチャー用だ。だが、そもそも涼子さんがトランクスペースに隠れる理由がないだろう」

言った瞬間、もし彼女が誰かに閉じ込められたとしたら？　という問いが浮かんだ。川津は、その思いを振り払うようにエレベーターのドアに目を向けた。

「まあ見てきてごらん」

今は、涼子が「どこに行ったのか」しか考えたくない。「どうしているか、なぜそうなったか」は先送りしたい。皆同じ気持ちだろう。

菅野と桜子は、エレベーターのドアを開けたまま、あれこれ中を調べている。

「たぶん違うね」八頭は眼鏡を首から下げたままだ。

　二人はすぐに戻ってきた。

「川津さんの言ったとおりですね。天井は全面アクリルで枠もないし、脱出口、あ、救出口か、いずれにしてもないですね。トランクつきでもありませんでした」

　菅野の報告はやはり予想どおりだ。またも指で顎をはさむポーズ。

「うーん、やっぱりワインカーヴからどこかへ行く秘密の抜け道があるとしか考えられない……」

「でも、昨日私たち三人でさんざんアリスちゃんを捜したんよ。ワインの棚の後ろとか木箱の中とかも。猫が出ていけるような穴もないのに、涼子が出られるわけないじゃない」

　菅野がテーブルを軽くはじいて顔を上げた。

「そうか、わかった。あそこは地下だから二重壁になっている。あの壁の裏に、どこかへ行ける抜け道があるんだ！」

　確かに地下室の壁を二重にするのは、ごく普通、むしろ標準仕様と言えるだろう。地下水が外壁のクラックから浸みだしてきた場合に備えて、内側にもう一枚壁をつくりその間で排水するわけだ。だが、ここのワインカーヴがそうなっていないことは明らかだ。

「それはない。見ただろ、カーヴの壁は岩盤そのものをくり抜いていたじゃないか。ワインカーヴは、むしろある程度湿気があったほうがいいんだから二重壁にする必要もないさ」

「違いますよ、川津さん。あの前室、エレベーターホールですよ。あそこのスレート壁は単純などビス留めでした。掘った岩との間に間違いなく空間があります。ほら、あのリフトは壁の裏に隠されていて、壁を押すプッシュ式で扉が開いたじゃないですか。そういう抜け道が壁の裏にあるんですよ」

菅野が言うどこかに歩いていけるような「抜け道」は、あの岩盤の中ではまず無理だ。可能性があるとすれば、スレート壁の裏に人が立てる六十センチくらいのリフトのような縦穴があるぐらいだろう。そこにタラップでもあれば一階のエレベーターホールのどこかにハッチを開けて出られるかもしれない。

「川津さん、車の工具箱にドライバーはありますよね」

「あるけど……。おい、滝田さんに断りなく壁をはずすのか」

「仕方ありませんよ。車のキーを貸してください」

菅野は急いで駐車場へ向かう。八頭はさっきと同じセリフ。「たぶん違うね」

菅野は、ドライバーと一緒に、車に載せていた強力な懐中電灯も持ってきた。

「行きましょう」

一人で壁をはずすのは無理だから、と菅野がせきたてる。

ボタンと鍵の操作で地下へ下りた。前室の壁面を皆で慎重に見ていく。スレートの壁は、九十センチ×百八十センチのボードが六ミリほどの隙間を空けて貼られている。目透《めすか》し仕上げといって、ボードとボードの間は何も埋められていない空目地《からめじ》だ。

目地に懐中電灯を当てていく。隙間から見えるのはカーヴと同じ岩だ。その空間は三センチから五センチ。壁のリフト部分以外はすべて同じ。天井もだ。ステンレスの床も目地の奥に見えるのは同じ岩。二重壁ではあるが、どこかへつながるスペースがあるとは考えられない。猫ですら無理だ。

8

リビングへ戻ると、皆が無言で、ふーうと深い息を吐いた。

寝息をたてていた千尋が、うーんとうなり薄く目を開いた。

「あっ千尋、まだ寝ときいよ。ユキエさんが、このお薬飲んでしばらく安静にしときなさいって。昨日あなた寝とらんし。ついていってあげるけん、二階に行こ」

千尋は「うん、そうする」と少し危なっかしげに起き上がった。

「サクラちゃん、私、あのときのこと、ずーっと思い出していたんだけど……」千尋はためらいがちに口を開いた。

「私がアリスちゃんを隠しちゃった部屋だけど……どこか違う場所に入れたのかもしれない」

「えっ、ワインカーヴじゃなかったってこと？」

「うん……でもドアは重かった。だから少し開けて……入れてすぐ閉めたから中は見ていないけど。真っ暗だったし……。でもあの前室は地下とは何か違うような気がする……なんだか微妙に空気感が違うっていうか違和感があった。それとあそこから戻るとき、一度二階まで行ったのを思い出した。あれっ、地下にいたのに一階を通過したのかな？　って思った。それってなんでかな……」

桜子は千尋を連れて二階に行き、すぐに戻ってきた。その間に考えたのだろう、戻ってくるなり確信したように言った。

「千尋の言ってた違和感なんですけど、前室は地下も二階もそっくりでしたよね。同じような階が、もう一つ別にあるのではないでしょうか。涼子はそこにいるんですよ、きっと」

エレベーターの停止階は、たとえば「オーナー専用階」のように使用制限をかけることはできる。現に地下は、ボタンと鍵の特殊な操作で制限をかけていたわけだ。言ってみれば「隠された階」の可能性か。

「そうだ、地下二階があるんだ！」

桜子は大声で言いすぎたと自覚したのか、口に手を当てた。

「滝田さん言ってました。ワインカーヴをつくったときには『これでも狭いかなと思っていた』って」

「あの岩盤を掘った下に、もう一つ同じような場所があるっていうのかぁ？」

川津は「ないない」と大きく首を振った。

「あの下にもう一つ階をつくろうとすれば、いくら硬い岩盤だとしても上の階の床から下の階の天井まで、間に一メートルは、いるぞ。天井の高さが二メートルだとしたら、要は三メートル下に地下二階の床をつくらなければならない。地上からなら六メートル下だ。それって地下鉄か炭鉱の坑道を掘るようなレベルの話だぞ。とうてい考えられない」

涼子を見つけ出したいという思いには「残念ながら」と言うべきなのだろうが、やはり現実問題として考えなければ解決にはならない。川津は続けた。

「地下室をつくるのは深ければ深いほど大変なんだ。技術的にも、それに費用もべらぼうにかかる。だから、もし地下室を広くしたかったら、間違いなく平面的に広げるはずだよ。断面的に上下に二層つくることは、まず絶対にありえない」

「常識的に考えたら、もちろん川津君の言うとおり。だけど常識にとらわれないその発想は大事」

八頭の言葉に、川津は、自分が常識にとらわれすぎると思い出して軽くへこむ。もちろん桜子への八頭流のフォローだとはわかるのだが、建築設計においては、現実的な制約は常に前提として考えなければならない。

「あっ、今の川津さんと八頭さんの話で考えました。海側を見てみませんか」

菅野に常識をくつがえす発想が生まれたのか。

「あとから掘ったんじゃなくて、もともと海から陸側に洞窟があってその上にこの建物が建てられたとしたら、地下から海に抜けられる可能性があります。そこにボートが用意されていたら……」

「おお菅野君、なかなか素晴らしい発想だ。それはきっと、潮の満ち引きが事件解明の重要な手がかりになるぞ」

二人の会話は当然現実的ではないと思うが、たぶん推理小説でありがちな設定なのだろう。八頭のにやついた顔を見て、菅野は別の案を持ち出した。

「地下二階でなければ、ゲストルームの上に隠れた三階があるというのは考えられませんか」

川津は今度も否定する。

「いや、それもない。ゲストルームの窓を思い出してみろよ。来るとき外から見ても、室内から見ても、あの海側のでかい窓は天井いっぱいまであった。屋根の厚みの上には何もなかった。それに水回りにはトップライトがあったじゃないか。あれは照明の光じゃない。間違いなく天《てん》空光《くうこう》だったよ。だから三階はないな」

「そうか、わかった」菅野は、今度こそ、という意気込みだ。

「地下のワインカーヴは、エレベーターの前室から入って奥行は三、四メートルくらいだったじゃないですか。それと同じように、二階のトップライトの手前側ですよ。そこだけが三階になっているんですよ」

川津は菅野説を考えてみるが、そうであれば外観が整合しない。あの「フォトジェニック・

プレイス」から見た二階は「直方体の筒」だった。屋根に段差などはなかった。

桜子が「よし！」と言って立ち上がった。

「あのエレベーターのボタンは、一階、二階を表してるんじゃなくて『上へ』『下へ』でしたよね。私たち二階では当然『下へ』のボタンしか押していません。だから、二階でもう一回『上へ』のボタンを押すんですよ。そしたら菅野君の言う隠れた三階に行けるかもしれない。……私、行ってみます」

三階フロアの実現可能性を頭で考えるよりも、まず行動してみる実践主義は、教育的には奨励すべきだろう。

八頭の三度目の「たぶん違うね」を聞こうと思って見ると、眼鏡をはずしている。何か解明のきっかけを見つけたのだろうか。

桜子はすぐに戻ってきた。報告は予想どおり「だめでした」だ。

菅野が問題をいったん整理する。

「地下二階も三階も無理。だとしたら……あと考えられるのは中二階しかありません。つまり一階と二階の間。でもエレベーターのドアの上は吹抜け、窓は天井いっぱい。つまり天井裏はダウンライトとか換気扇を仕込むため三十センチくらいはあるでしょうけど、そこに『階』をつくることは、まず絶対に不可能です。それに一階の上には鉄骨造の二階が直接載っていた。それはバーベキューのときに屋上側からも確認しています……」

八頭が急に立ち上がりエレベーターホールに向かった。まだ眼鏡をはずしたままだが、手前に三段のステップがあることは覚えていたようだ。腰を曲げて慎重に段を上がると、エレベーターの前で振り返り、ワインセラーの家具を眼鏡をはずしたまま見つめている。そこで目をつむり右手を挙げ、ゆっくりと左腰のあたりに下ろした。応援歌の腕の振りだ。一、二小節繰り返したところで八頭は目を開け、こちらを向いた。

「手がかりは、このリフトだ。……そうか、それなら行ける」

皆黙っている。八頭の言う意味がまったくわからない。

菅野が整理したように、今問題にしているのは中二階の存在だ。地下と一階を結ぶワイン用リフトでどこかへ行けると言うのか。仮に猫は行けたとしても人間はとうてい無理だ。

八頭は眼鏡をかけた。ポカンとした顔がこちらに三つ見えているはずだ。

「このリフト、エレベーターの正面から見て、ここ、左側にある」八頭が左手を伸ばす。

「ところが地下のワインカーヴの前室。覚えてるかい、リフトは向かって右側の壁にあった」

「あー、覚えてます!」桜子の声が響きわたる。

「わーかった!　リフトは斜めに動いているんだ。でもそんなことあるんですか」

「桃井君、それはありえない。だって右側にある地下のリフトが斜め左に上がっていけば、ワインカーヴのドアをふさいでしまう」

八頭は左手を右下から左上に挙げた。さっきの逆、左利きの応援歌。

「それに滝田さんは地下で、はっきり言ってたよ。リフトが真上に上がるって。もちろん普通そうなんだけど、ここではそれが重要な手がかりになる。……わかる？　自分を中心に考えたらだめなんだよ。ここは逆転の発想なんだ。地球が動かない天動説じゃなくて……」

「……地動説ぅ？」

　桜子は首をかしげた。八頭は予期した反応に満足げだ。

「僕はそれを『移動説』とよびたいね。なぜなら僕らが乗ったエレベーターのほうが斜めに動いている。実に単純だ。このエレベーターは斜行している。『斜行移動説』だよ」

　八頭はここでいったん言葉を切って、皆に考慮時間を与える。突然提示された「移動説」を頭に浮かべるが、なかなか逆転しない。誰からも質問が出ないのを確認して八頭は続けた。

「知ってるよね、斜行エレベーター。斜面に建つマンションとか山の上の観光地とかに時々あるでしょ。長崎のグラバー園にもある」

　菅野と桜子が大きくうなずいた。一緒に行ったのかと思わせるほどシンクロしている。

「ここのは角度がずっと急だけどね。……さて、このエレベーターが斜行しているとすれば、地下からこの一階のエレベータードアの位置をそのまま斜めに延長したら……」

　八頭が右手を斜め上、左手を斜め下に向ける。川津たちの方から見て、四時五十五分の時計の角度だ。

　川津はもしや、と思い、急いでリビングからテラスに出た。菅野と桜子も続く。

見上げると、張り出した二階の鉄板の底が見える。三人とも視線を四時五十五分の角度で往復させ、エレベーターのドアと二階の張り出しの位置を交互に見る。

「ほんとだ。君たちが泊まった二階の部屋と一階のエレベーターのドアは、明らかにずれている」

菅野が言うと桜子が応えた。

「目の錯覚じゃないよね。だって千尋のお父さんの部屋のほうは、まっすぐ真上にあるもん」

川津たちが室内に戻っても、八頭は四時五十五分で固まったままだ。船上の手旗信号か壊れたカカシのようだ。

「わかったかな。中二階がどこにあるか」

「エレベーターはトイレの上を斜めに上がっていくのか……。そうか、厨房の上だ！」

リビングは二層分の天井高があるが、厨房の天井はその半分くらいの高さだった。であれば、厨房には人が立てるくらいの大きな天井裏があるはずだ。

「八頭、そこが中二階だな」

八頭はうなずき、ふと菅野に顔を向けた。「部分的斜め屋敷だ」

「いやぁ地動説を発見するなんて、八頭さん、『探偵ガリレオ』ですかぁ？」

菅野は、何かしゃれた言い回しと思っているようだ。肘を動かして小突くそぶり。

八頭はにやりと口元を上げた。

「違うよ君。地動説はコペルニクスだ」

川津たちが厨房へ行こうとダイニングまで来ると、ちょうど向かい側の回廊のドアから滝田が出てきた。

ソファーの方を見て「千尋は？」と訊かれたので、二階で休んでいて容体も心配ない、と桜子が答えた。

「滝田さん、厨房を見せてもらっていいですか」

川津は、あえて「天井裏を」とは言わなかった。「涼子さんを捜すので」という言葉も。

「どうぞ」具合が悪いのかもしれないが、どこか、浮かない様子だった。

涼子を捜していることは、朝の岡野のあからさまな発言でわかっているはずだ。川津たちが厨房を見たいのもそのためだということも。だが、滝田はそのことには何も触れずに「私は部屋に上がります」とだけ告げて、エレベーターホールへ向かった。

途中『ドロワーチェア』が少し曲がっていたのが気になったのだろう、小さく舌打ちをすると、壁面に平行に直して定位置に戻す。相変わらずの几帳面さだが、どこか苛立っているようにも見えた。

厨房は十畳ほど、業務用と言っていい広さだ。問題の天井に目をやる。コンロなどの加熱ラインにはステンレスのフード、照明や換気扇、空調の吹き出し口。見た目にはまったく普通のボード天井だ。四十五センチ角の天井点検口があるのも当然の仕様。厨房にこれがなければ設計ミスと言ってよい。

調理台の上に滝田の食事用の椅子を載せた。菅野がそれに乗り、天井点検口から頭を入れ懐中電灯で照らしてみる。川津たちは椅子を支えながら実況中継を聞く。

「うーん、普通の厨房の天井裏ですねー。給排気のダクトと空調ダクトが走ってるだけです。ただ、思ったとおり、高さだけは立って歩けるほどあります。でも天井材自体は普通のボードだから、とても床にはならないです。これじゃ、部屋としては使えませんよ。天井下地の鋼材の上なら歩けるかもしれないけど……。あーっ、だめだ」

菅野が下りてきた。

「はぁー、ここ絶対違います。厨房の奥の方をよく見たら、エレベーターシャフトが見えたんですよ。もう見事に傾いてました。でも、そこにドアみたいなものは一切ありませんでした。だからここは中二階ではないです」

9

「厨房の天井裏以外にないよなぁ、中二階になりそうなところって」

川津の問いかけに、八頭は、うーんとうなっただけだった。

菅野と桜子も行き詰まっているようだ。

「涼子は最初は間違いなく地下にいました。それからいなくなった。でもアリスちゃんは、最初から地下に行かなかった可能性がある。千尋が似たような別の階に連れていったんじゃないか、って。で、そのあと涼子もその階に行った。そこまでは考えられますよね」

　今度は桜子が問題を整理する。

「ということは、涼子の前に、千尋が間違えてどこに行ったのか、これが原点ですよね」

　桜子はエレベーターの鍵を指先でつまみ、キーホルダーをぶらぶらと揺らす。催眠術をかけようとでもしているようだ。ぼーっと見てしまう。

「あっ、桃井さん、僕わかったよ！」

　菅野が桜子の手をとんと叩いた。菅野は桜子に微笑みかける。手を載せたままなので桜子が
「なによ」と振り払って催眠術を解いた。

「そうかそうか、君が千尋さんになりきって、同じようにやってみたらわかる。説明します。行きましょう！」

　菅野は自信ありげな笑みを浮かべ、皆をうながす。

　エレベーターに乗り込んだところで、桜子は菅野に確認するように上目で見る。

「まず地下に行こうとするわけやろ？　二つのボタンを同時に押して……」

「待ったー、桃井さん、左手でやって！　千尋さんは左利きだよ。鍵を左手で持ってやってみて」

「えっ？　鍵を持つ手を変えても一緒やん？」

「いいからやってみて」

桜子はキーホルダーを左手に持ち、右手の親指と人差し指で上下のボタンを押し、左手で鍵を回した。

数秒してドアが開く。何度も見てきた前室だ。目の前のドアを開ける。見たことのあるワインカーヴ。地下に着いたわけだ。

「あれー？　左手に鍵持ったら左に回さない？　反時計回りに」

「回らんもん。確かに私も一瞬左に回そうとしたけど、この鍵、時計回りにしか動かんもん」

「……そっかー、これだ！　って思ったんだけどなぁ……」

菅野の着想には、川津も、ほうと思ったが、期待した結果は出なかった。

八頭はリフトを見ながらぽつりと言った。

「ここにワインを入れるわけか……。ちょっと考えすぎか」

このリフトでまた何か思いついたのだろうか。

「いや菅野君、今の検証実験はよかった。そう、何事もまずはやってみることさ。よし、いったん上に戻ろう」

一階に戻ると、八頭はソファーに置いてあった小さなクッションを持ってきて、桜子に言う。

「君が言ったように、原点に返って実験してみよう」

「だから、原点は千尋ですよね……」

「正確には、僕は原点はアリスちゃんだと思うな」八頭は、桜子にクッションを渡した。

「はい、これがアリスちゃんだとして、千尋さんのつもりでやってみてごらん」

もう一度エレベーターに乗り込む。桜子は右手でクッションを胸にかかえ、左手にキーホルダーを握った。

左手の親指と人差し指で二つのボタンを同時に押し、鍵を時計回りに回す。

それを見て八頭は目を閉じた。移動時間を確認しているのか。

ドアが開いた目の前は、二メートル四方、ステンレスの床。低い天井に裸電球が一つ。人感センサーで点いたようだ。スレートの壁の正面に赤茶色のドアがある。やはりワインカーヴに着いただけか。

八頭がドアの右側のスレート壁をポンと押した。それを見て菅野が言った。

「あれっ、リフトが開かなくなってるんですか」

「えっ、でもここ二階じゃないよね。ドアがワインカーヴのやもん。なんでぇ?」と桜子。

「やっぱりね。ここは地下でも二階でもないよ。また別の階だ」

八頭は確信があるようだ。

「えっ、ホントですか。ここならワインカーヴと見間違うよ。じゃあ、千尋はここに来たんだ。アリスちゃんを隠したのはこの中ですね!」

「沢木さんはそれを見つけたんだ。じゃあ、たぶんこの部屋の中にいる！」

菅野はドアを指さした。

鉄製の分厚いドアに錠穴はなく、頑丈なグレモン錠が取りつけられている。ワインカーヴと同じ……？　いや、よく見るとワインカーヴのドアよりつくりが荒い。そう見えるのは溶接部分が研磨されていないからだ。ただ、ぱっと見た目の印象ではまったく同じに見える。間違えるはずだ。

川津がドアを手前に開けると、わずかにプシューと音がした。開けるときにわかったが、このドアはワインカーヴのものよりさらに分厚く、周りのパッキンやギヤが明らかに違う。より密閉度の高いドアだ。

中は真っ暗だった。照明を探すが見当たらない。開いたドアから前室の明かりは射し込むが、奥の方までは届かない。懐中電灯を持ってきていなかったので、おのおのが携帯電話を操作して明かり取りにした。

「何……？　ここ」桜子が小声だ。

そこは「鉄の部屋」とでもよぶべき場所だった。床も壁も天井も赤茶色の鉄。錆と何かが混ざったような、なんとも言えない嫌な臭いがする。

広さは三・五メートル四方、天井の高さは二メートルほどか。床には細かな鉄くずのようなものが散らばっているが、大きなものは何もない。見たところ誰もいない。

「涼子……」

桜子のつぶやきは、洞窟か狭い地下道のように拡散して反響する。

二重床になっているのか足音が響く。

「壁をよーく見ていって。次の部屋につながるドアがあるかもしれない」

八頭に言われ、それぞれが四周の壁を注意深く調べる。叩いてみると、こもった音がする。壁も二重かもしれない。狭い範囲だからすぐに確認できる。部屋は溶接された鉄板で完全にシールドされ、入口以外のドアは見当たらない。

床の一部が円筒形に盛りあがったテーブルのような場所がある。高さは一メートルくらい。何かを収納しているのだろうか、頑丈なボルトで組み立てられたなんらかの装置にも見える。

「これはなんだろう」

川津が尋ねたが、八頭はじっと見て考えをめぐらせているようだ。

「あっ」桜子が自分の声の大きさに驚いたのか、持っていたクッションを口に当てた。

円筒形のテーブルと壁の間に猫のケージがあった。携帯で照らされた中に黒猫がいる。毛が濡れたように貼りつきピクリともしない。猫独特の汚物の臭いがした。桜子はじっとしたままだ。

「あっ、携帯。これ沢木さんのだ。ライターもあります」

反対側の壁際を照らしていた菅野の声が響いた。

「見せて！」桜子が奪うように菅野から携帯電話を取り上げた。

「あれ？　壊れとう、これ。液晶が完全に割れとう」

八頭は何かに気づいたように自分の携帯電話を出すと、画面を凝視し、部屋の一番奥まで行き、戻ってそのまま前室に出ていく。またすぐに戻ってくると、歩きながら天井を見回している。

「この中には屋内アンテナがない。このドアを閉めたら、たぶん携帯は圏外になる……」

ザッ、ザッという音が聞こえた。菅野がライターを何度も点けようとしている。

「沢木さん、携帯のライトが壊れたので、たぶんライターを明かり取りにしたんですよ。ガス使い切ってる」

「あいたっ」

天井を見上げていた八頭が入り口の脇にあった何かにつまずいた。見ると工事現場で乾燥作業などに使われる送風機があった。

「出よう！」

八頭が、桜子と菅野を外に向かって押しだした。

「八頭先生、アリスちゃんは！」

「今はそのままにして！」

菅野が開け放したままのドアを見て言った。

「八頭さん、このドア、内側のハンドルがありません。これじゃ、外から閉めたら中からは開かないですよ」

八頭は無言でうなずいた。

エレベーターに乗り込むと、川津は一瞬今朝の悪夢を思い出した。最後は内側にハンドルがないドアで閉じ込められた夢だった。出たのはいいが、ここから戻れるのか。どんなキー操作をしたらいいんだ？

八頭は単純に「下へ」のボタンを押すと目を閉じた。

エレベーターは無事一階に下り、ドアが開いた。

10

行ったり来たりは、もう何度目だろう。たいした運動量でもないのに皆疲れきった表情だ。数々の疑問があふれ出て、頭脳労働疲労とでも言うべき状態だ。

松岡と遠藤が戻ってきていた。工房から海の方を見て回り、滝田邸へ下る県道の方まで捜しに行ったとのことだった。それにしても長すぎる捜索は、所長の岡野となるべく顔を会わせたくなかったのだろう。

松岡は「所長から電話があったので」と、いかにも嫌々ながらという顔で客室棟へ向かった。

ろうか。

遠藤が「またですか」と同情するようにつぶやいた。何事か、何度も話し合いをしているのだ

菅野が「気分転換です」と言って、ダイニングの方へ誘った。一人ソファーに座っている遠藤から距離を取ったのと、ユキエさん手作りのおいしそうなパンも目当てだろう。桜子が厨房から紙皿を持ってきた。

「涼子はあの部屋にいたんだ……。今はどこに行ったんやろう」

「その前に、どうして僕たちは地下に行くキー操作で、あの部屋に行ってしまったんですか。八頭さん『やっぱりね』って言ってましたよね。わかってたんですね。あの部屋はどこなんですか」

「不思議の国だ」

「もう……アリスちゃんが行ったからですか。八頭先生、私たち真剣に訊いているんですよ！」

「ごめん、ごめん。でもアリスちゃんが連れていった場所というのはホントだよ」

「アリスは連れていかれるほうなんだけど……まぁいいです。それでどうやったんですか」

「君がやったとおりだよ。貸して」

八頭は桜子からクッションを渡され、右腕にかかえた。

「いい？　千尋さんは、アリスちゃんをこうかかえて、左手に鍵を持つ。そうすると、君もや

ったように親指と人差し指で二つのボタンを同時に押す。それから握った鍵を鍵穴に差して回す」

　八頭は、一連の動作をゆっくりと実演してみせる。

「そうか、なるほど……違うわけか」

　川津は、その違いがわかった。

「つまりこういうことか。千尋さんは、二つのボタンを同時に押し、それからいったん手を離して鍵を回した。二つのボタンを押したまま、手を離さずに鍵を回せば地下に行く。それには両手を使う。ところが猫をかかえていれば片手の操作になる。二つのボタンを押して、それからいったん手を離して鍵を回すとあの場所に行くんだ」

「そう、例のリフトを見て思ったんだ。ワインを手に持ってカーヴに下りようとしたら、手がふさがってるから操作が不便じゃないかなって。それがヒントになった。まぁ、そのためにリフトをつくったわけじゃないとは思うけど」

「でも不思議だな。両手を使う面倒な操作が実用的なワインカーヴへの行き方で、片手でできる簡単な操作のほうが、あの何もない部屋への行き方っていうのも……。滝田さんの遊び心かね。ワインカーヴへ行くことのほうを、秘密の場所としてより難しくしたかった……」

「それか、さっき行った部屋のほうを、より頻繁に使っていたのかもしれない。なんのためにかはわからないけど」

「まあボタン操作の変更は割と簡単だしな。いくつかの操作パターンを登録しておいて、暗証番号を変えるように変更すればいい。いずれ変えるつもりでそのままになっていたのかもしれないし」

ともかく、あの場所への行き方はわかった。川津は次の疑問に移る。

「あそこはやっぱり中二階なんだろ？　『下へ』のボタンで下りてきたわけだし」

「そうなんだ。千尋さんはあそこから戻るとき、一度一階を通過して二階まで行ったって言ってたよね。彼女は地下だと思ってたから、戻ろうとして『上へ』のボタンを押した。すると二階に着いたわけだ。それが、あそこが中二階であるなによりの証明だよね。一階を通過したわけじゃないのさ。だから、あそこが一階と二階の間に存在するのは間違いないんだけど……」

八頭は立ち上がり眼鏡をはずした。そのままゆっくりと歩きだし、彼の思考モードに入った。

皆沈黙したまま、五分ほどたったろうか。

「あれっ、僕の眼鏡どこだっけ」

桜子が横を向いた。

「先生、いつも首からぶらさげてるでしょ」

八頭は下を見て首を振り、眼鏡が揺れるのを黙って見ている。

「そうなんだよ、そうなんだよ、ぶらさがってるんだよ」

八頭が不敵な笑みを浮かべて戻ってきた。

「そう、僕の眼鏡みたいなもんだ。わかったよ。あの階は上にぶらさがってるんだ。あそこはやっぱり中二階だ。中二階といっても一階の天井裏にあるのではなく、二階の床下にあるんだ」

「それって同じじゃないんですか」

桜子の問いは、ある意味正しい。二階の床に直接仕上げをしている、たとえば一般的な木造住宅では「一階の天井裏イコール二階の床下」の場合が多い。だがマンションなどは、コンクリートの床版をはさんで、下の階の天井裏と上の階の床下空間が別々にあるのが普通だ。八頭はそれを言っている。

「いや、同じじゃない。コンクリートの上の床下空間。事務所のＯＡフロアみたいな上げ床の隙間だよ」

桜子が小さく「ああ」とうなずいた。すぐに理解したようだ。

「ここではその二階の床下の高さが二メートルくらいある。そうなると、建築基準法上では正しくはあそこが二階で、君たちが泊まった部屋は三階になる。だよね？」川津がうなずく。

「だけど話がややこしくなるから、中二階という言い方で説明するよ。僕が言いたかったのは、あの中二階は屋上の床上にあるってこと」

「屋上の上？　バーベキューをやったところですか」

「そう、バーベキューをやった屋上と同じ高さに中二階がある。君たちの寝室はその上。つまりあの直方体の筒は上下二層になってるんだよ」

　なるほど一応の理解はできる。だが、それにしても大きすぎる床下だ。いったいなんのためだろう。床下収納か何かなら、普通はせいぜい一メートル程度で二階の床からハッチで下りて下を使う。あそこは高さ二メートルくらいあったから横から入っていけたわけだ。確かにそのほうが使いやすいとは言えるが、川津はすんなりとは納得がいかない。

　桜子が自分で確認するように言う。

「場所はわかりました。もう一つ、涼子があの部屋にいたのも間違いないですよね」

「いやわかんないよ。僕も最初そう思ったけど、沢木さんの携帯が壊れていたのが気になるんだ。誰かが彼女から奪って投げ捨てたとは考えられない？　証拠隠滅のために」

「菅野、それは違う。ライターがあっただろ。あれをあえて取り上げて捨てるか？　それに、ケージの中に猫が入れられていた。涼子さんが見つけて入れたとしか考えられないだろう。だからやっぱり彼女はあそこにいたのは間違いないと思う」

「そしたら最後、一番大事な問題。あの部屋にいた涼子は、いったいどこに行ったんですか」

　桜子は三人の表情を順に見ていく。

「あのエレベーターで行ける場所は、地下、一階、二階、中二階、もうありえないでしょう、どう考えても……」

　菅野の言葉に皆、口をつぐむ。ふっと八頭が顔を上げた。

「そうだ、もうこっちにはない」振り返ってエレベーターホールの手前のドアを指さす。そして右へ動かす。

「それならあっちだ」

「えっ、滝田さんのほうのエ、レ、ベ、ー、タ、ー、だって言うのか」

思ってもいなかった八頭の指摘に、川津は驚く。

「可能性としては……。だがそれしかありえないと思う。川津君、滝田さんに来てもらおう」

川津が旅行前に教えられていた番号に電話をかけようとしたちょうどそのとき、滝田がエレベーターホールに現れた。十二時を少し過ぎていた。食事を摂りに下りてきたのだろう。

八頭が立ち上がり、滝田に尋ねる。

「滝田さん、僕たちは沢木さんを捜しているうちに、こちらのエレベーターで行ける中二階の部屋を見つけました。彼女がそこにいたことは間違いないんですが、今はいなくなっているんです。それで僕は、彼女はあなたの部屋のほうの中二階に隠れているんじゃないかと思うんです。ぜひ、そちらのエレベーターを使わせてください」

「私のエレベーター？　こちらですか」滝田は何か考えるように黙った。

そして言った。「どうぞ」

皆でドアの前に立つ。滝田は鍵でロックをはずすと乗り場ボタンを押した。

ドアが開く。

「あっ」と声が出て体が固まった。八頭も口を開けている。

カゴ室は、ゲストルームのエレベーターと同じ大きさ。鉄板でできた箱だ。だが、まったく違う。

一瞬、目の錯覚かと思った。純白の箱の中に、純白の螺旋階段があった。

ミニマリズムの建築家が設計したかのような繊細な階段だ。

中心の支柱は直径一〇〇ミリほど、おそらく構造的にぎりぎりの細さ。そこに鉄板の段板がひらひらと舞うかのようにからみつく。一段一段の蹴上げはかなり高い。三十センチ近くあろうか。手摺りはわずか十六ミリ程度の丸鋼が軽やかにサインカーブを描く。実用の階段ではなく、まるで展示ケースに入れられたモダンアートのようだ。さらにその印象を強めるのは、上から降り注ぐ光だ。

川津は吸い込まれるように近づき中を見上げた。もちろん斜行していないことは一目でわかる。

「健康のために階段を使っているんです。上がってみられますか」

滝田の言葉に背中を押されたように、川津は小さく「はい」と答え螺旋階段を駆け上がった。高さ九メートルはあろうかという吹き抜けの空間。そこに七メートル近くまで螺旋が二回転していく。

きっちり二階までの階段だ。天井は全面乳白色のアクリル板によるトップライト。南から射す光は、見まごうことなく太陽光だ。それはつまり、エレベーターの巻き揚げ装置がないことを示している。念のため中二階があると考えられる場所に触れてみた。鉄板の壁が開きそうなところはどこにもない。

下りてきた川津は、皆の無言の問いに首を振って答えた。これはエレベーターではない、と。滝田は厨房で食事をしたあと散歩に出かけた。いつもの日課どおり、ということだろう。涼子が行方不明と知っているのになんだか冷静すぎる。川津は声をかけるタイミングを失ったまま、黙って滝田の後ろ姿を見送った。

11

「あっちがエレベーターでないなんて……ありえない」

ダイニングに戻るなり、八頭は両手で頭をかかえた。

「私、何がなんだかわかりません。あの部屋にいた涼子は、いつどうやって千尋のお父さんの部屋に行ったって言うんですか。なんで隠れているんですか」

桜子の疑問は皆も同じだ。菅野が続ける。

「僕もそれはわからない。だけど八頭さんの言うように、沢木さんが滝田さんのほうの中二階に隠れているなら、今まで捜しても見つかるはずないよね」

八頭が顔を上げた。

「桃井君、落ちついて聞いてくれ。僕は……こう考えた」

注意深く言葉を選ぼうとしているのがわかる。

「さっき僕たちが行ったあの部屋。中は床、壁、天井とも鉄板でできていた。千尋さんが言っていた『違和感』とは、きっとドアを開けたときに一瞬嗅いだ錆の臭いだと思う。あそこのドアは、開けるときに音がしたのがわかったかい。あれは空気が抜ける音だ。気密性が極めて高いので圧力差を解消しなければドアが開かない。冷蔵倉庫とかで使う特殊なロックだ。あそこは、そこまで密閉された鉄の部屋というわけだ。

それから床に鉄くずが散らかってたね。鉄が錆びる、つまり酸化するときには酸素を消費する。特に鉄くずは表面積が大きいわけだから、それだけ多く消費する。……何が言いたいかっていうと……あそこは酸素濃度が薄くなる。つまり、酸欠になりやすい場所だと思うんだ」

桜子が口に手を当てて、八頭の続く言葉を待っている。

「あそこにあった送風機、僕がつまずいた、あれは安全対策用だ。あの部屋に入るときは、ドアを開けたままにして外から空気を送るんだ。内側のドアハンドルがなかったのも、間違っても中から閉めないように、という配慮だろう」

「じゃあ、アリスちゃんが死んでいたのは……」

「千尋さんは『入れて、すぐにドアを閉めた』って言っていたね。床に近いところは、空気より重い二酸化炭素が沈んでいる可能性が高い。小動物が窒息するまで、たぶんそんなに時間はかからなかったと思う」

八頭は押し黙った桜子をちらりと見て続ける。

「沢木さんはそこに入った。そのうえライターを明かり取りにしたら、ガスの燃焼でわずかだけど酸素を消費する。そのときドアを開けたままならいいけど、もし閉めたなら……かなり危険だ」

「八頭さん、あそこ、中から閉められないなら、つまり誰かが……」

菅野が小声で言う。八頭は一瞬言葉に詰まったが、すぐに気を取り直したように言った。

「まぁ、現にいないんだから、彼女があそこを出たのは間違いないんだよ。問題は、あの室内にどれくらいの時間いたかだろう。それによっては……」

八頭は一度言葉を切った。

「残念ながら、彼女は今に至るまで自分からは出てこない。なぜかと考えると、あの中に入った彼女は酸欠になり、今は動けない状態になっている可能性が高い」

八頭が言っているのは、酸素欠乏症による昏睡状態ということだろう。涼子が誰かに――滝田しかいないと思うが――助け出されていれば、元気になって出てくるか、もし危険な状態であれば、すぐに救急車が呼ばれるはずだ。そうでないということは……八頭はたぶん最悪の事態を想定している。

「涼子があの部屋に入ったとき、アリスちゃんはたぶんもう死んどったちゃろう。それでケージに入れたっちゃろう。……それからどうしてすぐに戻ってこんやったと？　どうしてドアが閉まったと？」

桜子が涼子の壊れた携帯を取り出した。

「あそこは携帯が圏外なんやろ？　……涼子、何度も電話かけたっちゃろうなぁ。きっと最後頭に来て、ガンガン叩いて壊したんだ。……かわいそう」

「あっ」川津から思わず声が出た。桜子から「どうしたんですか」と訊かれたが「いや、なんでもない」と取り繕った。

川津は昨日の夜、寝る前のときのことを思い出した。静かになったリビングで、カツカツと金属を叩く音がかすかに聞こえた。窓を見ると溶接の光が見えたので、滝田が工房で作業をしている音だと思った。

だが、それは違う。違ったのだ。危険な溶接をしながら、金属を叩く作業を同時にすることはありえない。あれは涼子が助けを求める音だったのではないか。あの鉄板の部屋で倒れて、携帯電話が壊れるまでして床を叩き続けていたのではないか。あのとき気づいていれば……。

だが今それを言っても、悲観材料をもう一つ提示するだけだ。川津は悔やみながらも口をつぐんだ。

「八頭さんは、沢木さんが自分で隠れているかもしれないと言ったけど、動けなくなった彼女を、滝田さんがあそこから助け出したと思ったんですね。そして自分の寝室のほうに運んだと」

菅野も最悪の事態は頭にあるはずだ。言葉を選んでいることがわかる。

「そうだよ。ここは滝田さんがつくったんだから、あそこへは難なく行けるだろう。もちろんエレベーターの鍵も持っている。いつ誰が来るかもわからない中で、動けない沢木さんをどこかに連れていこうとすれば、すぐに行けるのは滝田さんの部屋しかない。何よりも、この建物の中で捜していないのは彼の部屋だけだ。だけどこの考えには無理がある……というより不可能だ。彼の部屋にエレベーターで上がれないんだから」八頭は一度首を振って続ける。

「あの螺旋階段を、自分より背の高い沢木さんを抱きかかえて、滝田さんが二階まで運べるだろうか。あの階段は手摺りを持たないと上れないほど急だから、とうてい無理だ。仮にかかえるのでなく引っ張り上げようとしたら、あの階段の床は鉄板を曲げずにそのまま使っていたから傷だらけになる」

八頭は、しまった、という顔をしたので、すぐに川津が言葉を重ねた。

「八頭、それはエレベーターであったとしてもそうとう難しいな。動けない涼子さんを抱きかかえてあの部屋からエレベーターに乗せて、二つのエレベーターの間も抱きかかえて運ぶわけだろ？　時間もかかるだろう」

「いやそれは解決するんだ。それで確信が持てたからこそ、滝田さんに見せてくださいと話をぶつけてみたんだ」

「その移動はどう解決するんですか……」菅野が尋ねる。

八頭の推論が違っていたとしても、そこは訊きたい。

「あれを使ったんだと思った」

八頭はエレベーターホールの『ドロワーチェア』を指さした。

「あれに乗せてエレベーターで下ろし、もう一つのエレベーターで上がる。左右の移動は十秒もかからないいんじゃないかな。キャスターつきだから、人を運ぶのにはちょうどいい車椅子になる」

「あっ、川津さん見ませんでした？　あの椅子、今日少し斜めになっていたんですよ。僕は昨日の地震のせいかと思ったんだけど、あの程度の地震で動きませんよね」

あの椅子の重さとエレベーターホールの割れ肌の石だったら、たぶん動かない。

「そう、それをさっき滝田さんが定位置に直していた。それと……」

滝田があの椅子を動かしたとしたら、……と考えたとき、川津は思い出した。

「今日の朝方、夜明け前だった。俺はそこの回廊のドアの向こうにいて、ゴロゴロというキャスターの音を聞いた。厨房のワゴンの音だと思って、ユキエさん、ずいぶん早いな、と驚いたんだ。だが、ワゴンではあんな大きな音がするはずはない。ダイニングの床は磨いた石だからスムーズだし。そうだ、それに食器がぶつかるような音がした。あれは抽斗《ひきだし》の中のワイングラスだ。それに、回廊のドアに鍵がかかっていた。……八頭、滝田さんは、やっぱりあの椅子を使って運んだんじゃないか？」

「涼子さんを」とは言わなかった。物扱いをしているようで気が引けたからだ。

「そこまでは確信した。だがそこから先が破綻するんだよ……螺旋階段だと」

八頭も含め、皆同じ想像をしたはずだ。つまり二階はまったく同じ部屋が二つある。シンメトリカルな外観からもそう見える。同じようにエレベーターで行けて、おそらくは同じような中二階もあるはずだと。それなのに、片方が螺旋階段だとは誰も想像していなかっただろう。

八頭は眼鏡をはずして黙り込む。

「考えが行き詰まったときは、別の視点から考えてみる」

菅野は川津に確認するような目を向けた。それは川津の口癖だからだ。

「沢木さんがどこにいるのか、どうしていなくなったのか、の前に、もう一つの謎があります。アリスちゃんがあそこに行ったのが第一の原点だとしたら、第二の原点。沢木さんは、どうやって中二階のあの部屋に行ったのか。何かの拍子にあの鍵の操作をして、偶然あの場所を見つけたのか」

菅野の問いに、桜子は自分でも確認するように応える。

「それはないと思う。もし涼子が地下からエレベーターに乗ってあそこに着いたら、あれっ、また地下に着いたのかな？　エレベーターが動かなかったのかな？　って不思議に思うやろ。

そして間違いなくあのワインカーヴみたいなドアを開けると思うっちゃん。そしたらカーヴじゃないとすぐわかるけん、アリスちゃんを捜しに入るやろ。そして見つけたら、見つかったー、って大急ぎで戻ってくるはずやん。あのドアは自動では閉まらんやったし、あそこからは簡単に一階に戻れたし……。だからたぶん自分で行ったんじゃない……」

最後は沈むような小さな声だった。

「そうでなかったら、岡野さんが言ったように、千尋さんがあの鍵の操作方法に気づいて、沢木さんをあそこに連れていったのか」

菅野は一つの可能性として提示しただけだろう。むしろ「そうではない」と確認するために。

桜子の表情が変わった。

「千尋が連れていったなんて絶対ない。千尋はワインカーヴと思って偶然あの場所に行ってしまったっちゃけん。あの子自身があの場所への行き方がわからんとよ。それにもし、あの場所への行き方がわかったら、自分がアリスちゃんを連れて帰ってくるに決まっとうやん。それによ、アリスちゃんを隠したことは黙っとったらわからんやったのに、自分から謝ったうえに、見つからんであんなに落ち込んどうっちゃけん。それなのに千尋が涼子を連れていってあそこに閉じ込めて、それで地下から動かないなんて嘘をついたって言うと？　そんなひどいこと考えんでよ！」

「閉じ込める」という刺激が強い言葉は、誰も使っていなかった。桜子は肩を揺らしている。

菅野が「ごめん、僕だって……」と言いかけたとき、

「桃井君、わかってるよ。それは絶対にありえないんだ、時系列的に」

八頭は感情論ではなく、きっぱりと言った。桜子を安心させるように、やわらいだ目でうなずく。

「岡野さんが地下に迎えに行ったときには、涼子さんはいなくなっていた。その間に何があったんだろう」川津は独り言のように言った。

「そこなんです。実はあのときのことで、僕はすごく気になることがあるんです。川津さんには言いましたよね」

川津の問いを待っていたように、菅野はポケットからメモ帳を取り出した。何か気になることがあると書きつけておくと言っていたあのアリバイメモだ。

「あの雷が落ちたときです。工房に行ったはずの滝田さんが、あのエレベーター……じゃなくて階段室から下りてきたんですよ。これはいったいどう考えたらいいんですか。滝田さんは工房に行ったように見せて、裏口かどこかからこの建物に戻ってきていたんですよ」

「いや、滝田さんは工房にいたよ。溶接の光がバチバチ窓に映ってたのを覚えてる」

「それがですね、川津さん、あのときは雷の光もバチバチしてたじゃないですか。溶接の光とは断定できないんじゃないでしょうか」

「いや、あれは雷じゃなかった」

「じゃあ、溶接の光だけ自動的に発光するようにしてきて、アリバイをつくることは……」

「おまえなぁ」川津はあきれて菅野の言葉を遮った。

アーク溶接の高輝度の光を自動的に発生させることがいかに困難か、という以前の話だ。

「どうして滝田さんが、そこまでして戻ってきた時間を偽装する必要があるんだ？　それに、その前に俺が工房に行こうとして外に出たじゃないか。あのときは工房から鉄板を叩いている音が聞こえた。そのあと千尋さんが電話したけどつながらなかった。あれはまさに作業中で聞こえなかったんだよ。だから少なくともあのときまでは滝田さんは工房にいた」

その音を聞いた記憶があったので、涼子が携帯で叩く「助けて」のサインに気がつかなかったのだ。川津は悔やまれてならない。

「そのあと戻る時間くらいあったかもしれないが、そもそも、滝田さんの部屋のドアと玄関ホールのドアとは、ほとんど一歩か二歩の距離だぞ。どっちから出てきたかなんて、一瞬の目の錯覚か何かじゃないのか」

菅野は、うーんとうなり、意見を聞きたそうに八頭を見た。よっぽど自分の「疑惑発見」を、真相解明の手がかりにしてほしそうだ。

「君が言うように、滝田さんが自分の部屋から下りてきたのなら、確かにそれは不思議だね。だけど自分の部屋からということは、直接的には沢木さんがいなくなったこととはつながらない。まさか、エレベーターが地下で横移動するって言うのかな」

「それは言いませんよ。だけど、滝田さんはこの建物のすべてをつくったんですからね。もちろんあの中二階へ行くキー操作も知っているわけです。やっぱり一番怪しい……と言ったら悪いんですけど……。あっ、それより共犯……じゃなかった、協力者がいるとも考えられます」

菅野の言い間違いは、すでに推理小説の領域に入り込んでいるように思える。

「誰だよ」

八頭の問いに、自信ありげに即答した。

「ユキエさんです」

菅野が独自の推理を披露する。

「彼女は、ほらこんなに大量のパンを焼いて食事の準備をしてくれています。ここで焼いたのか家で焼いて持ってきたのかは別としても、ユキエさんは僕たちが今日帰れないことを知っていたんですよ。彼女が昨日の夜、家に帰っているなら、今朝、岡野さんが遠藤君や千尋さんを責めたときに、沢木さんがいなくなったことを初めて知ったはずです。それなのに夜明け前にパンを焼いていた。うん、これはおかしいですよ」

考え込む菅野に、八頭が含み笑いで言う。

「菅野君、あの人は関係ないね。これは単純にお土産のパンだろう」

「どうして、そう言えるんですか」

「君知ってるよね、いかにも怪しそうな人は犯人じゃない」

「八頭さぁん……」脱力する菅野。

「菅野、やっぱりどう考えてもありえないな。ユキエさんがどこからか地下に現れて、沢木さんを中二階に連れていって、それから別な場所に移動させて、またどこかに消えたなんて」

川津が言うと八頭が続ける。

「そしてその間にパン生地をこねて何種類かの具を入れて、それをしばらく寝かせてオーブンで焼いたって？　時間かかるよー。だいたいそんな悪の手先みたいな人が、来客の食事の心配までしてくれるかね」

どうでもいい想像だ。八頭は惰性でしゃべりながら、たぶん別なことを考えている。

「あのう……岡野さんが涼子を中二階に連れていって、『地下にいない』と嘘をついたとは考えられませんか……」

桜子がためらいがちに川津の方を向いた。

「実は、それは俺も考えたよ。だけどさ、どうしても引っ掛かるのは例のボタンと鍵だ。あの操作は、千尋さんが一階から地下へ行こうとして間違った操作だろ。だとすれば、地下に行った岡野さんが涼子さんを連れて、さらに地下へ行くような、あの面倒な操作をするだろうか。一階に戻るなら、単純に『上へ』で戻れることは、滝田さんから聞いてみんな知ってるわけだし、偶然にしてもあの操作はしないだろ」

「そうなんですよね……」

「そうだ、あのとき地震があった！」

菅野は次の推理がひらめいたのか、手のひらを拳で叩く。

「岡野さんは、沢木さんを連れてエレベーターに乗り込んだ。そこで地震があって、どちらかがふらついて、壁に手を当ててドン」

菅野は再現ビデオの役者になる。

「上下のボタンを同時に押してしまった。それから手を離して何かの理由で偶然鍵の操作をした。するとあの中二階に着いてしまった……」

「何かの理由で偶然、っていうのが、ちょっと無理があるっちゃない？」

桜子の意見に川津も同感だ。皆沈黙する。

ふっと八頭が顔を上げ、うなずきながら菅野を指さした。

「菅野君、それ正解だ。地震で偶然。そうか、それなら……」

「八頭、地震で偶然鍵の操作をするなんて……ありえないだろ」

「いや鍵の操作じゃなくて、本当の偶然。いや違う、必然だね」

皆のいぶかしげな視線とは無関係に、八頭は思考を深める。

「わかったよ。沢木さんを中二階に連れていったのは岡野さんだ。そうか、それなら彼に訊いてみよう」

八頭の頭の中では、得意の複数同時思考――本当なら――の最中だろうか。やつぎばやに指示を出す。

「僕と川津君が岡野さんに会ってくる。ぞろぞろ行くのもおかしいからね」

「えー、でも八頭さん、教えてくださいよ。その偶然か必然」

「うん、あとで。それから君たちには頼みがある。あそこの遠藤君に岡野事務所の内部事情をそれとなく訊いてみてよ。どこか変でしょ、あちらの事務所」

八頭が立ち上がった。

「よし川津君、行こう。くれぐれも僕たちがあそこに行ったことと沢木さんがいなかったことは黙っていてくれよ」

12

川津と八頭が回廊に出ると、岡野は松岡とともにラウンジにいた。岡野と目が合ったので川津は軽く頭を下げた。

「ちょっとお話があるんですが、いいですか」

八頭の言葉と同時に、松岡が「じゃ、僕は向こうに行きます」と、立ち上がった。助かったと言わんばかりだ。代わってソファーに腰掛ける。

「岡野さん、これからお話しする内容には、僕の想像によるものも含まれます。失礼があればお許しください」

八頭は頭は下げず、岡野をまっすぐ見ている。

「昨日の夜、あなたは沢木さんを呼びに行き、戻ってきて、彼女は地下にいない、と言いました。それは、あなたが沢木さんをエレベーターで、ある場所に連れていったからですね」

岡野の表情はまったく動かない。

「あなたは、地下にいた沢木さんを二階に連れていこうとしましたね。二階で休んだら、あるいは二階で話をしよう、それか猫が二階で見つかった、と嘘をついたのかもしれません。それなら彼女は喜んで行くでしょう、ケージを持って。違いますか」

「なぜ私が、沢木を二階に連れていく必要があると言うんです」

怒った口調ではない。むしろ、さも不思議そうに淡々と訊く。

「あなたが滝田さんに新しい発明の話を訊いたとき、彼はお宝が上にある、と言っていました。その秘密が知りたかったのではありませんか。あなたは二階のゲストルームを見学したとき、ずいぶんと熱心に部屋を見回していました。川津君が尋ねた点検口のふた兼用の額縁を気にしていましたよね。あの裏に隠し金庫があるとでも思ったのではないですか。さすがに金品を盗もうとはしないでしょうが、滝田さんの新しい発明の設計図があるのでは、などと……。特許取得なら早い者勝ちですから」

岡野は、ふっと小さく鼻で笑った。八頭が続ける。

「あなたは地下で『上へ』のボタンを押した。すると一度一階に停まりドアが開いた。あのエレベーターのボタンは『一階へ、二階へ』ではなく『上へ、下へ』ですからね。あなたたちは、僕たちから見えない死角に隠れて、すぐにもう一度『上へ』のボタンを押して二階に向かった」

そうか、それが遠藤が見たと言うエヽレヽベヽーヽタヽーヽのヽドヽアヽがヽ一ヽ度ヽ開ヽいヽてヽ閉ヽじヽたヽ瞬ヽ間ヽだ。ソファーの位置から見れば、あの広いエレベーターの中は半分以上が死角になる。

「ところがあなたたちは、ある理由から偶然違う場所に着いてしまった」

「ある理由?」

「あなたたちがエレベーターに乗っているとき、地震がありました。エレベーターは震度3以上の揺れで自動的に最寄《もよ》りの階に行って止まります。それで二階ではない別の階に着いてしまったのです。

ドアを見れば、そこが二階でないことはわかったはずです。ワインカーヴとそっくりですから、たぶん地下に戻ったと思ったでしょう。だがドアを開けてみれば、そうでないことはすぐわかる。沢木さんは猫を捜そうと中に入った。そこで死んだ猫を見つけたのでしょう。彼女は泣いて座り込んだのかもしれない。それからあなたはどうしたのですか」

八頭は一度言葉を切ったが岡野は答えない。

「沢木さんをそこに残してドアを閉めた。それから戻ってきて、彼女がいない、と皆に話した。

以上です。どこか間違いがありますか」

「ほう……」岡野は肩をすくめ軽く笑った。

「ねえ八頭さん、いったい何を言ってるんです。二階に行く途中にそんな場所がどこにありますか。地震があってそこに着いた？　夢でも見たんじゃないですか。震度3ですって？　そもそもそんな地震なんてなかったじゃないですか。あれば急いで戻ってきますよ」

八頭は何か言おうとして、うっ、と口ごもった。

「私が地下に行ったときには、沢木はすでにいなかったと言ったはずですよ。もしそんな場所があるとしたら、あの娘さんが猫を隠したんだから、やっぱり彼女がそこに連れていったんだろうさ」

「いいえ、猫はそうですが、千尋さんが沢木さんを連れていったのは、地下のワインカーヴです。うちの桃井も一緒でした」

「あの子は一人で戻ってきたじゃないか。そのあと二人になってから、彼女は沢木をどこかに連れていったんだ！」

岡野はだんだんと声を荒らげた。

「いいえ、沢木さんは一人になってからも地下にいました。それは間違いありません。あのとき、あなたが行く前は、地下の沢木さんと携帯で連絡が取れました。ところがその後はつながらなくなりました。あなたが彼女を残してきた場所は、携帯が圏外になる場所だからです」

「それなら沢木が自分でそこに行って、戻れなくなったんだろう」

「いいえ、簡単に戻ってこられます。ドアが開いていれば、ですが。そもそも、沢木さんが地下にいなかったのなら、あなたはなぜすぐに戻ってこなかったんですか。ずいぶん時間がかかりましたよ」

「戻って知らせる前にいろいろ捜していたんだ。ワインカーヴの中とか二階の部屋とか」

岡野は苛立ちを隠せない。

「二階の部屋？　それはおかしい。あなたは二階の鍵は持っていなかったはずです。千尋さんはあなたにエレベーターの鍵だけを渡しました。だからあなたは、部屋の鍵を持っている沢木さんを連れて二階に行こうとしたわけですよね。岡野さん、やっぱりあなたが沢木さんを地下から別の場所に連れていった、そうとしか考えられないんです」

八頭は「別の場所」という言葉で、慎重にあの場所が中二階であることを隠そうとしている。しかし、川津は気づいた。八頭は岡野を問い詰める言葉の中で、隠そうとしていたことを自ら教えてしまっている。岡野もそれがわかった。

「八頭さん、変ですね。あなたの話は、まるでその場所に行ったことがあるように聞こえますよ。ドアがワインカーヴそっくりだとか、携帯が圏外になるだとか。そんな場所がどこかにあって、あなたは実際にそこに行ったんですね。それなら、なぜ沢木を連れてこないんですか。もしかして、そこに行ったのはいいが沢木はいなかった、とでも言うんですか」

八頭は口をゆがめた。だが、そのままだった。岡野の言うとおりなのだから反論ができない。

岡野は「お話になりませんな」と言いながら立ち上がった。

「滝田さんが何もかも知っていますよ。なんといってもここをつくった張本人なんだから」

岡野は捨て台詞《ゼリフ》のように言うと、薄ら笑いを浮かべリビングの方へ向かった。

13

「失敗したなあ……。僕たちがあそこに行ったことと沢木さんがいなかったことは黙っていよう、って君に言ってたのにな」

八頭は片側の頬をゆがめて、小さく舌打ちをした。

「まあ、ああ言わなければ問い詰めることはできなかったから仕方ない。しかし彼が涼子さんを連れていったのは間違いないな。二階の鍵の件でボロを出したから。ただ、あそこに閉じ込めた理由はなんだろう。そもそも、あそこの危険性に気づかなかったんだろうか……」

ダイニングのドアが開く音がしたので川津が振り返ると、菅野と桜子がこちらのラウンジに向かっている。後ろから遠藤もついてきた。

「遠藤君から話を聞こうとしたら、すぐに松岡さんが来て、それから岡野さんでしょ。もう、お茶を濁しまくって来てもらいましたよ」

菅野は遠藤を三人掛けの端に座らせた。桜子が隣だ。

「助かりました。所長と松岡さんはピリピリで、僕は居場所がない状態ですから……」心底弱りはてた、という顔で言う。

「でも皆さんと話しているのも、所長から何を言われるかわからないから、ここにいるのも嫌なんですけど……」

「大丈夫よ。岡野さん、さっきの話の続きがある、って言っとったけん、また二人で話し込むやろ。そもそもおたくの事務所、何かもめとうと？」

桜子は知りたいことは単刀直入に訊く。

遠藤は、ふう、とため息を漏らすと意を決したように顔を上げた。

「ええ、実はうちの事務所、今大変なんです」

遠藤は桜子一人に話すように、小声でしゃべりだした。

川津は、聞こえてはいるが口ははさむまいと外の景色に目を向けた。八頭も菅野も、聞き役は桜子に任せようと考えたようだ。八頭は目をつむり、菅野は下を向いている。

「もともと松岡さんは別な事務所に勤めていて、僕の入る少し前に入社したんです。仕事ができるからすぐに設計チーフになって……。それが最近、沢木さんと二人で辞めて独立しよう、という気があるみたいなんです」

「それは別に悪くないやん。男女のパートナーシップの事務所って、建築設計事務所でもけっこうあるよ」

「それがですね、実はうちの事務所には、松岡さんの親の関係とか友だちとか、何件か松岡さんつながりのお客さんがいるんです。だから、所長は二人で独立されたら面白くないような……」

「それはしょうがないやろう」

それで岡野は、松岡に独立を思いとどまるよう何度も説得していたのか。

「一日目の夜から、所長と松岡さん、ずーっと話し込んでいました。たぶん徹夜したんだと思います。松岡さん部屋に戻ってこなかったし、昨日は二人とも昼間寝てましたし」

遠藤はテーブルの上で指をなにげなく動かしている。

「実は、それだけじゃないのかもしれないんですけど……」

「なん?」桜子の、有無を言わさず、の問いだ。

「最近、沢木さんバリバリ仕事して……」

「いいことやない?」

「それが事務的というか、よそよそしいというか」

「それは遠藤さん、気にしすぎっちゃない?」

「いえ、わかるんです。前はそんな感じじゃなかったから……。それに沢木さんもだけど、所長もちょっと……おかしいんですよ、最近。仕事が手についていないっていうか、ぼーっとしているときも多いし……。今度の社員旅行も、行く行かないで大変だったんです。でも沢木さんが言い張って……」

指でテーブルを小刻みに叩いている。話を続けていいものかどうか躊躇しているようだ。

「所長と松岡さんと沢木さん……」

遠藤は、小さく首をかしげ、三拍子の指揮のようにしてテーブルに三角形を描いていた。

桜子はなぜか黙ってしまった。少し間をおいて、菅野が尋ねた。

「あの、ちょっと聞くけど、おたくの所長さん、岡野さんって独身?」

「いえ、奥さんも子どももさんもいます」

菅野は川津と八頭を交互に見た。言わんとすることはわかった。

「だから、昨日のバーベキューのとき、八頭さんの回文で、僕、凍りついたんですよ」

「回文?」

遠藤が突然回文の話をするので、菅野は眉を寄せて八頭を見た。

「弟子《でし》との恋《こい》?　この歳《とし》で?」

「それです。沢木さん、それ昨日大声で言ってたじゃないですか。あのときの所長の顔、見ました?」

「岡野《おかの》の顔《かお》?」八頭にしては珍しく呼び捨てだ。

菅野が遠藤に話しかけた。

「そうかぁ、おたくの事務所、最初から何か変な雰囲気だったもんねえ」

「それで僕の立場はすごくつらいんですよ。二人が辞めたら僕一人になるし……。あっ、でも今の話全部僕の想像ですから……。松岡さんたちの独立の話はともかくとしても、その……どう思ってるとかは……まったく違うのかもしれません。とにかく僕にはわかりませんから、このこと誰にも絶対言わないでくださいよ」

「うん、わかっとう」

桜子が応え、遠藤への事情聴取はそれで終わった。

遠藤は、岡野たちと顔を会わせたくないので、具合が悪くて客室で休んだと伝えてくれと言い残し席を立った。川津たちはダイニングに戻った。


リビングでは松岡が一人でテレビを観ていた。ロックバンドのライブコンサートのようだ。憂さ晴らしでもするように大音量で聴いている。

川津たちが入ってきたのを見てもボリュームを落とさないが、かえってこちらの話が聞かれずに好都合だ。岡野には、あんな追及をしたあとだったから、会えば気まずいものがあるのは覚悟していた。姿が見当たらないのは、相手も同じなのかもしれない。松岡にもあえてどこに行ったかは尋ねなかった。

四人でダイニングに座ると、菅野たちに、地震時の自動着床《ちゃくしょう》で岡野と涼子が中二階に着いたこと、それは岡野の発言の矛盾——二階の鍵の件——からたぶん間違いがないことを伝えた。

「そうかぁ、地震で偶然着いたんだから、岡野さんは中二階がどこにあるかわからない。自分でもう一度行こうにも行けないわけか」

菅野が桜子に向かって確認するように言った。

「岡野さんが中二階にもう一度行けないなら、やっぱり涼子をあそこから助け出したのは滝田さんですよね。滝田さんなら、夜中にも四時間おきにリビングに来たんでしょうけど、私たちにはわからないし」

川津は口には出さずに、考えを整理してみた。

滝田は、涼子が地下からいなくなったと聞いて、中二階にいるのではないかと考えた。そして涼子をそこから連れ出した。なぜか？　彼女を捜し続けている自分たちが見つけ出しては困るからだろう。その理由として考えられるのは何か。涼子になんらかの異変があって、それを隠したかった。その異変とは……やはり窒息死か。

動けない状態の涼子をあそこから移動させるとしたら……八頭の推理がもっとも妥当だと思える。捜していない場所、なおかつすぐに行ける場所、それは滝田の部屋しかない。彼の部屋へのドアの前までなら『ドロワーチェア』を車椅子にして運べる。そこからだ、問題は。

「あの螺旋階段だよなあ、問題は……」

川津は推論の最後だけを独り言のように言った。

「あ、そうだ、川津さん。あの階段、あれ一階から下へは続いてなかったですか」

桜子も問題は螺旋階段だ、と考えていたようだ。

「私、上ばっかり見てたんです。トップライトからの光がすごくきれいだったから。あの階段がもし下に続いていていたら、下ろすことは少しは簡単だと思うんですけど」

「そうか、桃井さん、覚えてない？　玄関の外で海の方を見たとき、あっちは階段で地面が下がっていて、基礎部分が地上に見えてたよね。そこにドアがあった。床下倉庫か何かと思ったけど、あの螺旋階段を下りれば、そこに行けるんじゃないかな」

菅野の言う建物の西側立面図はすぐに頭に浮かんだ。だがそれは無理だ。

「俺はあの急な階段を下りるときは、しっかり踏み板を見ながら下りてきたよ。階段は一階まで終わって、それより下には続いてなかった。それを見落とすはずはない」

川津は階段を駆け上がって中二階を確かめ、慎重に下りてきたときのことを思い返した。

ふと気になることがあった。

「八頭、あの階段は鉄板だけでできてたよな。その上に何か仕上げ材料はなかったよな」

「まず間違いなく鉄板だけだと思うよ。あの薄さとあのときの君の足音なら。でも川津君、どうして？」

「いや思い出したんだが、あの階段を駆け上がったとき、ゴムタイルのような……いやもっと柔らかい……とにかく弾力があったんだ」

「じゃあ、君が勢いよく上ったんで、踏み板がたわんで弾力を感じたんだ。あの鉄板、六ミリくらいだったから」

「そうか……」

そのとき、ダダーンという大音量が鳴り響いた。

皆、一瞬見つめあう。菅野が急いでリビングに行き、松岡に断りテレビのボリュームを落とした。

不審な音は何も聞こえない。松岡も立ち上がって、エレベーターホールに向かっている。

「今の音は？　エレベーターの方からだったよね」

桜子はエレベーターホールに行き、ゲストルームの乗り場ボタンを押した。ドアが開き、川津も中を見たが、一見するかぎり特に異状は見当たらない。

「ちょっと私、千尋を見てくる」

桜子が、エレベーターに乗ろうとすると、松岡が桜子に声をかけた。「たぶん、今の音はあっちからだった」

松岡は、滝田の部屋のドアの方を指さした。

「鉄のドアが風でバーンと閉まった音でしょうか」

確かにそんな音だった。

菅野が首をひねりながら滝田の部屋のボタンを押すが、ドアは開かない。

「ロックがかかっているみたいです。あれっ、滝田さん、散歩から帰ってきてるのかな。川津さん、電話してみてくださいよ」

かけるが呼び出し音が続くだけで応答はない。川津が電話を切るのを待って、松岡がリビングにいた間の事情を説明する。

「滝田さんは、三十分くらい前に散歩から帰ってきましたよ。そしたら、うちの所長がまた話がしたい、って言ったんです。それで二人で滝田さんの部屋に上がっていきました。今も話し合いの最中かもしれません」

「えっ、じゃあ今の音って、どちらかが階段を踏みはずして転げ落ちたとか……」桜子が口を手でふさぐ。

「いや違うな。あの階段を踏みはずしたら、鉄板を叩く連続音になるはずだ。あれより小さな音でタンタンターンって。あんな単発のでかい音にはならない。あれはやっぱり、ドアが勢いよく閉まった音かなぁ」

川津はそう言いながら時計を見た。

「滝田さんの次の食事は四時だよな。なんの異状もなければ、あと一時間少ししたら下りてくるだろうけど……待っとくか」

八頭に問いかけたが、それには答えず滝田の部屋のドアの前に行き、鍵穴のあるプレートを見ている。八頭をエレベーターホールに残してリビングへ下りた。

ソファーに座って八頭を見ると、眼鏡をはずして遠くを見る目をしている。何かを発想し、考え込んでいる姿だ。八頭がこちらに向かって歩きだした。

「あっ、危ない！」と言うのと同時に、八頭は三段のステップを踏みはずして、尻もちをついた。

「いたたたぁ。でもわかった。やっぱりこれだよ、さっきの音は」

14

八頭が尻をさすりながらソファーに座り、さあ話を聞こうかとしたとき、滝田が自室のドアから出てきた。まだ二時半だから彼の食事の時間にはずいぶんと早い。

川津は立ち上がり、滝田のもとへ歩み寄った。

「滝田さん、さっきそちらの階段室の方からものすごく大きな音がしましたが……ドアが勢いよく閉まったような……。あれはなんだったんですか」

黙っているので川津は続けて訊いた。

「岡野さんと話をされていたそうですが、一緒ではないんですか」

「話はしましたが、だいぶ前に下りていかれました」

滝田はゆっくりと答えた。川津が松岡に目で問うと、彼は首をかしげた。

「僕はここでテレビを観ていたので、気づきませんでしたけど」

松岡はエレベーターホールを背にする椅子に座っていた。大きなボリュームで音楽を聴いていたなら、仮に岡野が下りてきて玄関から外に出たとしても、気づかなかったかもしれない。

「滝田さん、顔色が悪いようですが、気分がすぐれないのではありませんか」

八頭が横に来て心配そうな顔をしている。滝田は疲れきった表情で小さく首を振った。八頭が言う。

「先ほどもお尋ねした沢木さんがいなくなった件でお話があります。もしよろしければ、そちらの部屋に入れてもらえませんか」

滝田はしばらく黙り「ラウンジにしましょう」と歩きだした。川津は菅野たちに手のひらを向けて、そこにいて、とサインを送った。

ラウンジに行くと、滝田は沈み込むように背を丸めて座った。八頭が正面に座りゆっくりと話し始めた。

「滝田さん、あの階段室には本当に驚きました。僕はてっきりあなたの部屋のほうにもエレベーターがあって、ゲストルームと同じ中二階があると思っていたからです。

僕たちは、沢木さんはそこにいると思いました。先ほどは、沢木さんが隠れた、と言いましたが、本当は、あなたがゲストルームの中二階から、ご自分の部屋のほうの中二階に彼女を運んだと考えていました。運んだ……つまり彼女は動けない状態……はっきり言いますと窒息死していたんだと思います。しかし、あの急な螺旋階段では中二階には連れていけません。中二階の入り口も見当たらなかった。そこでわからなくなりました。

一つ、あなたの部屋の階段室について、おかしなことがありました。昨日、雷が落ちたときです。工房にいると思っていたあなたが、階段室から出てこられたのをうちの菅野が見たと言うんです。いつの間に戻ってこられたのかが不思議でした。そのあと地震が起きた。あのとき、あなたはゲストルームのエレベーターのプレートを開けて操作盤を点検された。それから同じ操作をされました、ご自分の階段室のほうでも。それは階段室もまたエレベーターだからですね」

あっさりと言いきった。階段室もエレベーター？　川津は驚いて八頭を見る。

「あの階段室自体が半階分、約二メートルほど下がるわけです。すると建物の基礎部分に下りて、玄関側の外にあった床下点検口から出入りできるのでしょう。あのとき、雷で瞬時電圧降下が起きた。あなたは急いで工房から戻るために近道を通り、階段室を半地下に下ろして入ってきたんですね」八頭が言葉を切った。

「だから、帰りに玄関の鍵をかけたかどうか、答えられなかったんでしょう」

滝田は下を向いて黙ったままだ。川津は、はっと気がついた。

「あっ、俺が階段を駆け上がったときに感じたあの弾力は……」

「そうだよ、エレベーターの中でジャンプしていたわけだ。天井がトップライトになっていたから下から押しあげる油圧式だ。より振動しやすいよね」

八頭は結論を提示するように、ゆっくりと言った。

「あなたは、沢木さんを中二階ではなく、半地下に運ばれましたね」

八頭は断定したが、滝田は不思議なほどなんの反応も見せない。沈黙は一分近く続く。八頭が口を開いた。

「滝田さん、なぜそうまでして沢木さんの居場所を隠そうとしたんですか。僕たちは岡野さんを問い詰めて、彼が何をしたかもわかりました。あの地震のときですよね、彼らがあそこに行ったのは」

「えっ？　……どういうことですか」

滝田が初めて顔を上げた。

「岡野さんたちがエレベーターで二階に行く途中地震があって、あの中二階に自動着床したことですよ。そして彼女を残してきたことです」

滝田は口を半開きにした。目が泳いでいる。

「岡野さんですって……？　千尋じゃないんですか」

「えっ！　千尋さんが涼子さんを連れていったと思われていた？」

川津の驚きの声に、滝田はふーう、と長いため息を漏らした。

「そう聞きました」

「岡野さんがそう言ったんですか」

滝田は小さく「ええ」と答えた。

「彼とは何度も話をされていましたね。もしかしてその話というのは……」

川津の問いに、滝田は一度目を閉じ、思い出すように顔を上げた。

「今日の明け方、四時前ですか、私が工房から食事に戻ってきたら、あの人が待っていたのです。千尋が猫と沢木さんをエレベーターで連れていって、鉄板の部屋に閉じ込めた。あそこは中からは開かないいんじゃないか、と言われました。話を聞くうちに、あの人もあそこに行って見てきたのは間違いないと思いました。広さとか中の様子とかからです。

私は動転しました。千尋が酔った沢木さんに憤慨していたのは見ていましたから、恨みから……とは考えたくなかった。ただ、ちょっとしたいたずらだったとしても、彼女をあそこに閉じ込めたとしたらそれは大変だ。その心配ばかりが頭にあって……疑う気にもならなかった。そう思い込んでしまった……」

滝田は目を見開いたまま視線が揺らいでいる。

「あの人はお金に困っていました。あなたは、彼からそのことで脅されたんじゃないですか」

川津は、今朝の滝田の暗い表情を思い返した。

「あの人は、沢木さんにもしものことがあったら、千尋は警察に捕まるだろう。ただし自分が黙っていれば、あの場所は簡単には見つからないから、彼女は失踪したということになるだろう。所長の自分が警察には話を合わせて取り繕ってやるから、それなりの報酬を考えてくれと」

川津は鼻から長い息を吐いた。八頭は眉を寄せて口を曲げている。

「最初は、なんのことですか、ととぼけていたので一時間ほど経ったでしょうか。私は一刻も早く沢木さんを助け出さなければ、とそればかりが気になって、最後は、考えてみます、と妥協したように言いました。彼が客室に入ったのを確認して、回廊の鍵を閉めてゲストルームのエレベーターに乗りました。そこで彼女を見つけましたが……おっしゃるとおり、手遅れでした」

「それからあなたは涼子さんを隠そうとした。なぜそうされたのですか」

「どうしていいか、とっさにはわからなかった……。千尋が閉じ込めたと思い込んでいたから、あの子を守ろうという気持ちからでしょうか……。別の場所に隠して知らないことにしてしまえば、彼の言うことは信用されず、脅されることもないと……。

朝になってから、あの人は皆さんの前で、沢木さんをどこかに連れていったのではないか、と千尋を問い詰めました。あれは私への回答を迫ったのです。そのあと、あの人からもう一度話を持ちかけられました」

岡野が滝田に「相談がある」と言い、川津は、こんなときに出資依頼の話をするのか、といぶかしく思ったときだ。そういえば、千尋が倒れた直後だというのに、滝田は不思議なほどどすんなりと岡野に従っていた。

「ところが、聞いているうちに、彼はどうもあの場所がどこにあるのかわかっていないように思えました。それなら、このまま誰にも気づかれないかもしれない、しらを切り通せるかもしれないと思い、彼の要求も突っぱねたのです」

「ところが、私たちが中二階の存在を知ってしまった。それで困ったことに……」

川津は滝田の心理を想像する。

「そうです。それでも私は、皆さんに螺旋階段を見せることでなんとか切り抜けられるのではないか、と思いました。あの人はそこまで気づかないだろうし……。

　ですが、さっきまたあの人と話すと、彼は、私が沢木さんを動かしただろう、と、そこまで知っていました。皆さんが連携して捜しているのなら、もう隠せないと思いました、千尋のやったことを……。それが違っていたのですか……千尋ではなかったのですか……」

滝田は窓の遠くに目を向けた。

沈黙していた八頭が「滝田さん」と小さく呼びかけた。

「それは、僕に責任があるのです。僕たちと岡野さんが連携していると思われたのは無理もありません。彼が沢木さんを中二階に連れていったことを確信して、僕は岡野さんを問い詰めました。ただ、僕たちが沢木さんを助け出していないということは、すなわち彼女がそこにいなかった、それを彼に教えてしまった。つまり、あなたが彼女を移動したことを」

「千尋に直接訊けばよかった……。ようやくうちとけて話せたのに……あの人の言うことを信じて娘を信じられないなんて……私はなんてことを……」

滝田は悔やむように言うと、弱々しく首を振った。

八頭は「滝田さん」と今度は意を決したように口を開いた。

「さっきの階段室から聞こえた音です。僕があの階段室が半階下がるエレベーターだと確信したのはあの音です。階段を転げ落ちたような連続音ではなく、まるで二階から一階に何かを落としたような音でした。それで気づいたんです。あなたの部屋のほうにも中二階があって、階段室が半階下がればドアが現れるのでしょう。そのとき二階から見れば、階段の床は二メートル以上、下にある。そこに何かが落ちたら、あんな大きな音がするはずです」

「八頭、もしかして岡野さんが、転《てん》……落《らく》？」

「岡野さんは、けがをして中二階にいますね。滝田さん、どうか助けてあげてください。それとも、もう手遅れなのですか」

滝田は目を伏せ沈黙する。やはり手遅れなのか……八頭も問いかけない。

滝田が立ち上がった。

「全部お話しします。ただもう少しだけ待ってください。千尋と話をさせてください」

聞き取れないような小声で言うと、リビングに向かった。

15

川津たちもリビングに戻ると、千尋が起きてきていた。滝田が「いいかな」と声をかけ、二人は彼の部屋へ上がっていった。

「ちょっと外に出よう」

川津は菅野と桜子を呼んだ。玄関を出たところで、八頭が、滝田の部屋への階段室がエレベーターとして半階下がることを説明した。岡野と涼子の生存が絶望的であることは、この目で見るまでは二人には言うまい、と八頭と決めていた。

「うわー、ほらほらほらほらほら、僕が言ったとおり、地震のとき滝田さんが自分の部屋のほうから出てきたのは間違いなかったでしょう！」

菅野は興奮を隠しきれない。

「君のアリバイメモが大変役に立ちました」

八頭が軽く頭を下げた。

「でも、すっごいですねぇ。あの階段室全体が半階下がるなんて……。『階段室エレベーター』なんて聞いたことないですよね。あっ、今僕が名づけたんですけど……。でもそれなら、あの音も沢木さんの居場所も両方説明がつきます。上も下も納得だぁ」

菅野は、ふう、とため息まじりに腕を組んだ。

「じゃあ、涼子は半地下にいるんですよね。行きましょう、そこの道から」

桜子がすぐに階段状になった小道へ向かった。皆あとに続く。

「通路がありましたー」

桜子がドアを開けて中をのぞいていた。

川津は驚いた。おそらく鍵がかかっているだろうと思っていたからだ。そうか、雷が落ちて滝田が急いで戻ってきたとき、鍵を閉めなかったのだろう。薄暗いが小さな照明も点いたままだった。

そこはコンクリートで囲まれた設備用のピットだった。メンテナンス用の通路は、天井高は一・七メートルほど。腰をかがめて玄関側に戻るように進む。

ちょうど一階のステップのあたりで天井が高くなり、突き当たりには確かにエレベーターのドアがあった。八頭の言うとおり、階段室エレベーターを一階から下ろせば、ここに到着することができる。……が、涼子が見つからない。

戻りながら、空調機や縦配管の裏、横引き配管の上などもくまなく見て回るが、人が隠れるようなスペースはどこにも見当たらない。

「なぜ、いないんだ……」八頭も呆然と立ち尽くしている。

黙り込んだ八頭を押すようにしてリビングに戻ると、千尋が一人でいた。滝田は工房へ行ったと言う。

川津は驚いた。こんなときに何をしに……。

客室棟に行ったという松岡は、涼子の失踪についてどう考えているのだろう。岡野までもがいなくなったことは、彼にはもはやどうでもいいのかもしれないが。

「お父さん、なんて？」桜子が小さな声で千尋に尋ねる。

「それが……何か言いたそうにしているんだけど、はっきり言ってくれないの」

「バーベキューのときとか昨日の朝とか、すっかりうちとけてたと思ったっちゃけど……」

「うん、これまでのことだったら、お父さんに謝られて私も誤解してたとこもあったから、お互いわかった、って言ってたんだけど……。そうじゃなくて何か言いたそうなんだけど……」

「涼子のことかな……」桜子が千尋の顔色をうかがうように訊く。

「わからない……。最後にまた『本当にごめん、ごめんね』って……。涼子のことだったら、どういうこと？　お父さんが何かしたってこと？　そんなこと……」

千尋は涙声になった。肩を落とし、じっと下を見ている。

「ねえ、顔色が悪いよ。少し休んだら」桜子が言った。

千尋は「うん、またちょっと気分が悪い……」と言ってゲストルームに上がっていった。

八川事務所のメンバーだけになっても会話は弾まない。涼子の置かれた場所はどこなのか、皆これ以上思いつかないからだ。

長い沈黙を破って、桜子が独り言のように言った。

「アリスちゃんを中二階に連れていったのは千尋。涼子を連れていったのは岡野さん。涼子をそこからどこかに連れていったのは滝田さん。問題はその場所なんですよね……。でも、あの階段室エレベーターなら、半地下のピットしかないですよ」

「あの半地下のピット、ドアの鍵が開いてたよね。あそこから外に出して、またどこか別の場所に動かしたってことは考えられない？」

菅野の「動かす」という言葉に、桜子は一瞬眉をひそめたが、特にとがめなかった。二人とも、時間の経過とともに覚悟ができてきているのかもしれない。

「車椅子かストレッチャーでもなければ無理よね。でもそれでも難しいか。舗装もない坂道や階段やけん」

桜子はあまり考えたくなさそうに言う。

「行けるとしたら、階段のない工房の方かなぁ……。そういえば、滝田さん、今工房にいるんだよね……」

そこで黙った菅野が、思いついたように顔を上げた。

「あっ、あのタワークレーンを使ったとは考えられない？」

「えー」桜子は露骨に眉をひそめる。

「考えてみたら、二階の滝田さんの部屋は、タワークレーンの操縦室になりそうな場所だよ。

あのクレーンはアームを伸ばしたら工房まで届く！　そうだ、工房だよ！　あそこに白いシートのかかったコンテナがあった。クレーンでコンテナを吊って……」

「ひどいよ！」

桜子は耳をふさぎ、目には涙があふれてきている。

工房にあった白いシートに覆われた廃棄物処分用のコンテナ。そこに入れられた涼子の姿を想像すれば、それは火葬の棺《ひつぎ》を思わせる。葬斎場の記憶も生々しくよみがえったのかもしれない。菅野は「ごめん」とだけ言った。

突然、八頭が立ち上がった。

「どう考えても滝田さんの部屋の中二階、そこしかない。どうやったら連れていける？　それにはやっぱり、あの階段室エレベーターで行くしかないんだ」

八頭は、眼鏡をはずして首にぶら下げて歩きだした。上を向いたり下を向いたり、窓際に行き振り返った。滝田の部屋へのドアを見つめたまま、固まったように動かない。もちろん彼の裸眼視力では、ぼやけて何も見えていないはずだ。そのまま数分が経過する。

「そうか、わかった……」八頭は左手で自分の頭を小刻みに叩いている。

「固く考えすぎてた。頭を柔らかく、いや脳天を突き抜ければいいんだ。菅野君、君のクレーン発言で気づいたよ。ありえないと思えることでも、一度それを疑ってみるべきなんだ。非常識と思えることでも想像だけはしてみる。菅野君が不謹慎に見えたかもしれないけど、許してあげて桃井君」

「えっ、それならやっぱり工房の中なんですか」

「違う。でも沢木さんの居場所はわかった。やっぱりあの階段室エレベーターだ。あれを使って滝田さんは彼女を中二階に連れていった。彼女はそこにいる」

「八頭、階段室エレベーターを半階下げれば、中二階の入り口が現れるだろうと、それはわかる。だけど、あの急な螺旋階段を彼女をかかえて上ったって言うのか。それは無理だっておまえも言ってたじゃないか」

「違うんだ。あの移動は……」

八頭は自分でもその発見に驚いたのか、一息入れて言った。

「あの階段室エレベーターは、半階下がるだけでなく上にも動くんだ。階段を上らなくても、あれごと動いて中二階にも行けるようになっている。たぶん二階にも。滝田さんは螺旋階段を使わず、エレベーターとして動かして、一階にいた沢木さんを中二階に上げたんだと思う」

皆、八頭の言うことが理解できないでいる。川津が、はっとして言う。

「いや待て。八頭、それはできっこない。あの階段室エレベーターの一階の床が二階の床まで上がるというのは、高さ七メートル近くある螺旋階段が、そのまま持ち上がっていくと言うのか」

八頭は「そうなんだよ」とうなずく。

「いくらなんでも、それはないだろ。そうしたら階段が屋根を突き破ってしまうじゃないか」

「あー、川津さん、もしかしたら、一階の床が上がりながら螺旋階段の支柱が縮んでいくんじゃないでしょうか、釣竿かロッドアンテナみたいに」

　菅野の推理に川津は反論する。

「いや違うな。そんなのをつくろうとしたら、ギヤを組み合わせたりして、そうとう大がかりな工業機械みたいになる。あんな繊細な階段では絶対にできない。構造的にも持たない」

「それに、その中に人がいたら潰れちゃうやん。階段の踏み板がだんだん折り重なって頭の上に迫ってくるとよ。ううっ、こわっ」

　桜子がおおげさに顔をしかめて否定意見を出す。想像すればサスペンス映画のワンシーンのようだが、機械工学的にも理にかなった指摘だ。

「それより、私はわかったよ」桜子は自信ありげだ。

「いいですか、あの階段は中心の柱を軸にして回転するんですよ。螺旋が回転したら上に昇っていくじゃないですか。ほら床屋さんの赤と青のサインポール。螺旋が上へ上へクルクルって。それでじっとしていても中二階にも二階にも行けるじゃないですか。もちろん下りるときは逆回転させるってわけ」

　桜子は人差し指を立てて回しながら上げ、逆回転させながら下ろした。

　聞いている三人が沈黙しているのを見ると、ん？　と首をかしげた。

——それは目の錯覚だ——。桜子も自分の脳の回転間違いにすぐに気づいたようだ。あまりにも途方もない錯覚に、言い訳の余地なしと覚悟したのだろう、素知らぬ顔で八頭に問いかけた。

「そうでないとすると八頭先生、どうやったらあの階段が中二階まで上がれるんですか」

何が「そうでないとすると」だ。八頭もにやりとしながら答える。

「桃井君、君のご意見、ユニークな発想という点では悪くはない。だがその発想は僕にはなかった。だから僕も川津君と同じように考えて、中二階へは上げられないと思っていたんだ。だけど、この建物にはある特異点があることを思い出した。頭が固くない、脳天を突き抜けた場所が、一カ所あったじゃないか」

八頭は人差し指をまっすぐ上にあげる。

川津は到着する前に遠目に見た滝田邸の外観を思い浮かべた。

「脳天が突き抜けた場所って、屋根に穴が開いてるってことか。そんな場所は……」

川津は、あの階段室エレベーターの天井、そのアクリル板を取り去った姿を想像した。そこに何が見える？

「あっ、あそこか……あのタワークレーンの支柱部分……」

「そうさ。だから外装で囲ってあったし、上のほうがガラス張りだったのはトップライトにしたかったからだ」

桜子は目を大きく見開き、口を手でふさぎ息を止めている。

「すごいや……」菅野は大きく首を回した。

螺旋階段を内蔵した、高さ九メートルのエレベーターのカゴ室。それがそのままタワークレーンの支柱の中を上昇する。まさに脳天を突き抜けた発想だ。

「八頭、滝田さんに階段室エレベーターを開けてもらおう。もうすべてわかったと言えば、彼も応じてくれるだろう」

「よし、僕が行ってくる。君は千尋さんや松岡君たちが来たときの対応を頼む」

八頭は工房へ向かおうとして一瞬立ち止まり振り返った。

「すべてわかった……のかな？」

第四章　アーク

1

午後五時を過ぎ、外はだんだんと暗くなってきた。工房から発せられるアークの光を受けて、樹々が絶え間なく明滅している。

八頭が出ていき、もう三十分は過ぎた。滝田とはまだ話はできていないのだろう。

滝田のつくるアーク溶接による造形は、木彫や粘土彫刻などと違い、すぐに中断できないときもあるだろう。滝田の作業にある程度の区切りがつくまで、八頭は待っているのかもしれない。

「八頭先生、やっぱり拒絶されとうとかいなぁ。あんまり押しが強いタイプやないけん……ですよねぇ」

桜子の目は、川津なら押しが強いと言いたげだ。

そのとき、パーンと何かがはじけるような音がした。

「今の何?」桜子は菅野を見た。

「銃声に聞こえた」

「誰かがイノシシを撃ったんかな」

「いや、それはない。日没後は絶対に猟はしないから」

「よう知っとうね。……ああ、ユキエさんから聞いたっちゃろ？」

エレベーターのドアが開いたので、見ると千尋が降りてきた。

やはり「銃声のような音が聞こえたから……」と言う。

窓の外に目を向ける。あたりはさらに暗くなってきているので、樹木は工房からの光でいっそう強く照らされている。

ふと気がついた。

川津の位置からは直接工房は見えないが、樹木を照らす光がさっきとは変わった。それまではアーク溶接特有の青白い光が鋭く明滅していたのだが、今は木立全体がぼんやりと薄暗く揺らいでいる。光の色はオレンジ。――炎の色だ。

川津が立ち上がるのと同時に、菅野が窓際に行き工房の方角を見た。

「あっ、火事だ。窓が割れて火が出てる！」

皆が窓際に寄った。工房の高窓の一角から炎が見える。

「行こう。あそこには消火器があった。急げばまだ間に合う！」

「防火水槽もあった！」

菅野と桜子は消火に向かおうとする。

だが普通の火災ではない。川津が叫ぶ。

「だめだ危ない。あそこには溶接のガスボンベがある。爆発するかもしれない。すぐに１１９

番にかけて！」

「お父さん！」

千尋が玄関に向かって駆けだした。

「八頭先生もいる！」

桜子が続こうとする。川津はあわてて桜子の腕をつかんだ。

「千尋さん、だめだ、危ない！」

川津の警告を振り切って千尋は外に出ていく。三人が追いかける。

パーンという炸裂音。またガラスが割れた。

川津たちは背中を押しあうように外に出た。

——その瞬間、すさまじい大音響。爆音がとどろく。

一瞬の閃光。それに続き壮大な火柱が上がった。続けざまに二回。

爆風を受け体がよろめく。とっさに頭を押さえ中腰になる。キーンという高音で一瞬音が途絶える。

ばらばらと降ってくるスレートのかけら、木の枝、猛烈な砂ぼこり、ゆっくりと舞いあがる紙とビニール。慎重に見上げた上空には白い煙が立ちのぼっているのが見えた。

最初の爆発に続き小さな爆発が次々と起こる。燃える液体を振りまきながら飛んでいくのは、おそらく塗料などのスプレー缶だ。砕けた窓ガラスだろうか、万華鏡の中の細片のように、きらめきながら舞い落ちてくる。大小さまざまの発火物は、まるで花火のように放物線の弧——まさにアーク——を描いていた。

見たこともない強烈な音と光と風圧。だが連続爆発はすぐに終わる。まるでマジックショーかコンサートの花火のように、あっけないほどのわずかな時間で炎は収束した。燃えるものがほとんどないからだろう、木立の間から見えるのは小さな燃焼だけになった。

川津は背を伸ばし、横にいる菅野と桜子の無事を確認した。

桜子は両手を頰に当て、口をとがらせ一言も発しない。菅野は「ふぇー」と情けない声を漏らした。

少し先に外に出た千尋は、数メートル先、工房への階段の途中で地面にうずくまっていた。

「千尋、大丈夫！」

桜子が千尋を起こすと、こめかみのあたりから血が流れていた。飛んできたガラスか何かで切ったようだ。倒れたときに足首も痛めたのか、起こそうとすると「痛い」と顔をゆがめた。幸い意識はしっかりしている。

川津と菅野が肩をかかえて千尋を室内に連れ戻り、ソファーに寝かせた。ちょうど松岡と遠藤があわてた様子でリビングに入ってきた。

「大丈夫ですか。消防にはもう連絡しました。あっ、けがしたんですか。えっ、外に出たのー」

驚く松岡に川津が手短に状況を説明する。

「――そういうことで、滝田さんとうちの八頭が工房にいたんだ。消防は待っていられない。もう火は消えてるから行ってみよう。桃井は千尋さんについていて」

「はい、お願いします」

「八頭先生の捜索を」と言いたいのだろう。桜子は千尋の頭をタオルで押さえながら、口をきつく結び泣きそうな顔をしている。


爆発現場に勝手に近づくことは、消防や警察からは厳しくとがめられる行動だろう。だが川津は、ボンベの爆発だから燃焼はあの一瞬で終わり、すでに鎮火状態だと判断した。ガス管からガスが漏れ続けているような危険性はない。可燃性の部材が燃え広がることもない。足元の用心さえすれば、現場に近づくことはそれほど危険ではないはずだ。本音を言えば、ヘルメットは欲しいところだが。

日没の弱い明かりの中、工房への階段を下る。一段下りるごとに、左右の雑木林を懐中電灯で照らす。爆発で飛ばされた工房の瓦礫は、近づくにつれ徐々に増え、大型のものも飛んできていた。へし折れた樹々を見ると、雑木林が緩衝帯となったことで、自分たちは吹き飛ばされずに助かったのだとわかる。

沢にかかる石橋を渡り、工房――もはや工房跡だが――に着いた。思ったとおり、消防車は不要と思えるほどに残り火がくすぶるだけだ。枯れ枝に燃え移った火も、前日までの雨のせいで広がるけはいはない。

　工房は腰壁のコンクリート部分を残して完全に吹き飛び、ほぼ鉄骨の構造体だけになっていた。屋根も壁もスレートといった軽い材料でつくられていたため、爆発の風圧は一瞬にして多方向に拡散して抜けてしまったようだ。

　懐中電灯で照らすと、工房の床は、割れたガラスやスレートで埋め尽くされている。樹脂製品の焦げた臭いがわずかにするが、注意すれば入れそうだ。

　室内――であった場所――の溶接機や鉄製の棚などは、驚くほどそのままの形で残っていた。機械類は床に固定され、棚はコンクリートの腰壁に固定されているからだ。制作材料の鋼材もチェーンでしっかり緊結してあったので、四方八方に飛び散るようなことはなかった。もしそうでなかったら、あたりは鋭利な鋼材や釘などが飛び散って、テロリストの爆弾が炸裂したかのような悲惨な状況になっていたことだろう。

「ここには二人ともいません。そっちでしょうか」

　菅野が工房に併設されたアトリエに懐中電灯を向けた。大量のスレートの破片、パソコンやプリンターの残骸、ひしゃげたキャビネットやテーブル。さまざまなものが粉々になって瓦礫の山をつくっていた。

「現場を荒らしたら怒られるでしょうね」

遠藤はそう言いながら机の天板を動かそうとする。

「人命第一だった、って言おう」菅野が手を貸した。

トイレであった小部屋を含めて人が倒れていそうな場所をくまなく捜すが、二人の姿は見つからない。

「危険だとわかって、外に逃げだしていたらいいんですけど……」

菅野が心配そうに言う。

「きっとそうだ。爆発前の火事の段階で、消すのは無理と判断して避難したんだ。外を捜そう」

川津はそうであってほしいと思いながら、皆をうながした。

二手に分かれて捜すことにした。海側の工房正面側へは松岡と遠藤が向かい、川津と菅野は裏の山側を捜すことにした。

まず廃棄物コンテナを確認したが、シートの上に大量の割れたスレートが積もっただけだった。林の中は、下草が生い茂っているところや木の幹の陰を分け入って捜す。

工房の真裏まで回り、のぼり斜面になった林を見上げたとき、そこに滝田の姿があった。

「あそこだ！」

川津と菅野は競うように斜面をのぼる。木の枝をつかみながら数メートル進むと、仰向けになった滝田の足元までたどりついた。

「あぁ」と声が出た。

溶接用の防護服が体を損傷から守っていた。だが顔面は重度のやけどを負っていた。呼吸をしていないのは明らかだ。

亡くなっている……菅野と目で会話し互いにうなずく。そのままにしておかなければいけないことはわかっている。頭を下げ手を合わせた。

そこからは捜索の足が重くなる。

「もし、もしですよ。工房で二人が話し合っていたとしたら、近い場所に飛ばされているんじゃないでしょうか」

菅野は懐中電灯をゆっくりと動かしている。

「いや、予想はつかないな。仮に二人の真ん中で爆発が起きれば、正反対の方角に飛ばされるだろう」

考えたくない爆発力学ではあった。

「正反対だったら、海に落ちた可能性も?」

もっと考えたくない。絶望的だ。

「八頭さーん」

菅野が呼びかけたが返事はない。滝田の姿を見たあとだけに、心から無事を願う悲壮な声に聞こえる。

工房の壁はすべて吹き飛ばされているので、海側を捜している松岡たちが見える。川津たちは工房を半周して松岡たちと合流し、そこで滝田の死亡を伝えた。松岡が「そうですか……」と声を落とした。

皆で海側をのぞいてみた。四、五メートルほどの崖となっていて、懐中電灯で下を照らすと、大量のスレートの破片が漂っていた。軽いものだから飛ばされて海に落ちてもおかしくないが、人間もあそこまで飛ばされるだろうか。崖下の海は岩だらけだ。まともに落ちていたら、まず助からない。

川津は振り返って皆に言った。

「海には今は下りられない。山側をもう一度捜そう」

「そうですね。やっぱり滝田さんが飛ばされていたあたりが、確率的には一番可能性が高いですよ……」

菅野は言いたくなさそうに確率論を口にした。

皆で山側に行き、茂みの中に分け入り周囲をくまなく照らす。

そのとき、ばさりと頭上から何かが落ちてきた。見ると折れた木の枝だった。見上げると、樹々の上には工房にあったさまざまなものが引っ掛かっていた。時計、丸椅子、コードがついた何かの計測機械だろうか、けっこう重そうだ。

人間が木に引っ掛かることもあるだろうか。ビルから転落した人が樹木に引っ掛かって助かったという話は耳にするが、爆風で飛ばされた場合は……？　どうしても悲惨な想像をしてしまう。

「頭、気をつけて」

川津が注意し、皆、林から出て、時々懐中電灯を樹々の上にも向けながら歩く。もう一度廃棄物コンテナの横に来た。

川津はため息が出た。八頭はいったいどこにいるんだ。

「これだけ捜して、いないってことは、八頭さんはひょっとしたら工房に行ってないんじゃないでしょうか。何か急に思いついて別なところ……さっきの半地下のピットとか……どこかに行ったとか」

菅野の発言は希望的観測にも聞こえるが、八頭なら十分ありえる行動だ。そうだ、そうあってほしい。

「電話してみたらどうですか」松岡が、はっと気づいたように言った。

川津は自分であきれた。なんで携帯をかけてみることを思いつかなかったんだ。こんな非常事態に遭遇すると、人は冷静な判断ができなくなるというが、まさにそれだ。すぐに電話する。

「つながらない……」

川津のつぶやきに菅野がすばやく反応した。

「あっ、あの半地下のピットは設備メンテ用だから、電波が届かないかもしれませんよ」

そうではない。「呼び出し音がしないんだ……」

皆、黙る。携帯が壊れている？　それは爆発に遭遇したということか……それとも……、

「海……」菅野はそうつぶやいて口に手を当てた。

「……に落としたんですよ携帯、きっと」すぐに続けたが、今度は本物の希望的観測だ。

思わず海を見つめる。波の音が大きくなったような気がする。川津は携帯をポケットに入れ、はぁーっと大きく息を吐いた。

「えっ」遠藤が小さな声で言った。「何か聞こえませんでしたか」

川津は目をつむり耳を澄ました。

「おーいここだぁ」

足元の方から、か細い声が聞こえた。沢にかかる石橋のあたりだ。

「えー、八頭さーん、よかったー」

菅野が大声をあげ沢へ駆け寄った。松岡が懐中電灯を振りまわしてやっと八頭を見つけた。

「あいたたた、頭打った」

ほこりまみれの八頭が、沢からよろよろと立ち上がろうとする。ここも飛んできた瓦礫でいっぱいだ。

「大丈夫か、動くな。爆発でここまで飛ばされてきたのか。よく無事だったよなぁ……」

無事ではないのかもしれない。「よく死ななかったなぁ」という意味での無事だ。

「爆発の前に、この沢の中に退避していたんだ」

八頭はゆっくりと立ち上がり、髪のほこりを手で払った。下半身は沢につかっていたのか、ぼたぼたと水がしたたり落ちている。おそらく携帯は水没したが、本人は本当に無事のようだ。

「爆発には地面の溝が避難場所として一番いいんだよ。戦争映画でも塹壕《ざんごう》を掘るでしょ。ここ、水もちょろちょろ流れているから火の粉が飛んできても大丈夫だし」

そんな冷静沈着に考えたのだろうか。妙に言い訳がましくも聞こえる。

菅野は、信じられない、と言いたげにぐるりと頭を回す。

「よく爆発のけはいを察しましたねー」

「石橋を叩いて渡っていた……のではないよ。まあ、慎重にいろいろと考えてはいたけどね」

八頭は少し照れ臭そうに言い、すぐに真顔になった。

「滝田さんは？」

川津は小さく首を振り「亡くなった」と伝えた。

菅野が八頭に肩を貸し石橋を渡った。

消防車のサイレンが聞こえてきた。「嵐の山荘」にはならなかったようだ。そう簡単に橋は落ちないし、崖崩れは起こらない。

2

リビングに戻ってみると、爆発の風圧でテラスの床がめくれ上がり、手摺りが横倒しになっていたが、それ以外に大きな被害はなかった。大ガラスが割れなかったのは、工房に直面していないことと、おそらく防犯用合わせガラスを使用していたためだろう。

消防には川津が代表して状況を説明しよう、ということになり外に出てみた。

駐車場には消防車が次々に到着していた。ガス爆発という事態からか、見慣れない特殊車両も来ていた。救急車と警察車両は車路までつらなり、二十台以上の車でいっぱいになった。

消防隊は川津の判断どおり、現場はほぼ鎮火状態と確認したようだ。二台の消防車からの放水で、くすぶっていた残り火もすぐに消し止められた。

川津は、まず自分たちは招かれた客であり、建物の主人は爆発で死亡したこと、室内にけが人がいることを伝えた。救急隊員が素早く担架を準備し、川津は滝田が飛ばされていた場所に先導した。救急隊員を残し、川津が建物へ戻ってきたとき、ちょうど千尋がストレッチャーに乗せられ救急車に運ばれていく途中だった。八頭はけが人のうちに入らなかったのだろう。

川津は訊かれるままに工房の爆発の状況を説明した。詳しいことは、明日消防と警察による現場検証で明らかにするとのことだった。

消火救助活動が続く中、川津は警官に「実は……」と切り出し、来客の内二人が行方不明であり、室内に閉じ込められている可能性があることを伝えた。

「もしかしたら亡くなっているかも……」と控えめに言うと、警官は驚いてすぐに本庁に連絡を取り、担当の刑事がまもなく来るので室内で待機するように、と指示を受けた。

さあ、今からの説明が大変だ。川津は覚悟を決めた。


室内に戻ると、驚いたことにユキエさんが来ていた。八頭の傷の手当てをしている。

「滝田さんに電話をしてもつながらないので、心配になって見にきたそうだよ」八頭が川津の驚きに先回りして答えた。

「えー、あんな消防車とか救急車とかいっぱいの中で、よく入って来られましたねー」

神出鬼没の度を越えている。川津は本心から驚いた。

「ええ、バイクですから」

川津が、涼子が乗ってきたものと思い込んだあのバイク。駐車場に停めてあったのは彼女のだったのか。昨日言ってた「蛇《じゃ》の道は蛇《へび》」って、まさか一筋の跡が残る「二輪」という意味……？　一瞬、ばかばかしい連想をしてしまったが、やはりユキエさんの行動と言動には、なかなかついていけないものがある。

「明日の予定を聞くためだったんですけど、今朝の滝田さん、様子がおかしかったでしょう。それで気になったので」

　ユキエさんは、滝田が亡くなったことを八頭から聞いたのだろう、表情でわかった。八頭が静かに言った。

「川津君、やっぱり滝田さんのほうの中二階だったよ」

「えっ、見てきたのか。どうやって？」

「ユキエさんに訊いたら、厨房にスペアキーがあるって。それを使って中二階に行ってみたら、沢木さんと岡野さんがいた。二人とも亡くなっていた。……彼らにも話したよ」

　菅野と桜子、岡野事務所の二人もすべてを知らされたのか……。皆沈んだ表情で言葉もない。桜子は泣いたあとなのか、ハンカチを握りしめている。

「あぁ、警察に説明するのがやっかいだなぁ……。川津君、君に頼むよ。僕、頭打ったから変なこと言うかもしれないし」

　そうでなくても、たぶん自分の役目だろうと川津は心得ていた。


　県警から来た刑事は首藤《しゅとう》と名のった。ユキエさんと同じ苗字だ。歳は五十代なかばのベテラン刑事と見えた。小柄だがずんぐりと胸が厚く、いかにも体育会系、耳の形から柔道かラグビーの経験者とわかる。

「失踪者が監禁されちょる可能性があるっちゅうことやな。すぐに案内しちょくれ」

　川津は「失踪でも監禁でもないのだが……」と、これからの説明が思いやられる。

滝田の部屋の階段室エレベーターは、ロックが解除されていた。乗り場ボタンを押してドアが開くと、そこには螺旋階段。壁の内側にはゲストルームと同じ上下に並んだ二つの行き先階ボタンと鍵穴があった。川津がここを駆け上がったときは、螺旋階段の存在自体が衝撃的で、白い壁の中に平滑に埋め込まれた白いボタンには、まったく気がつかなかった。

「この階段室は、全体がエレベーターのカゴになっています」

首藤刑事は「どういうことですか」と眉を寄せた。

エレベーターの操作は八頭から聞いていた。川津はまず「下へ」のボタンを押した。しばらくしてドアが開いた。コンクリートで囲まれた薄暗い設備用のピットだ。

「今、一階から半地下へ下りました。つまりこの階段室ごと動くわけです」

首藤は口を半開きにして首を上下に動かしている。川津は「上へ」のボタンを押し、階段室エレベーターは一階に戻った。中二階へ行く操作はゲストルームのほうと同じと聞いた。

「上下のボタンを同時に押して、それから鍵を回します」

螺旋階段は音もなく移動し、一番下の床面が中二階に到達してドアが開いた。そこは思ったとおりの前室だった。

「ここです。ここは二階の床下にある中二階なんです」

川津がグレモン錠のドアを開けようとしたが、「あっ、待って」と止められ、白手袋をした首藤が代わった。

ペンライトで照らされた室内は、ゲストルームの中二階とほぼ同じと見える、鉄板の部屋。錆の臭いがする。

覚悟はしていたが、手前に頭から血を流した岡野の遺体があり、その奥に眠ったような涼子の遺体が見えた。

「涼子さんだ……」

川津は思わず近づこうとするが、「だめじゃ」と止められた。

首藤は職業柄遺体発見には慣れているはずだが「なんなんかこらぁ、なんなんかこらぁ……」とため息まじりに繰り返す。遺体にではなく、この階段室エレベーターに対しての驚きと、理解できない戸惑いだ。

二人で一階に下り、それからは首藤が部下たちにてきぱきと指示を出していた。鑑識課と思われる警察官も階段室エレベーターにあわただしく出入りしている。

事情聴取は、岡野事務所と八川事務所と別々に行われることになった。

松岡と遠藤は、岡野事務所の亡くなった二人ともっとも近い間柄だったわけだから、当然彼らからの聴取が最重要なのだろう。事務所内の複雑な人間関係なども問われるのだろうか、「別室で」と、二人の刑事とともに客室棟の方へ行った。ユキエさんも個別に事情を聴かれるとのことだ。

八川事務所のメンバーは、ダイニングのテーブルで事情聴取されることになった。

「ほんなら、最初から話しちょくれ」

まるで容疑者の取り調べのようなセリフだな、と川津は思ったが、確かに順を追って話さなければ、事態はとうてい理解できないだろう。

「その前にもう一つのエレベーターを見てください。そうでないと説明できませんので」

川津は首藤をゲストルームのエレベーターに乗せた。地下のワインセラーを見せ、次に中二階へ行き、前室がそっくりであることと、室内で黒猫が窒息死している状況を見せた。そして
「こちらは斜め上下に動く斜行エレベーターなんです」と説明すると、

「こん家は、いったいどげえなっちょるんか！」

首藤は怒りを抑えているのか、吐き捨てるように言った。一階に戻るとまた部下に指示を出した。「わけわからん」という恨み声が聞こえた。

川津が時系列に説明しながら、時々八頭に確認と補足を求める。首藤が質問をはさみ、隣に座った若い刑事がメモを取る。

時間経過の説明には、菅野の例のアリバイメモが十分に役立った。所々で「サルはいませんでした」などといらぬ説明を加えるので不審がられていたが、しっかり記録はされているようで、菅野はそれなりに満足そうだった。

滝田親子と川津たちの関係と、ここに来た事情から説明する。

千尋が偶然行きついたゲストルームの中二階に黒猫を隠し、それを捜している間に、おそら

く地震時の自動着床で岡野と涼子が中二階を見つけたであろうこと。そこに涼子が残され窒息した可能性があること。その涼子を滝田が自室のほうの中二階に移動させたであろうこと。それには『ドロワーチェア』が使われたであろうこと。

川津たちの説明には、どうしても推測が加わる。「これは推測ですが」と前置きするが、首藤は「どうぞ」と、むしろありがたい、という対応だった。推測された行動を、指紋なり毛髪なりで検証するのは彼らの仕事だ。

何よりも、この「わけわからん」建物に関しては、建築の専門家である川津たちから推測も含めた説明を聞くことが、今この時点では最善だと判断したのだろう。

首藤は時々部下からの報告を受けていた。中二階の密閉度の高い構造と遺体の状況から、やはり涼子は窒息死の可能性が高い、と聞かされた。

問題は岡野の死についてだ。そこからは八頭が説明を代わった。

「岡野さんは、二階の滝田さんの部屋から出て階段室に入ろうとしたときに、たまたま階段室エレベーターが半階下りていたので足を踏みはずしたのでしょう」

首藤はうなずく。

「おおかたほぼまっすぐ落ちち、足が床にちいたとたん、くの字になっち後頭部を壁に打つつけたごとあるな」

遺体の状況とともに、壁にそのようなへこみがあったのかもしれない。

「そんとき滝田さんがどこにおっちょったんか、わかるんかぃ？」

どこにいたか？——首藤は、滝田が階段室エレベーターを下げて、後ろから岡野を突き落としたと疑っているのではないか。八頭も同じように察したのか、答える代わりに自分の考えを述べた。

「滝田さんが突き落としたのではないですね。あの階段室エレベーターを半階下げるには、自分が先に出てエレベーターの中で操作をしなければなりません。ですから、エレベーターを下げておいて後ろから突き落とすことはできません。たぶん岡野さんが単に足を踏みはずした事故でしょう」

「なるほど」

首藤はうなずいたが、言葉どおり納得しているようには見えない。やはり滝田は疑われているようだ。

捜査員が続々と到着している。建物の不可思議な構造からも、かなり面倒な事件として認識されているのだろう。部下が首藤に何事かを耳打ちした。

「またあとで話を聞くけえ、ちょっとあっちで待っちょっちくれんかなぁ」

川津たちはラウンジのほうへ移動するようにうながされた。おそらく滝田の部屋の中二階から二人の遺体が搬送されるのだ。それを見せないためだろう。

「岡野さんの転落、あの説明で納得したかな」

ラウンジのソファーに座り、川津は八頭に尋ねた。

「どうだかね。警察はこう考えるかもしれない」

八頭は淡々と続けた。

「いずれにしても滝田さんが先に出て、階段室エレベーターを半階下ろした。滝田さんはなんらかの方法で……電話とかインターホンね、外から岡野さんを呼びだす。彼が大あわてでドアから出たら床がなかった。滝田さんは階段を上がって、倒れた岡野さんを横に引きずって中二階に入れた。転落して死亡したのか、意識不明でその後あそこで窒息したのかは解剖でわかるだろう」

滝田に岡野への殺意があったのか。すると工房の爆発も事故ではなく、殺人を犯した自責の念による自殺なのか。

川津はそう考えてみたが、一点だけ、自殺なら防護服を着ていたのが不自然に思えた。溶接作業に没頭する中で、急に思いたったのだろうか。

「いろいろありましたけど、ここで起きた事件は、これですべて解決ですね。滝田邸の謎を解き明かしたお手柄で、うちの事務所、警察から表彰されるんじゃないですかぁ」

菅野が何かを吹っ切るように言った。

3

「本当に、すべて解決なのか……」

川津はずっと持ち続けていた疑問を切り出した。

「俺、警察の人に建物の説明をしながら、あらためて思ったんだが……あんなエレベーター、あんな中二階、いったいなんなんだ、あれは。つまり、建築としてまったく必然性がないと思わないか。どうにも引っ掛かるんだ。滝田さんは、なぜあんなにも凝った二階をつくったのか、ということが」

「そう言われればそうですよね」桜子がぽつりと言う。

「床下にあんな危ない中二階をつくった理由ってなんだろう。あそこは、やっぱり何かの隠し場所？　金庫室か何かだったんでしょうか」

桜子は答えを求めるように八頭を見た。八頭は意味ありげに首をかしげると、立ち上がって窓際に行き外を見る。代わって菅野が答えた。

「いや、金庫室とか実験室とかそういう部屋とは違うと思うな。なんたって窒息するような気密の部屋だもんなぁ……。危なっかしすぎますよね、『本物の密室』なんて」

菅野は反応を期待したようだが、八頭は背を向けたまま動かない。

「ミステリーでは密室ものは定番なんですけど、それは窓やドアに内側から鍵がかかっていたとか、どこにも足跡がないとかで、さすがに窒息するような密室は、めったにでてきませんよ。子ども向けなら別でしょうけど」

推理小説の世界は知らないが、普通の建物なら窒息するような密室はまずありえない。人が生活する居室には開く窓がなければ換気扇をつけるし、そうでなくても、普通の建物は空気の出入りとしてみれば、建具なんか隙間だらけだ。

川津は現実的な疑問点が次々と気になってくる。

「あの二階からの景色は、それは素晴らしい。だから、あそこにプライベートな寝室やゲストルームをつくろうと思ったのはわかる気はしたよ。だけど寝室としては客室棟ができあがっていたわけだろ。あそこだって十分に景色は楽しめる。二階からならそれ以上に景色がいい、その理由だけで、あんな異様なものを大がかりにつくるかぁ？　で、そこに行くのは斜行エレベーターと階段室エレベーター、それがタワークレーンに内蔵される、ときている。自分が住むだけの家だろ。それに莫大な費用をかけて」

川津の疑問に菅野が応える。

「確かにそうですよね。まあ本格ミステリーの世界では、不可解な建築はよくあるんですけどね」

「どんな？」桜子がたいして興味はなさそうに尋ねる。

「たとえば、最初から家を傾けて建ててあったりとか、家の中が全部迷路になっていたりとか、丸い建物が廊下部分で回転したりとか……。『館もの』といって、けっこう人気あるんですよ。でも現実にそれがあるかと言われれば……そうですねぇ……」

「館もの」とよばれる推理小説は、川津も少しは読んだことがあった。だが、あまりにもありえない建物ばかりで正直まったく興味が持てなかった。

菅野が挙げた極端な例でなくても、高層の建物で階段が一つしかなかったり、避難階段に鍵がかけられていたり、一階まで直通していなかったり。停電すれば、自動ドアや電動シャッターは誰も開けられない壁となる。建築基準法や消防法、ＰＬ法がない世界なのだろう。違法建築だらけで読んでいて興ざめしてしまう。

特に建物の図面がついた小説では、壁の厚さからドアの開き方向、ベッドの大きさまで気になってしまう。階段の段数はほとんどがいい加減だし、トイレやキッチンがない家もあった。そのうえ建物に関する物理トリックと言われるものは、そのほとんどが建物の構造や強度、重量などを考慮していない。物理的に不可能なものばかりだ。当然それは「ありえない」のだから謎が明かされて「なるほど」ではない。ばかばかしく思えてまったく楽しめないのだ。

「菅野君、だったらそういう小説では、そんな変な建物をなぜつくった、ということになっとうと？　なんか理由があるっちゃろ？　当然工事費もメチャ高いやろうし」

「あのねぇ……そういうこと考えたらいけないの、特に費用。だいたい僕が知ってる『館もの』では、最初からなぜつくったか、そんなことは問われない、と言うか理由がないことのほうが多いよ。物語を楽しむための設定なんだからさ」

「で、現実でもそういうことがあるって言うと？」

「うーん、でもさ、滝田さんは施主であり設計者でもあるわけだから、言ってみればなんでも自由につくれるわけでしょ。……あっ、わかったよ。本格ミステリーでは、まあまあよくあるケースだな、今回は。どんなのか聞きたい？」

「あなたがそういう言い方するときって、たいがいたいしたことないっちゃんね」

菅野はむっとして続ける。

「本格ミステリーでよくあるケースは、施主が天才建築家に任せたら、勝手に施主も驚くような奇妙な家を設計してしまった。建築家の自己表現だった、というケースかな」

それは聞き捨てならない。とっさに反論してしまう。

「そんな小説があるから、設計事務所の設計って、そういう見方をされるときがあるんだよな。カッコはいいけど使い勝手が悪いとか……」

「ああ、だったら建築家が勝手にやったんじゃなくて、施主がものすごい変わり者で、これまた変わり者の建築家に、金はいくらでも出すから君の好きなように設計してくれ、って、ものすごーく理解があるケース」

「おい、それが一番大変なんだぞ」

川津は一瞬例の豪邸を思い出し、憂鬱な思いが頭をかすめた。

「変わり者の建築家ねえ……」

窓際で黙って聞いていた八頭が――呼ばれたと思ったのか？――振り返った。

満面の笑みを浮かべている。会心のアイデアを披露するときの表情だ。

「今の話、川津君の疑問。滝田さんはなぜあんなにも不可思議な二階をつくったのか。僕も滝田さんの工房に向かいながら、そのことを考えていたんだ。ちょうどあの石橋のところまで来て、そこでわかった」

「まさか、あんなところで眼鏡をはずして考えていたんじゃないでしょうね」

桜子が目を見開いて驚きの声を上げた。

「それは無意識だから……」

「ええー、八頭先生。もしかしたらあの爆発のとき、あの沢に避難したんじゃなくて、足滑らせて落ち込んだんじゃないんですかー」

「あのとき地震があったでしょ」

「いえ、ありません」桜子は、ぴしゃりと即答。

「沢に落ちて工房を見上げたら、爆発のけはいを感じたんで動かなかった。というか、少し頭を打ったので休んでおこうか、と思ったら急に眠くなった」

「それって、気を失ったんですよー、うわー、危機一髪じゃないですかー。あの沢の手前にいたか通り過ぎていたら、死んでましたよー。うわー」

桜子は両手を頭に載せた。

「で、で、でも、わかったんですか」

「うん、わかったんだよ。滝田さんがなぜこれをつくったか」

4

「その理由……」八頭は何かを思いついたように、かすかに微笑んだ。

「そうだ、問題はホワイ・ビルティットだ」

八頭は菅野に向かって言った。

「はぁ？　ホワイ・ビルト・イット。なぜそれを建てたのか、なんですね」

「加えて重要なのは、ホエンとホエア・ビルティット。これがホワイを解く鍵だ」

「えー、ホエンとホエア？　フーとハウじゃなくてですか」

「なんなの、その話。二人だけにしか通じないですよね」

桜子に言われ、川津もうなずく。

「つまり、八頭さんが言ってるのは、あとのは僕もちょっとわからないんだけど……。まぁ、ミステリーの分類と言ったらいいのかな、大きく三つに分けられるわけです。まず誰が犯人か、というのがフー・ダニット」

「過去完了の疑問形だったら、フー・ハドゥ・ダニットやないと？」

「ええっ、そうなの。さすが文学部だなあ……でも、なぜかこれでいいんです。話の腰を折らないように。次にハウ・ダニット。つまり、どうやってやったのか。密室の謎とかアリバイ崩しとか、そこに驚愕のトリックがあるわけです」

「たとえば？」

「……話の腰を折らないように。とにかく最後がホワイ・ダニット。なぜやったのか、つまり犯行動機。社会派ミステリーではそれが問題となることが多いのです」

なぜか、ですます調。菅野先生の推理小説講座のつもりか。八頭は目をつむってうなずいている。

「で、今回のケースで言えば、フーは最初から滝田さんとわかっているし、ハウは隠された中二階には特別なエレベーター操作で行けて、そこが窒息するほどに密閉された部屋だとわかりました。そこで、ホワイ・ビルティット。滝田さんはなぜ、それを建てたのか、それがさっきから問題になっているわけですよ」

「あと、八頭先生がなんかほかに言いよったんは？」

「ほかは普通問題にならないんだけどなぁ……。だってホエン、いつ建てたか、なら、滝田さんは、何年か前に放置された工事中の建物を買って今回一応の完成、って言ってたから、ナウ・ビルティット？　最近、ってことでしょ。ホエア、どこに建てたのか、っていうのは、どう見たってここですよね、現場。大分県臼杵市諸口《もろぐち》町……だっけ？」

八頭がふっと目を開けた。

「ではホエアのヒントをあげよう。それは黒猫のアナグラムだ」

「く、ろ、ね、こ……ですかぁ」菅野が首をかしげながら復唱する。

「さて問題」八頭が人差し指を立てた。

「ホワイ・ビルティット、加えてホエンとホエア・ビルティット。しかし一番の謎は、それらの根源にある疑問だ」

八頭が回答者を求めるように皆を見回す。

「……もしかしてホワット？」桜子が探るように訊く。

「そのとおり！」

八頭は軽く腕を振りかぶってゆっくりと菅野を指さす。そして言った。

「ホワイ・ビルティット、アエーンド、ホワッティズ・イット！」

ホワイとホワット？　それにしてもわざとらしい「アンド」のネイティブ発音だ。

「八頭さーん、な、なんですか、その『読者への挑戦』みたいな言い方ぁ。……でも八頭さん、やっぱりそうとう読んでますよね、ミステリー。もしかして黒猫っていうのも何か含みがあるんですかぁ、ポーだとか」

「また何よ。読者への挑戦とか、ポーとか、ミステリーの業界用語やろ？」桜子が口をとがらす。

川津は、ふと思った。

そうか、もしかしたら八頭の柔軟な発想には、推理小説に出てくる荒唐無稽な建物も意外と参照に値するのかもしれない。

家を傾けて建てる、家の中を迷路のようにつくる、丸い建物が回転する……そうだ、八頭なら考えそうだ。自分にとっては、まったくばかばかしく思えていたものが、八頭にとっては発想のヒントになる……。

やっぱり俺と八頭とでは頭の柔軟性がまるで違う……。川津はまたしても気が滅入る思いがした。

その後も、菅野による推理小説講座が続いた。途中説明が面倒になったのか、桜子に携帯画面を見せている。たぶん何かの検索結果だろう。

しばらく「八頭先生、教えてくださいよう」が続いていたとき、ダイニングのドアが開いた。

「ちょっといいかなぁ」

首藤刑事が川津たちに向かって軽く手を挙げた。

「のうなった滝田直行さんの服から文書が出ちきたで」

白手袋をした手には、ポリ袋を持っている。

「娘さんに宛てた遺書のごとあるけど、わしゃあこれを皆さんに見せてん捜査上の支障にはならんと思う。ちゅうのも、ちょこっと読んだところ、ほとんどがこん建物ん説明んようなんよ。それがやっぱり、わしたちにはさっぱりわからんけん、できたら説明してくれんかなぁ」

テーブルの上に並べられた滝田の手記は、四つに折られた跡があった。防護服に入れて持ち出さなかったら、燃えていたかもしれない。

小さな文字でＡ４の用紙三枚に印刷されていた。タイトルは『この「家」について』。家の字のかぎかっこは、手書きで足されていた。

第五章

設計主旨

1

『二十一年前、阪神・淡路大震災で私は息子誠司を亡くした。

あまりにも変わり果てた息子の姿を見たとき、私は自分でも抑えきれない猛烈な怒りが込みあげてきた。地震は自然現象だから防ぐことはできない。私の怒りは、あれほどまでにあっけなく倒壊した住宅建築に向かった。あんな危険な住宅をそのままにしていたら、悲劇は再び繰り返される。いてもたってもいられぬ思いだった。

それから私は、数百年に一度と言われる阪神クラスの地震に対しても、絶対に倒壊しない安全な住宅をつくることを目標に、研究開発に明け暮れた。

約十年間にわたり試行錯誤を繰り返した。新築住宅用の免震装置から始め、既存住宅のリフォームでも使える制震ブレースの製品化で、私は開発を終えた。息子が被災したような、古い木造住宅の耐震改修用の製品を世に送り出したことで、ようやく誠司の供養ができたと思えたからだ。

五年前、あの大震災からは十六年が経ち、やっと心の平安を取り戻したかにみえたある日、私は言葉にはできないほどの衝撃を受けた。

二〇一一年三月十一日、東日本大震災。巨大津波の脅威だ。

始まりは、浮きやロープなどの漁具が寄せ集められたように道路上を這いあがっていく画面だった。やがて小舟や車、木造住宅がゆらりと持ち上がり、次々と流されていく。ゆっくりとした海面の浸食は、やがて濁流となり、すべてが瓦礫で覆い尽くされた。高台に駆け上がる人々。それを追いかけるように押し寄せる津波。

漂流する住宅の屋根の上で、懸命に手を振る人がいた。少しずつ沈んでいく。そのうちに外壁のボードがふくらんで、はらりと外に開いた。

私は一瞬我が目を疑った。

剝がれた壁の中に、金属製の筋かいが取りつけられていたのだ。Z型の制震ブレース、私だけのコードネーム「SEI《せい》‐Z《じー》」だった。

画面がアップになったとき、水中に見え隠れしながらも、私には製品の微妙な違いから、出荷時期がつい最近のものであることまでわかった。それが無残にもあっけなく沈んでいった。

私の地震対策の完成形、最新型の「SEI‐Z」であっても、この人にとっては、なんの助けにもならなかった。免震も制震もまったく無力だ。津波というこれまで考えてもいなかった自然の猛威に対して、今まで私がやってきたことは、いったいなんだったのだ。猛烈な無力感に襲われた。

必死に手を振る人を見ながら、私の十数年が誠司と一緒にすべて流されていく思いがした。

涙を流したのは誠司を亡くして以来だった。

それから数日の間、私は呆然としながら、ただただテレビ画面を観続けた。

震災翌日のヘリコプターからの映像。想像を超えた壊滅的な破壊。街がまるごと消えていた。木造の建物は、コンクリートの基礎を残し、すべて跡形もなく流されていた。鉄骨造ではわずかに骨組みを残す建物もあったが、中にはまるで海藻のようにぐにゃりと屈曲しているものもあった。鉄筋コンクリート造の建物だけは、ぽつりぽつりと残っていた。コンクリートの躯体はほぼ原形をとどめている。

私はあきらめにも似た気分で漠然と考えた。つまりは、海岸の近くではコンクリートの建築しか建てられないということか――

画面に映っていたのは大都市ではない。残っているコンクリートのビルも三、四階建てがほとんどだ。

窓はすべて割れている。すべて――

ふと気がついて、愕然とした。

ビルの屋上に泥水がかぶった跡がある。それは一度屋上まで水没したことを示している。津波は、その地域では浸水深で十五メートルを超えたという。五階建ての高さだ。この建物は流されずに残っても、ここにいて助かった人はいないのだ。

現に三階建ての建物で、高台ではなく屋上に避難した結果全員が流され、多くの人が犠牲となった事例を後日知った。

結局は鉄筋コンクリート造も無力だった。問題は津波の高さだからだ。

五階建てでだめならば、六階建てならば安全なのか、誰も保証できない。仮に安全だとしても、六階建ての最上階しか使わない、五階分も持ち上げた高床式住居をつくれと言うのか。ありえない――

テレビは衝撃的な映像を何度も繰り返す。阪神の震災では、それは横倒しになった高速道路であった。ひしゃげた銀行にぶら下がる縦型ブラインド、神戸の大火災、畑にくっきりと表れた活断層、何もかもが脳裏に焼きついている。

東北の津波被害でも、繰り返し流されるいくつかの映像があった。

海上に流されながら炎上する家屋、崩壊した防潮堤。鉄筋コンクリート造の交番が、杭まで引き抜かれて横倒しになっていたことには心底驚愕した。

緑の松原に残った奇跡の一本松。病院の屋上や学校のグラウンドに書かれたＳＯＳの文字。鉄骨の骨組みだけになった防災対策庁舎では、女性職員が最期まで防災無線で町民に避難を呼びかけ続けて犠牲になった。

遊覧船が二階建ての民宿の屋上に乗りあげていた。

瞬間、飛行機かヘリコプターが緊急着陸したかのように見えた。だが違う。それは船なのだ。

建物に載った船——

シュルレアリスムの絵画のような、ありえない構図だった。人知を超えた津波のエネルギーがつくり出した悲惨な「かたち」。私は呆然と見続けていた。

——そのとき、

一瞬のうちに私はその「かたち」に希望の光を見いだした。

光の輝きの中に、この建築のイメージが鮮明に浮かびあがった。

船があの高さまで持ちあげられて移動する。どこからか流され、漂い、水が引いたとき、舞いおりるように「安全に着陸」した。

流されて載ったもの、載ったものなら流される。

——離れる。——逃げられる。

これだ。あの建築をつくるのだ。屋上に「船」を載せた家。

最上階が浮力で切り離されて、船となって浮かぶ建築をつくるのだ。

津波に耐える建築をつくっても無意味だ。津波より高い建築にする必要もない。自然に逆らわないでよいのだ。

建築は壊れないことが重要なのではない。命を守ることこそがその使命なのだ。

流されていく木造住宅を見たとき、最初にいだいた悲惨な思いとは逆だ。むしろ流されていい。安全に流される住宅をつくればよいのだ。

耐震構造で耐え、免震構造で免れ、制震構造で制御しても、津波には無力だ。逃げるのだ。大地から離れてしまう、いわば「離震構造」。

建物の基本構想はすぐにできあがった。

上部構造は鉄板でつくった船体構造とする。津波来襲時の強力な水圧は頑丈な下部構造で受ける。それに耐えれば、ある高さから上では海面が下から徐々にせり上がってくるはずだ。上昇した海面が、コンクリートの下部構造の高さを超えたとき、船体構造部は浮力で切り離されて水面に浮かぶ。それは理論的にはどんな巨大津波にも対処できるはずだ。

問題は、むしろ津波の水圧を受ける下部構造だった。

津波荷重としてどのくらいの横力を想定したらよいのか、建物が滑ったり転倒したりしないための基礎構造はどうするのか。難題が山積みだった。

そんなとき、たまたま工事中のまま放置された建物を見つけた。そこには土木構造物のような分厚い門型のコンクリートがあった。それを見ているうちに、これだ、とひらめいた。

下部構造は、海に向かった門型の構造体でよいのだ。その前後をガラスや金属板といった軽量の材料でふさぎ、津波の水圧は前後に受け流してしまう。構造体がトンネルのように残れば、内部は全壊してもよい。建物が耐える必要はないのだ。命を守ることだけでいい。「船台」になるだけでいい。

こうして設計コンセプトは固まったが、実現までにはさらに困難を極めた。現行の建築基準法の想定にはない建築だからだ。

私は放置されていたその建物を買い取り、これを増改築するというかたちで、なんとか法的な問題をクリアした。法規上の建築物と工作物とのグレーゾーンを綱渡りでしのいだ、と言うべきか。

昨年ようやく住宅として使える部分がほぼ完成したので、移り住んで工事を続けた。まさに実験住宅だ。設計しながら工事し、改良を繰り返すことになった。

住宅の津波対策という新たな課題は、おおげさかもしれないが、神から与えられた私の使命と思えた。この建築は、その課題への解答だ。ただし未だ完成はしていない。現段階は試作品であり、まだまだ考案、改良を重ねるつもりだ。生きているかぎり――

だが残された時間は限られている。主治医によれば、胃癌はステージⅣ、すでにリンパ節に転移している。余命は半年から一年。それをどこまで延ばせるかだ。

完成まではおそらく間に合わない。私の考えたこの離震構造建築に、どなたかが可能性を見いだし、実現化に向けて研究開発を引き継いでもらえることを期待し、これを記す。

千尋へ、

この家が未完であるにもかかわらず、お友だちをお誘いしてしまったことを、心から悔やみます。大変痛ましい事故を起こしてしまったことは、すべて父の責任です。お詫びのしようもありません。本当に申し訳ございません。

最後に、話ができて本当によかった。どうかお母さんを大切にしてください。

二〇一六年　一月十七日、誠司の命日に

滝田直行』

2

川津は、はーぁ、と声にはならない息を漏らした。

目を閉じると、ここへ到着する前に遠景として見た滝田邸の姿が浮かんだ。コンクリートの上に載った鉄板でできた直方体。それは津波で乗りあげた「船」だったのだ。

示された文書は、この建物についての「設計主旨」と言えるものだ。千尋に宛てた最後の数行は、ブルーブラックのインクペンで手書きされていた。今日足されたものだ。覚悟を決めていたのか、文字に乱れはなかった。

八川事務所の全員が読み終えたところで、八頭が言った。

「これがまさに、さっきのホワイとホワットの答えだよ。ホワイは津波対策として、ホワット

いる。建物を
は船だ」

　桜子が「すごい……」とつぶやいた。菅野は小刻みに何度もうなずいている。

　八頭は首藤刑事の方に向きなおった。

「つまり滝田さんは、津波が来たときに避難できる船としてあの二階をつくった、と書いているわけです」

「ちょっと待っちくれんかなぁ。そりゃ……動く本物の船っちゅうことなん？」

「そう考えてもらったほうが、わかりやすいと思いますね。つまり造船……」

　八頭は菅野を見てかすかに微笑んだ。

「英語で言えば、シップ・ビルディング。菅野君、ホワイ・ビルティットのビルドは、建物を『建てる』だけに限らない」

　川津は、何か言いたそうな菅野を制して八頭に訊いた。

「あの二階……上はソーラーパネルで停電しても大丈夫だって滝田さんは言ってたな。あそこが切り離されたあとは、それが電源になるんだ」

「いや、停電じゃなくて『電気が切れても大丈夫』と言ってた。ちょっと引っ掛かる言い方だった」

「それに、あの二階の平面プランも、船の構造にならっているんじゃないかな」

「水回りを前後左右の中心にもってきて両端を部屋としていた。当然水に浮かんだときのバランスを考えているからだと思うよ」

「俺はあの鉄板が錆びたような色をしていながら、妙にテカテカしてるのが気になってたんだ。あれは船舶用塗装だな。飛び出した筒の底が傾斜していたのも船底としてみれば当然か」

「構造的な合理性と雨水処理、それがデザインにもなっているんだからうまいよね。キャンティレバーとして二階が一階よりせり出しているのも、意匠的な迫力も狙いながら、浮力を受けるという点では合理的。すべて納得の設計だよ」

八頭との会話は、ときとして早口の掛け合いになる。首藤が理解に苦しむのはわかるが、今は八頭との議論にのめり込んでしまう。

首藤は露骨に嫌な顔をした。

「ちょ、ちょっと、もうちょっとわかるように、はなから説明しちくれんかなぁ。津波が来たら船んごと動く建物なんち、本当にできるんかぃ?」

「船のように動くのではありません。二階を切り離して船のように浮かせる、ということです」

八頭は菅野の手帳を借りて、そこに簡単な図を描いてみせた。

「いいですか、一階のコンクリート側に、こんなふうに上に飛び出した出っ張り（凸）をつくっておきます。まあ一般的には船底の四隅かな。二階の鉄板の底には、下にへこみのある部分（凹）をつくって、上からふたをするように落とし込んでいるわけですよ。そこがエキスパンション・ジョイント……えーと、伸縮装置みたいなものですね。地震の揺れを吸収するようにクッションをはさんで緩く固定しておくわけです。

そこに津波が来て海面がせり上がってきたら、下からの浮力によって船底がだんだんと持ちあげられる。そして出っ張りの高さを超えれば、自然と切り離されるというわけです。わかります？」

首藤は腕組みをして小さくうなずいた。一定の理解はできたようだ。さらに八頭に問う。

「二階が船んごとできちょるちゅうことは、窒息死の現場、あん中二階も船ん中なんかなぁ？」

「そうです。僕たちは便宜上、中二階とか二階の床下とかよんでいましたが、言ってみれば、あそこは船倉《せんそう》です。あの部分があるから安定して船が浮かぶんです」

「せんそう？」

「船のデッキの下、主に貨物室として使われる場所です。水面下に沈んで水圧を受けるから、壁も床もたぶん鉄板が二重になっていたし、あそこが狭かったのは、補強のために細かく区切られているからです。船の構造そのままですよ。船だからこそ、住宅建築ではとてもありえない気密性を実現しているんです」

「ですから、労働安全衛生法施行令、別表第六で、船倉は井戸などとともに『酸素欠乏危険場所』に指定されています」

有能な秘書のように口をはさんだ菅野だが、もちろん「せんそう」がわからず、検索した結果だ。

「船ん床下じゃあきぃ、密閉されちょって窒息したちゅうんかぃ？」

首藤は船の仕組みよりも、事件の仕組みの解明を急ぐ。

「……そうです。残念ながら」八頭は深く息を吐いた。

首藤は、ふと思いついたように言った。

「そやけどこらぁ違法建築じゃねえんかぃ。なんとか法的な問題をクリアした、ち書いちょるけど、こん『法規上の建築物と工作物とのグレーゾーンを綱渡りでしのいだ』ちゅうのはどげいうことなんかなぁ？」

視点を変えた質問だ。警察は司法警察でもあるから違法かどうかということは、捜査上重要なポイントなのだろう。

「まあ、あの二階は船なんだから、建築物でなくて屋上看板みたいな工作物ですよ」八頭はさらりと言う。

「いや、工作物だとは言えないな、人が住めるんだから。建築物なら階段がないのはアウトだ」

川津が現実の法的判断を口にすると、首藤は「詳しゅう教えちくれんかな」と突っ込んで訊いてきた。

八頭は少し考えると「ちょっと確認しに行っていいですか」と許可を得て、小走りでリビングに向かい、すぐに戻ってきた。

「わかりました。なるほどグレーゾーンではあるけどね」

うんうんとうなずき、納得した、と言いたげだ。

「あのね、まず滝田さんの部屋のほう。あっちは螺旋階段で行けるから問題ないよね。建築基準法には階段が動いてはいけないとは書いてないし」

「それは法の想定外だからだろう」川津には屁理屈に聞こえる。

「基準法上は、非常時は普通のエレベーターは使えない前提だから、あれは階段がメインなんだよ。滝田さんは健康のために階段を使っているって言ってたけど、あれほど健康を気にしてた人だから本当だと思うよ。まあふだんは階段を使って、体が悪くなったらエレベーターとして使おうと考えたのかもしれないね」

八頭は納得しているようだが、少なくとも現行法ではアウトだ。川津はあえて言及しないが。

「今の八頭先生の説明で、滝田さんのほうの階段室エレベーターはいいとしても、ゲストルームのほうは完全に違法ですよね、階段そのものがないんだから。それこそ停電のときどうするんだろう。津波が来てもエレベーターが止まっていたら、上がっていけないじゃないですか」

桜子はおおげさに身を縮めた。自分たちは階段のない部屋に泊まっていたんだ、とあらためて怖くなったのだろう。

「地下のワインカーヴだってそうですよ。エレベーターでしか行けなかったら、停電したら閉じ込められてしまいますよ。あれも基準法違反ですよね」

菅野が検察側の証人のように違法性を主張する。

「やっぱぁ違法建築ちゅうことで間違いねえなぁ」

首藤が確信したかのように八頭に念を押した。

「ゲストルームのほうの階段。それは僕も疑問だった。でもね、話しながら考えていたら、もしかしたらこういう仕組みかな、っていう絵が見えた。さっきそれを確認してきたんだ」

「えっ、八頭さん、それでわかったんですか」

「菅野君、考えてごらん。そもそも、あのエレベーターがなぜ斜行しているのか。部分的斜め屋敷の謎だ」

八頭の謎かけがまた始まった。首藤はあからさまに不機嫌な顔をしているが、捜査協力を依頼した手前か黙って聞いている。

「それはたぶん、滝田さんがここを買ったときには地中の配管ができあがっていて、トイレや厨房の位置が動かせなかったからじゃないでしょうか」

菅野の答えはなかなか現実的だ。だが、川津はさらに現実的に考えて反論する。

「だがそれだったら厨房を避けた位置で、エレベーターは地下から一階、二階とまっすぐ揚げるほうが合理的だ。わざわざ斜行させる理由にはならないだろう」

「うーん、……あ、わかった、僕らがバーベキューをやったあの屋上を広くするためでしょ。まっすぐ上げるよりも二階のゲストルームを端に寄せたら、真ん中のスペースが広くなるから」

川津は再度否定的見解を述べる。

「いや、それも違うな。滝田さんが、屋上をパーティースペースとしてそんなに重視していたとは思えない。海側に手摺りもなかったくらいだから、たぶん屋上はメンテナンス程度しか使うことは考えていなかったと思う」

八頭がちょっと肩をすくめて言った。

「では正解を発表しよう。あっちもまた階段だった」

「えーっ、あっちは完璧なエレベーターだったじゃないですかぁ、斜行はしてたけどエレベーターのカゴだったですよ」

桜子が驚いて目を見開く。言いたいことは川津も同じ。菅野も大きくうなずいている。

「そう、だからその斜行というのがポイントさ」

八頭は「いい？　頭の中で絵を描いてみてごらん」と前置きをして続けた。

「あのエレベーターの斜めに上がる方向の壁は、開閉できる扉になっていて、床も開けられるようになっていた。つまりエレベーターシャフトの中に出られるようになっていたんだ」

「ちょっと待て。そんな扉あったか。おまえたち救出口がないか、トランクつきじゃないか、って、見に行ったじゃないか。あのときそんな扉、なかったって言ってたぞ」

川津が言うと、菅野と桜子が顔を見合わせた。

「ええ、そんな扉は……あ、そうか、僕ら天井は見たけど床は見なかったし、トランクつきかどうかを見に行ったんで、正面の壁しか見てなかった。トランクつきはまっすぐ奥の壁にしかないですもん。それにあのときは、まだ斜行エレベーターとわかってなかったから、横の壁に何かあるなんて考えもしなかった」

八頭が種明かしを楽しむように微笑む。

「向かって左側の壁、そっちが開く。外に出たら傾いた昇降路の下側、つまり床面だね。それが段々になっていた。わかる？　つまり階段になっていたんだ」

川津は頭の中に「エレベーター昇降路断面詳細図」を思い浮かべる。「そうか、斜行なら……」

「そういうこと。傾いたシャフトの床を階段にしたら、停電のときにはその中を歩ける」

八頭は、ふと思いついたように首藤に向かって言った。

「ほら、駅の階段とかで、身障者用に椅子を載せた斜行リフトがありますよね。イメージとしてはあんな感じですよ。床面が階段になっている上をエレベーターがレールに乗って動くやつ」

首藤は小さくうなずいた。心なしか表情がひきつっている。

「すごい……滝田さん、よくそんなことを考えつきましたよね」

菅野も「断面詳細図」は見えたようだ。

「思いついたきっかけは、たぶん滝田さんこだわりのワインカーヴだと思うね。地下まで通常の階段を下ろしたくなかったんじゃないかな」

川津は、なるほど、と腕を組んだ。

「そうだな。特にコンクリートの上部構造ができあがったあとから掘るんだから、地下の岩盤掘削は最小限にしたかったはずだよ」

「そう、斜行エレベーターにした理由、正解は非常時にはシャフトの中を歩けるようにするためだ。つまり、こちらもまた別な形で、エレベーターと階段が一体になっていた。片方はエレベーターのカゴの中に階段があった。もう片方はカゴの外が階段になっていた。そのほうが合理的だと滝田さんは考えた。建築的な常識にはとらわれない自由な発想だ。まったくよく考えたもんだよ」

十時半になった。

ずっと腕組みをして聞いていた首藤は、部下が何事かを報告に来たのをきっかけに「また明日詳しゅう聞かせちょくれ」と立ち上がった。たぶん現場検証をする中で、一つ一つ見せて説明しないとこの建物の全貌は理解することはできないだろう。

部下と話す首藤の声が聞こえた。

「なにぇ、猟銃免許？　あん人は何か隠しちょる気がする。もうちょっと聞いちみらんといけんなぁ。……なにぇ、おらんっち？　おまえ、帰っちょっちいいちゅうたんか。え？、じゃったら家に行っちけえ！」

3

菅野が「おなかすいてない？」と桜子を誘い、ユキエさんの手作りパンをダイニングへ取りに行った。「はい、これも」と、ワインと紙コップも持ってきた。

「パンとワインち言ったら『最後の晩餐《ばんさん》』みたいっち」

また黙り込んでしまった桜子に、菅野がおかしな大分弁で言った。

「菅野君、それを言うならパンと葡萄《ぶどう》酒って言ってほしい」

桜子は文学的表現？　に修正して小さく笑う。菅野がほっとした顔をした。皆、黙々とパンを食べる。

「すごいですよねー。あの震災のときの建物に載った船を見て、この建築を思いつくなんて……。でも本当に、これでようやく、ようやく、すべての謎が解けましたね」

菅野は感無量という表情で言った。ワインの火照《ほて》りでそう見えるのかもしれない。

「俺はね、今気がついたんだけど、滝田さんは、たしかあそこを一度も『二階』とはよばなかったよ。いつも『上』って言っていた。一階の延長の二階ではなくて、ポンと上に載せたもの、という感覚だったのかもな」

「あの滝田さんの文章、最後は悔しそうでしたね。まだまだ考案、改良を重ねるつもりだった……って」

　菅野の感動は続いている。何度もうんうんとうなずく。

「そうだよなあ。今まで誰も考えていなかった構造を考えるんだ。そりゃ、いろんな課題があっただろうね。滝田さんは鉄工所をやっていたから、免震や制震構造は、ある程度自分で実験できたかもしれないけど、船の構造設計だからなぁ。大学や企業の研究所と違って実験装置もないから大変だったろうよ」

「つくってたよね」

　八頭はパンをちぎってワインに浮かべ、ぽつりと言った。

「工房にあった水槽。あれで船の水槽試験をやってたんだと思う。それらしき計測機器もあったし」

「えっ、あの消火水槽か」

「浮かせることが主な目的の浮体《ふたい》の実験だから、普通の船の水槽試験のような大げさな装置はいらない。重心の確認とか傾いたときの復元力の検討に使ったんだと思う。あの水槽、ステンレスだったでしょ。海水が入っていたはずだからね」

「八頭先生、すごい。そこまで気がついていたんですか」

桜子は八頭のコップをのぞいた。「パンは沈没中ですけど……」

「正直に言うと、あとから気づいた。よくよく考えてみると、あそこは金属彫刻の工房というより、離震構造建築の実験室がメインだったんだと思う。横のアトリエが設計室だね。すべてがそのために考えられていた。エレベーターが異様に広かったのも材料を運搬するためだ。それに滝田さんはエレベーターの定員ははっきりとは覚えてなくて、積載重量を一・五トンみてる、と言った。あれは完全に建設機械の感覚だね」

「八頭、いつあそこが津波対策の船体構造だとわかった？」

「滝田さんは、最初から、お宝は上にある、って言ってたからね。あれは、二階に発明の設計図があるとかそういう意味じゃなくて、あの鉄板の二階自体に何か価値あるんだろうなぁ、とは漠然と思ったんだ。もちろんその時点では、それがなんなのかはわからなかったけど。それに……」

八頭はパンの沈んだワインを飲んで、うまそうな顔をした。菅野が注ぎたす。

「あの中二階を見つけて、そのあと岡野さんを問い詰めたとき、僕はあれっ、と思うことがあった。覚えてる？」

地震での自動着床を岡野に反論されたときだ。確かに八頭は一瞬口ごもるように黙った。

「彼は地震があったことをまったく気づいてなかった。僕が夢でも見たのか、とまで言われた。

僕はあのとき一瞬、彼は中二階に行っていないのではないか、と確信が揺らいだ。だけど、仮に彼の言うように地下にいたとしても、あの震度3の地震を気づかないはずがない。地下での揺れは地上より小さいけどそれでも気づくと思う」

川津は、はっとした。

「地震があったら、ワインの瓶がゴロゴロ動いて視覚的にも絶対にわかる！」

思わず大声になったので八頭は一瞬驚いた顔をした。川津はさすがに「夢で見た」とは言えなかった。

「そうなんだ。だけどあのときは、おかしいな、と思いながらもわからなかった。それがずっと気になって考えていた。別の頭でね」

「八つのうちの一つでですか……」と桜子。

八頭は「そう」と言って微笑んだ。

「想像すれば、こういうこと。彼が沢木さんと一緒にエレベーターで二階に移動中、地震が起きた。エレベーターは数秒で自動着床して中二階で停まったはずだ。あのときの揺れ、三十秒以上は続いたよ。そこで震度3の揺れを感じないはずはない。それなのに、彼は地震はなかったと断言した。なぜだろう、と考えているうちに僕は確信した。この建物の鉄骨造の二階は、下とつながっていないのではないか、とね。

震度3といえば、屋内にいる人のほとんどが揺れを感じる。僕らもみんな感じた。鉄骨造の二階が一階の鉄筋コンクリート造とがっちり固定されていれば、むしろ震度3以上に揺れるはずだよ。何かにつかまりたいと感じるくらいの揺れだと思う。それをまったく気づかないはずはない」

「そうか、上部があれだけ大きくせり出しているならなおさらだ」川津も同意する。

「僕は彼のあの言葉で、鉄筋コンクリートの一階と鉄骨の二階は構造的に縁が切れている、分離していると考えた。あの中二階の、床が丸く盛りあがったテーブルみたいな場所、あれがさっき刑事さんに説明した出っ張りとへっこみ部分なのはわかったよね。あの切り離し部分が免震装置にもなっている。

滝田さんに会いに工房へ向かう途中、石橋のところまで来て、立ち止まって考えていたんだ。沢の水は少なかったけど、昨日の大雨で大量の木の枝やゴミみたいなものが流れ着いていた。まさに瓦礫だよ。それをかわすように、一枚の木の葉がゆっくりと流れていった。ね、その光景。そこで気づいたんだ。

免震構造っていうのは、本来は上から載せただけ。重力で押さえつけているわけだから、下からの浮力は想定外だよね。押し上げられたらはずれてしまう。二階は鉄骨造といっても、柱梁のフレームはなかった。あれは鉄板の壁構造だ。そんな考えが、はっとつながった。二階はまさに船じゃないか、大きな床下、船倉つきの……。そしてなんのための船なのかと考えれば……、わかったんだ。滝田さんが考えたこの建物の設計主旨が。

彼がこれまで考えてきた免震構造、制震構造の発展形なんだよ、離震構造は。地震力に抵抗せずにかわす、という考え方。地面と構造的に縁を切るだけでなく、実際に切り離せるようにすること、それが津波対策になると思いついたんだ」

「八頭先生……それを眼鏡をはずして考えていたら、足を滑らせたんですかぁ」ふう、と桜子のため息。

「それで気を失っていたので、爆発から助かったんですよね」ふう、と今度は菅野のため息。

こほん、と八頭が咳払いをした。

「ところで川津君、今の東北の復興事業をどう思う？」

「八頭さん、なんなんですか、その唐突な社会派発言は？」

菅野がすかさず言う。八頭の照れ隠し、要するに話題を変えたいわけだ。

川津は、半年ほど前に建築学会の行事で被災地を再訪した。四年ぶりの東北は、各地で復興まちづくり事業が本格化していたが、いまだ道なかばと思えた。いろいろと考えさせられる話も聞いた。

「ああ、滝田さんが指摘していたように、いくら高さを上げても『絶対』はありえない。それなのに相変わらず防潮堤と土地のかさ上げで復興させようとしている。結局ハード面の整備に頼る津波対策には限界があるわけだよ。そこで高台移転で移り住むしかないかというと、これもまた問題がある。

俺の印象に残っているのは、海岸から四キロくらい離れた仮設住宅に住んでいる漁師が、海上の天気予報を調べて船を出そうとして港に着くと、風が強くて断念したことが何度もあるって言うんだよ。漁師は海のそばでしか生活できないよなぁ、って。漁師に限らずやっぱり元の場所で住むのが一番いいんだよ」

「だから滝田さんの離震構造の価値がある。逃げるが価値、だ」

八頭らしく言う。

「そうだよな。津波が来たら船で逃げようっていうんだから、それだったら海の近くでも建てられる。自然を破壊して大規模な土木工事をするより、費用面でも断然格安だ。これから人口が減っていくなかで、何百年に一度の津波対策としてはずっと有効だと思うな」

「滝田さんの遺志を継いで、なんとか離震構造建築を実現できませんかね」菅野も真剣に考えている。

「でも問題は法規ですよね。建築基準法では、建物の一部を切り離すなんて、まったく想定外ですもん」

ふと川津はひらめいた。

「だが、考えようはあるかもしれない。建築基準法の耐震基準の考え方は、震度5強程度の中規模の地震ではほとんど損傷しないこと、としているが、震度6強から7に達するほどの大規模地震では、損傷は受けても倒壊したり崩壊したりしないこと、とされている。つまり、数百年に一度の大地震なら、壊れても人が死ななければいい、というのが根本的な考え方なわけだ。壊れてもいいんだと。それだったら滝田さんの離震構造は、人が死なないように安全に壊れる建築なんだ、ということにならないかな」

「あっ、それいい考えじゃないでしょうか。その考え方なら、特殊な構造の性能評価を大臣認定で取れるかもしれませんよね。それ、僕らが考えてみましょうよ」

菅野の目は真剣だ。が、八頭が小さく舌を出した。

「君たちホント真面目だなぁ。これ、黙ってつくっていいんだよ。だって、浮力による破壊なんて、建築の構造計算の前提にないんだから」

えっ？　言われてみれば確かに……。

「まぁ、法的問題はさておいて……」

八頭にとっては、現行法の規制はたいしたことではない。いつも「さておいて」考えている。

「どの家も最上階に船体部分をつくるんだ。一家に一艇の救命船、それは自前で備える避難所だよ。だから土地のかさ上げも高台移転も必要ない。そういう船を載せた家が海の近くに少しずつ建ち並び、やがて家並みをつくる。巨大な防潮堤もいらない。緑の松原を復元するんだ。そんな街をつくる。

いいねえ、離震構造によるまちづくり。地震国日本に、津波対策として生まれた防災集落だ。ちょっと変わった街並みかもしれないけど、それがきっと五十年後、百年後にはその地域独特の風景になるよ」
八頭はその風景を見ているかのように目を細め、うれしそうに微笑んだ。

エピローグ

一夜明け月曜日になった。あれだけの大爆発があったのだから当然マスコミが殺到したが、警察は滝田邸への一本道を封鎖して近づかせない。それもあってか、快晴の空にはヘリコプターが何台もぐるぐると飛んでいた。八川事務所のメンバーは全員大分に足留めだ。

県警には科学捜査研究所という部署があり、火災原因の捜査や電気関係、機械類に関しては専門の研究員がいるそうだが、さすがに建築の専門ではない。川津と八頭は、ずっと現場検証に立ち会うことになった。菅野の言ったように、警察から捜査協力で表彰されてもいいくらい「働いた」。

八頭は終始涼子も岡野も滝田も、すべて「事故でしょう」と説明した。だが警察は、依然として涼子の「事故」は岡野による故意であり、岡野の「事故」は滝田が企て、自身は自殺をはかった、と考えているようだ。

ところが一つの事実が発見され、菅野は興奮して積極的に情報提供を警察に申し出た。滝田の遺体の近くで、死んだサルが発見されたのだ。

「第一発見者の僕が最初に火事に気づいたとき、工房の高窓はすでに割れていました。おそらくアーク溶接の作業中に高窓からサルが飛び込んできて、滝田さんはあわてて溶接棒を振りまわすうちにホースが足に絡まって倒れ、持っていたアーク溶接の炎が、ボンベのホースを溶かして引火してしまったんだと思います」

菅野名探偵の推理より、高窓は最初の火災の熱で割れ、サルはたまたま近くにいて爆発に巻き込まれたと考えるのが自然だろう。菅野は「刑事が笑いをこらえるように聞いていた」と、ひどく傷ついていた。

事故ではなく、なんらかの作意があったとしても、滝田が亡くなってしまった以上、真相解明は難しそうだ。涼子の死も岡野の死も「被疑者死亡で不起訴」といったうやむやな形で終わるのかもしれない。

岡野デザイン事務所の二人は、そうとうに疲れきった表情だった。無理もない。所長と同僚スタッフの二人を同時に亡くしたのだ――松岡にとっては婚約者を――。声をかけるのもはばかられた。

二人に、これも何かの縁だから――嫌な縁かもしれないが――八川事務所でできることがあればなんでも協力するよ、と話してみた。当面は岡野事務所の残務を処理して、それからは松岡は独立してやってみると言う。遠藤もアルバイトとして一緒にやるそうだ。

昼ごろ見知らぬ年配の男性がやってきて挨拶をされた。温厚そうな小太りの、見るからに「気のいいおじさん」は、ユキエさんのご主人だった。

ユキエさんは昨日、警察の許可を得ず勝手に帰ったとのことだし怪しまれてもいた。今ここに来ていないのは、もしや警察署に呼ばれて取り調べを受けているのだろうか。何があったのか心配だ。

「奥さんは、どうされていますか」川津が訊いた。

「体調が悪く、家で寝込んでいます」

警察の捜査関連ではないので、少しほっとした。

「それが……牡蠣のノロウイルスにあたったようなんです」

なんと、こっちを脅かしておいて、自分があたってしまったのか。それに、発病までの潜伏期間中に長時間の事情聴取に応じていたわけだ。大分県警の刑事たちにも感染が広がるかもしれない。警察が猟銃免許をなかなか出さなかったというから、ユキエさんの期せずしての仕返しだ……と、川津が人ごとながらほくそ笑んだとき、

「うわっ」桜子が自分の口を手のひらでふさいだ。

「ユキエさんのパン、手作りだよね……パン生地、手ごねだよね」

言わんとすることは、皆即座にわかった。

「菅野君、君は預言者かね。あのパンが『最後の晩餐』と言ったね……」

八頭は、にわかクリスチャンになって十字を切った。


千尋は、病院に駆けつけた母親と一緒に戻ってきた。

親子で一夜を過ごし、いろいろと話し合ったのだろう、少しは父親の死を冷静に受けとめているようだ。滝田の「遺書」を読み、癌の転移で余命がわずかであったことを知ると「もっと早く会えばよかった。お母さんにも会ってほしかった」と、視線を落としてうなだれた。

「何もかもの原因は私……」

千尋は涙声になり「涼子……」と言ったきり、涙があふれ泣きだした。

「違うよ！　今度のことは、涼子の事務所のゴタゴタに千尋たちが巻き込まれたとよ。ねっ、あんまりいろいろ考えんで気にせんこと。事件は何もなかったと。全部事故やけんね。お父さんも……悲しいやろうけど」桜子が千尋の肩を抱いた。

「でも、最初に涼子の猫が死んだのは私のせい……。私があそこに隠さなかったら涼子だって……」

「千尋さん、それも事故。だから自己責任なし。元気出そう！」

菅野が断定するように言った。

千尋と母親が刑事に呼ばれている間は、また建物の説明を頼むかもしれないので待機していてほしい、と告げられた。桜子が涼子の猫の墓をつくろうと言いだしたが、警察から許可されなかったので、特にすることもなくなった。

「千尋はショックやろうなぁ。涼子は事務所でいろいろもめてたことがここで爆発して……お父さんは巻き添えになったようなものですよね」

桜子は川津の同意を求めるように目を向けた。

「自分のつくった家で、たとえ事故だとしても二人が亡くなったというのは事実。その責任を感じたのかもなぁ、技術者として」

「事故って……涼子は、岡野さんが見殺しにしたんじゃないですか、あそこに閉じ込めて。ひどい……」

「やっぱり、あれですかねぇ……」菅野は指で遠藤のやった三拍子の指揮をまねた。

「でも、沢木さんがいなくなったと言って大騒ぎになったとき、岡野さん、地下を見てくる、と言ってエレベーターに乗りましたよね。あのとき、沢木さんがいる中二階にもう一度行こうとして、いろいろ試していたのかもしれない。昨日もいらいらして遠藤君にめちゃくちゃ当たってたし……。後悔していたのかも。もし、もう一度行けてたら、沢木さんは助かったかもしれない。悲劇だなぁ、それは」

川津は思いだした。あの夜、岡野は川津が辞去したあとも最後までリビングに残っていた。確か千尋のエレベーターの鍵も借りたままではなかったか。あのカツカツと金属を叩く音が聞こえていたときだ。その時点では、まだ涼子は……。

「もういい、やめてっ！」

桜子が、ため込んだ怒りを吐き出すように言った。

「おととい涼子が酔っぱらって二階に連れていったときに、私聞いたっちゃん。絶対に言わないで、って言っとったけん黙っとったけど、もう今になったけん言う。涼子は前から岡野所長と付き合っとったんやって」

桜子は一度言葉を切ると、言いづらそうに下を向いた。

「涼子は所長の秘書みたいな仕事もしとって、二人で出張したり食事をしたりするうちに岡野さんから誘われて……ずるずると関係が続いたんやって。

松岡さんが入社してきて、しばらくして交際を申し込まれたって。涼子も所長との関係が続くと自分がだめになるって思っとったけん、岡野さんに別れるって言ったんよ。やけど岡野さんはそれは許さんって、松岡さんにばらしたら結婚できんって。涼子は、それなら岡野さんの奥さんに言うとか慰謝料もらうとか、もう修羅場、ドロドロだったらしい。

涼子もよせばいいのに、ネットに岡野さんとのことを何かほのめかして書いたらしいっちゃん。そしたら、もう大激怒だって。やけど、それでようやく岡野さんが折れて、いずれ松岡さんと結婚するつもりやった、岡野事務所もやめて……」桜子は言葉に詰まった。

「けど……妊娠したことがわかったと」

「えっ、誰……？」

「知らん！」桜子はきつい口調で遮った。

菅野は思わず訊いてしまったのだろう。すぐに「いや……いい」と言い訳のように言った。

「バーベキューのときの沢木さんって、煙草とお酒で自暴自棄っていうか、やけになってわざと酔っぱらおうとしているみたいだった」

「そうよ、そんなときに私、最近の子どもの名前がどうの浮気性がどうのなんて話、涼子にしたとよぅ……。あの子泣きそうやった」

桜子は涙声になった。一連の出来事があわただしく過ぎていき、それが終わった今になって、急に大きな悲しみが込みあげてきたのだろう。しゃくりあげて大声で泣きだした。皆、慰める言葉もなく黙り込む。


結局警察の取り調べは夕方までかかった。

千尋は母親とともに残るとのことで、八川事務所だけで帰ることになった。

川津が運転する車は、沈黙のまま滝田邸をあとにした。桜子はあれからずっと元気がない。欝蒼とした林が陰鬱な空気を増長させ、いやがうえにも気分を重くする。

しばらく走り、来る前に滝田邸を眺めた、あの「フォトジェニック・プレイス」に着いた。

「なあ、ここからもう一度滝田さんの家を見て帰ろう。記憶にとどめておきたい」

川津の提案に、皆も「今の暗い気分を打破！」と同じ気持ちであったようだ。車を降りて、全員が横一列になって滝田邸を見つめた。

無表情なコンクリートの上に載った夕陽に光る二本の筒。訪れたとき、真昼の光で見た明るさとはまったく違う。神々《こうごう》しいとも見える重厚な塊……。

「そうだ八頭さん」菅野が思い出したようにぽつりと言う。

「あのとき言ってたホワイ・ビルティットとホワット・イズ・イットはわかりましたけど、ヒントのホエン・ビルティットとホエア・ビルティットはどういうことなんですか」

「ホエン・ビルティット？　そうは言ってないはずだ。『ホエン』と『ホエア・ビルティット』だ」

「えー、そういう引っ掛けはなしですよ。絶対アンフェア。だいたい、答えがわかってもヒントがわからないなんて、いいヒントじゃないってことですよ」

「まぁ、とっさの思いつきでつくったヒントなんだから許せよ。ホエンがヒントと言ったのは、いつ建てたか、ではない。滝田さんがこれをいつ思いついたか、ということさ。滝田さんは、あの土地を一年以上探しまわって三年前に買ったって言ってたでしょ。つまり、五年前の東北の大震災が契機となって、屋上に船を載せる家を思いついたってことさ。ホワイの重要なヒントだ」

八頭は納得の顔、菅野は不服顔だ。

「まぁそう言われればそうですけど……。じゃあホエア・ビルティットはどう関係してるんですか。黒猫のアナグラムがヒントって言われてたんで、ずっと考えてたんですよ」

「なんだったっけ。僕そんなこと言った？　頭打って記憶を失ったかもしれない」

「もぅー、勘弁してくださいよ。全部書きだしたんですよ、黒猫のアナグラム。ようやくできたのは『黒コネ』と『濃く寝ろ』ですよ。『闇のコネがあるからぐっすり眠れ』……とでも言うんですか。全然意味不明じゃないですかー」

聞いていた川津もプッと吹き出した。アナグラムを書き出していたとは驚いた。八頭は知らん顔だ。

「四文字だから二十四通りだ。たいしたことはない。五文字で百二十通りくらいにしときゃよかった。……だが思い出したぞ、そのアナグラムのヒント」

「八頭さん、教えてくださいよう。わかってますよね、こういう伏線を回収しとかないと、ものすごく気持ち悪いの」

「菅野君のマニアックな悩みはどうでもいいの。でも八頭先生、私も知りたいんですけど、そもそもどうして大分のこの場所が問題になるんですか」

桜子もようやく気を取り直したのか、話に乗ってきた。

「菅野、俺はアナグラムのヒントはわからないが、滝田さんがこの場所を選んだ理由はわかった」

川津は解答には自信があった——が、八頭の予想外の一言。

「小倉《こくら》さ」

「えっ？」驚いて八頭を見る。桜子はさらなる驚き。

「えーっ、小倉って北九州の？　あっ、市立美術館との関係ですか」

八頭は、はっと我に返ったような顔をした。

「ごめん、『小倉さ』は『桜子』のアナグラムだった。君が興味をもってくれたのがうれしくて、つい別の頭が考えた」

一同唖然……。あきれてものが言えない。

「ホエアのヒントのアナグラム、正解は四文字よりも簡単だ。わからないかい」

八頭は笑みを浮かべながら目の前の海に向かって片手を広げる。

「答えはこれだ。ホエアはこの場所、この海岸線。沢木さんの黒猫の三文字だよ」

二秒考えて桜子がつぶやく。

「アリスちゃん……」

菅野が即座に反応した。

「ああー、リアス！　リアス式海岸ですね。そうか、ホエア……ここも津波の心配がある場所なんだ」

リアス式海岸といえば、岩手県や宮城県など東北地方の太平洋側、三陸海岸が代表的なものだ。リアス式海岸に津波が押し寄せた場合、湾の外側に比べて入り江の奥の方が狭くなっているから、波の高さが通常よりも高くなり大きな被害に見舞われる。あの東日本大震災の巨大津波がまさにそれだ。そして、ここ大分の臼杵湾もリアス式海岸の地形なのだ。南海トラフに面して津波災害の危険性は大いにある。

それにしても黒猫のアナグラムで「リアス」とは、相変わらず妙なところでよく頭が回るものだ。思い返してみれば、滝田邸での事件はすべてあの黒猫から始まった。一連の出来事のエンディングに、八頭があえて黒猫を持ってきたようにも思えた。

桜子も元気になった。よかった、笑顔を見せている。

川津は滝田邸に目をやった。

「八頭、あの斜行エレベーターはシャフトに階段を仕込むためだけかな」

八頭が口元をわずかに緩めた。

「逆だろうね。滝田さんは、まずはなんとしてもエレベーターを斜行させたかった。そして、それなら階段に使える、とあとから思いついたんだと思うな。なぜだかわかる?」

八頭は桜子に訊いた。桜子は眉をひそめている。八頭のジョークに身構えている態勢だ。

「それはね、機能や技術的なことではなくて単に左右対称、シンメトリーを守りたかった。つまり純粋に意匠面からの解答だよ。いい? 外観においては、コンクリートの塊の上に左右両端、均等に直方体の筒を載せた姿にしたい。一方、一階の室内では、リビングから見てエレベーターのドアがシンメトリーになるような位置に配置したい。それに片側には厨房があるから当然偏る。だからシャフトを斜行させて外観と内観を整合させた」

ジョークではなく、久しぶりの「八頭先生」の講義であった。川津がさらに補講する。

「建築っていうのは、ローマ時代から『用・強・美』って言われているのは知ってるよな。機能と強さと美しさの統合。おまえたち、時々理系だ、文系だって言いあってるだろ。理系の工学と文系の芸術、その両方を統合してこそ建築であり『用・強・美』を全部含めてデザインなんだ。エレベーターを斜行させて厨房をかわし、なおかつシャフトを階段にして、さらに内外のシンメトリーを守る。まさに機能と造形美の融合だよ」

「それにね」八頭が続けた。

「滝田さんは、そのうえで、これまで誰も考えなかった新しい機能まで思いついた。つまり『津波対策としての船』という機能。機能は普通、設計の条件として設計者に提示されるものだ。だが彼は逆に機能を提案したんだ。それがすごい。滝田さんは学校で建築を学んだわけじゃない。ある意味では素人だよ。だからこそ、建築の常識にとらわれない柔軟で合理的な発想ができたんだと思う。これは建築の概念を超えたまさに発明だよ。僕がめざしたいのもそれなんだ」

「そう、だから俺はおまえにはかなわない」

川津は卑下したつもりではない。心底そう思っている。滝田の設計主旨も八頭だからこそ解明できたのだ。

八頭はゆっくりと眼鏡を指で押し上げた。

「何を言ってるんだい。君は一人でも設計者として立派にやっていける。だけど僕の設計は、君がいなければ現実のものにならない。君が一緒にやってくれるから僕は設計ができるんだ。うちのメンバーはみんな知っているさ。僕は君にはかなわない」

八頭はにこりともせず真剣な顔で言うと、滝田邸に視線を向けた。菅野と桜子は下を向いているが、その頬は緩んでいる。

「八頭さん、うちの事務所の創立記念日、覚えてましたもんね」

「興奮して朝四時に目が覚めたんですよね。大事な日だから」

菅野の言葉に桜子が続けた。

「私、八頭先生ってすごい、と思って八川事務所に就職志望しましたけど、ホントはちょっと心配だったんです。けれど面接で川津さんとお話しして安心できたからこそ入ったんですよ。前の会社の経験で、いくらいい作品をつくっていても、会社がなくなっちゃうのはこりごりでしたから。やっぱり安定性は考慮しました」

八頭が桜子に向きなおった。

「それ正解！」

VILLA ARC (*tentative;* 仮)

川津はもう一度滝田邸に目をやった。

上空にはカラスが群れている。二羽が舞いおり二つの筒の間に消えた。手前の樹木が何本か連続してたわんで揺れた。サルが滝田邸の方にエサでも探しにいったのだろうか。

八頭は滝田邸を見ながら二、三歩前に進み、ふと思いついたように振り返った。また何か考えごとをしていたようだ。眼鏡をはずしている。

「そうか、もしかしたら……。桃井君、滝田さんのところで写真撮ってたよね、あのアーク溶接の表札。あれ、ちょっと見せて」

「……これですか」

桜子が携帯電話を操作して渡す。八頭ははずしていた眼鏡をかけ直し画面を見つめている。

「やっぱり……。そうか、僕はわかったよ。ヴィラ・アークの本当の意味が……」

本当の意味？　どういうことだろうか。

「あーっ」菅野がいきなり大声をあげた。「わかったー」

携帯電話を見ているので、検索して何か出てきたのだろう。自信満々の顔だ。

「さて皆さん、……あ、八頭さん、本当の意味、先に言わせてもらってすみません」

名探偵気取りというのだろうが、ここにいる「皆さん」は、菅野の期待する聴衆ではないようだ。桜子は「なーにぃ」期待値ゼロという態度。菅野も対抗した。

「皆さん、とは言いましたが、残念ながらこれは理系にしかわからないでしょう。答えはARC……HIMEDES、アルキメデス。アルキメデスの原理です。水に置かれた物体は、その押しのけた水の重さに等しい浮力を受けて軽くなる。そして、それが釣り合った位置で物体は沈むのを止める。すなわち、船が水に浮かぶのはアルキメデスの原理によるものなのです」

「ケンサク君、それぐらい文系でも知っとうよ。少し忘れとったけど……。やけど、アルキメデスのARCってメチャメチャこじつけっぽくない？　ホントにそうなんですかぁ」

　また懲りずに理系文系論争だ。八頭は口元に意味ありげな笑みを浮かべている。

「うーん、船に注目したのはなかなかいい着眼点だ。だけど僕が気づいたのは違う。この表札、A、R、Cでアークと読んだけど、ほら、この最後の文字。三本のビスが、開いた逆コの字型というか、台形の一部みたいになってるけど、左側の縦線は上下に突き出ているよね。……これ『K』じゃないかな」

　桜子は無言で、八頭の示す液晶画面を見つめている。

「三本のビスの下に、針金で巻きつけたような、それこそCみたいなひん曲がったワッシャーがあるでしょ。それがあるから重なって見えて読み違えるんだよ。この切り込みがあって、そこでねじったワッシャー。川津君、なんて言うんだっけ」

　川津がのぞき込んで答える。

「ああ、スプリングワッシャー……。八頭、そうだな。これがひん曲がって端が上に出てきてるからCと読んでしまったんだ。だが、厳密に一番表面の部材だけが文字だとしたら、A、R、Kと読める」

　川津は、画面の空中で文字をなぞるように指を動かした。

「あっホントだ、そうですねー、これKかも……。ARKだとしたら……ケンサク君、ほらほら調べて」

「えーと、ARKのアークだよね……。アーク……『聖櫃《せいひつ》』。……聖櫃とは、キリスト教、ユダヤ教において使われる特別な箱、契約の箱。カトリック教会で、聖体を安置するために祭壇上に設ける箱状の容器」

「えっ、それって棺桶のこと?」桜子が低い声で訊いた。

「いや違う。聖体って言うのは『キリストの肉に聖変化したと信じられているパン』って括弧して書いてあるから。日本で言うところの『御神体《ごしんたい》』? みたいなものじゃないかな」

「どれ、見せて」

　桜子は解説文を一通り読んで、ふーんと言って目を離した。

「聖櫃って、確かに棺とは違うんかもしれんけど、今度の出来事を考えると、なんだか悲しい感じがするよね。私、キリスト教のことはよく知らんけど、なんとなく、ね」

　桜子の言葉で、川津は、はっとした。

　溶接された鉄の塊を見て、どこかで見たような気がした。あれは、大学時代に美香と一緒に長崎の原爆資料館で見た『溶けたロザリオ』だ。

　すさまじい高熱で飴のように溶けて固まったロザリオは、それが祈りの用具であるだけに、神をも畏れぬ悪魔の所業の証しと見えた。

　あの表札を見て、なぜか不快な記憶がよみがえったのはそれだったのだ。潜在意識の中で、そこに死の影を連想したのか、溶着という行為が死の固定化と見えたのか……。その根底にあったのは、ロザリオを身に着けて炎に包まれて死んでいった美香……忌まわしい震災の記憶だった。

「菅野君、ほかにも書いてあるだろう?」

八頭が菅野の携帯を指さした。

「ええ、『Noah's《ノアズ》 Ark《アーク》』……旧約聖書の『創世記』に登場する『ノアの方舟《はこぶね》』……あ、そうか方舟か!」

「そう、僕がもう一度表札を確認したかったのはそれさ。ARKのアーク。アーク溶接の家でもアーキテクトの家でもない……。ヴィラ・アークとは方舟を載せた家というのが答えだ。それこそが本当の姿だったんだよ」

方舟……箱の船だ。船とはいっても推進装置はない。波に揺られて避難するための箱。まさにノアの方舟と同じだ。

人類の堕落ゆえに下される大洪水の難から、一家を逃がすために神から製作を命じられたノアの方舟。人類の堕落とは、まさにあの震災で思い知らされた技術への過信、その愚かさではないのか。そして知らされた自然に対する人間の無力さ。

ヴィラ・アークとは、そんな万感の思いを込めてつけた名前だったのか。

川津は、構想中の住宅——海に面したカーマニアの豪邸——に、滝田の「アーク」を盛り込めないかと考えてみた。

計画地は日本海側のなだらかな海岸線。海に面しているとはいえ小高い丘の頂上だ。そこでは津波対策はそれほど必要ないように思える。ただ建物の一部を切り離すという「アーク」の発想から、ぼんやりとだが何か違ったものが考えられそうに思えてきた。

建築は動かない。固定化は死の象徴。やがては滅びていく。

動く建築、変化する建築、生きる建築。

キーワードだけが浮かぶ。

これからの主流となるであろう電気自動車や燃料電池車。排気ガスが出ないのだから、車庫から家の中、リビングルームにまで入れてしまってもいい。

ん？　どこかで見たような気がする。キャンピングカーがあった。……昨日の夢？

そうだ、キャンピングカーが建物の一部分だとしたら？

寝室だけではない。キッチンだって風呂だって、それぞれを車にしてしまう。家という大きなフレームの中に、何台かの車が部屋として置かれる。ショールームのように。

いや平面だけではない。上下にも動くエレベーターのような車。自動運転の車か、それならもはや車にこだわる必要もない。

パズルパーキングのように動く部屋、上下、左右、斜めにも？

季節によって場所を変える部屋、天気によって？　いっそ時間によって？　最適位置に動く部屋、最適方向に向きを変える部屋。

そうだ、何かできるかもしれない。


川津はまぶしさに目を細めながらヴィラ・アークを見つめる。目の前に見える光景は、三日前にここで見たときとはすべてが違ったものとして映る。

滝田の発想の契機となった民宿の屋上に乗りあげた船。それは津波の悲惨な遺構として、そのまま保存しようという声もあった。だが結局のところ船は撤去された。あまりに痛ましい死の記憶は、そこで固定化することが忍びなかったのに違いない。それは墓標になってしまう。

だが今の川津には、建物に載った船に、墓とはまったく逆の希望の標《しるべ》が見える。

それは滝田直行の見ていた光景──

逆光を受け、シルエットとなったヴィラ・アーク
無表情なコンクリートのヴィラは、今やアークを載せた基壇でしかない
ヴィラとは家という（仮）の姿
アークこそが真の主体

穏やかな波の音は、いつしかホワイトノイズとなって聴覚神経から消える

一瞬のめまい？　体が浮いた
地の底からの衝撃
絶え間なく続く岩盤からの重低音
海が沖へ吸引される
前触れの予感
静止した時間——

せりあがる黒い海面が見える
少しずつ、少しずつ——
それは波ではない、海水の膨満
圧倒的な質量
その加速度
瞬時に突破される基壇
ヴィラは前後に貫通したコンクリートの船台となる
それもしだいに埋没し、ついに視界から消えた
混濁した水の塊
覆い尽くす瓦礫

ありえない上昇

そのとき、解き放たれた——基壇との分離

セピア色にきらめくアーク
ゆらり、漂う、命を乗せて
神の怒りが静まるまでの日々を過ごす

船旅の世界へ

第62回江戸川乱歩賞最終候補作を加筆・修正しました。

家原 英生（いえはら ひでお）

1956年東京都生まれ。福岡市在住。福岡県立修猷館高校、九州大学工学部建築学科卒業。一級建築士。日本建築家協会認定登録建築家。九州大学、九州産業大学非常勤講師。2009年、2010年 グッドデザイン賞、2010年 福岡県美しいまちづくり建築賞大賞、2011年 大村市都市景観賞、2012年 福岡市都市景観賞、他受賞。
2016年「（仮）ヴィラ・アーク 設計主旨　VILLA ARC（tentative）」で第62回江戸川乱歩賞最終候補。

（仮）ヴィラ・アーク 設計主旨　VILLA ARC（tentative）

2017年3月11日　第1版第1刷発行

著　者　家原英生
発行者　田島 安江
発行所　書肆侃侃房（しょしかんかんぼう）
〒810-0041
福岡市中央区大名2-8-18-501（システムクリエート内）
TEL 092-735-2802　FAX 092-735-2792
http://www.kankanbou.com
info@kankanbou.com

DTP　園田 直樹（書肆侃侃房）
印刷・製本　シナノ書籍印刷株式会社

ISBN978-4-86385-250-1 C0093